草木之秋

流沙河近年实录

吴茂华 著

北方文艺出版社

图书在版编目（CIP）数据

草木之秋：流沙河近年实录 / 吴茂华著. —— 哈尔滨：北方文艺出版社，2018.10
  ISBN 978-7-5317-4312-5

Ⅰ.①草… Ⅱ.①吴… Ⅲ.①随笔－作品集－中国－当代 Ⅳ.① I267.1

中国版本图书馆 CIP 数据核字（2018）第 127184 号

草木之秋：流沙河近年实录
Caomu zhi Qiu：Liu Shahe Jinnian Shilu

作　者 / 吴茂华

责任编辑 / 王　爽　张　帝	装帧设计 / 锦色书装
出版发行 / 北方文艺出版社	网　　址 / www.bfwy.com
邮　编 / 150080	经　销 / 新华书店
地　址 / 黑龙江现代文化艺术产业园 D 栋 526 室	
印　刷 / 廊坊市海涛印刷有限公司	开　本 / 880×1230　1/32
字　数 / 234 千	印　张 / 9.75
版　次 / 2018 年 10 月第 1 版	印　次 / 2018 年 10 月第 1 次印刷
书　号 / ISBN 978-7-5317-4312-5	定　价 / 55.00 元

自　序

多年前读刘义庆所著的《世说新语》，对其中魏晋时期文人士子举手投足间展现出来的面目气韵、简约玄澹的风貌感到奇特有趣，觉得此辈多异于常人之处。什么"望梅止渴""七步成诗""管中窥豹""雪夜访戴"等小故事耳熟能详，然看似平淡无奇，寥寥数语，其人物的丰神骨相毕现，令人回味隽永，遐想而思之。于是掩卷叹曰：文人多精怪，自义而超凡俗立世，难怪其命乖运舛，往往为世所不容。其书被鲁迅称为"一本名士的教科书"是恰如其分的。

中年以后，与流沙河结缡，生活中亦结识文人作家三四，得以近距离观察这当代作家文化人，岂不幸哉。而古今人性相同，文化一脉传承相通，何不记下彼等只言片语一鳞半爪，以供观之。

记得二十世纪九十年代初，我与先生流沙河及一群文友，接连几年仲夏时节，到青城山楠木树廖家庄园避暑，好不快活。廖家庄园精巧别致，曲栏画楼，飞阁流丹，一株百年的核桃树，枝叶浓荫二楼平台小院。一群文友散坐于院中竹椅喝茶谈天，或古今中外说文论艺，或社会人生关心时政，时而感怀旧事，时而笑骂新宠，自由地抒发，使诸友人的修为性灵尽显，胸中丘壑得以充分释放。言笑晏晏中，又以二位最出彩。流沙河话多激动到聒噪，邵燕祥温润言语却深沉如海，诸友亦各有发挥见解。某天下午，我坐燕祥旁边，正听流沙河发言滔滔，燕祥探过头来，小声对我说道："在当今作家文人中，你家夫君读书杂多，随口说出来的零金碎玉都很有意思，让其随风而散就可惜了，你何不记下留与后人呢！"

从此以后，我就不仅是一个听众耳食者，而是选择性地记录下一些话语，二十多年来，积累的资料也将近有十万字吧，这也是本书的来源并被称为实录的缘由。感谢邵燕祥先生对我醍醐灌顶般的点拨，否则，我和流沙河的生活就只有油盐柴米的鸡零狗碎记忆了。

不是说油盐柴米不重要，但文人赖以生存的更多是一缕精魂，我的实录乃以此为大；同时力求展现生活多方面，从三餐眠宿、婚姻家庭、交朋结友到观念交锋、思想链接，在一颦一笑的举手投足间，画出人的真实面貌和骨相。为此重读《世说新语》，学它的对人物事件的概括分类法，也学其语言精妙恬澹却又自然生动的描写。在下虽然是力所不逮，终成画虎类犬，但有一点是成了的，那就是客观实录，一字不虚！

坊间写名人文章、传记类的书可谓汗牛充栋，其中不乏精品成功之作，但滥竽之书亦不少。国人写传，不管是为别人还是为自己，下笔大多有说好不说歹的陋习，对所谓的名人大家就更是抬举过分，仰视弥高，生生地把一个"人物"吹捧成"厌物"，而使人避之犹不及。人皆有瑕疵毛病，如鲁迅说的"藏在皮袍下的小"还有基督教徒所说的人性有"原罪"等。此是常识。我与先生生活在同一屋檐下，耳鬓厮磨二十六年，难免窥见那月球阴暗的一面，如何描画其真实面貌，使我颇费踌躇。后来我想，应当客观白描，摒弃文学铺张夸饰，拒绝发水灌料，而诚实记下他的言谈举止，通过这些"干货"让人物自己说话展现韵致丰神，这也是我非实录不可的初衷。是否达到如彼境界，读者诸君鉴之。

二〇一八年三月二十七日于家中

目 录

生活篇

003　一本书为媒

018　饮食与书法

021　君子欺以其方

文友篇

027　一面之缘易允武

029　暮雪青丝悲星寒

035　结缘青城廖鸿旭

041　三见余光中

069　散仙达人——车辐

080 惺惺相惜张紫葛
085 读书明德龚夫子
094 虎洞喝茶看云飞
102 山精木魅黄永玉
110 劳改犯张先痴
113 洋人马悦然
117 为樊建川写序
125 为大律师颁奖
131 烟霞客周德华

文事篇

135 捧场不遂
136 送礼不成
137 棋　子
139 改武侯祠"攻心"联
141 卧疾诗一首
143 甲申祭
145 包　装
147 二战情结
153 大钱不挣，况小钱乎
154 与吴冠中遥相呼应
156 改名人对联
157 为百年后作文
158 哪敢"论道"

160　与官人谈诗
161　作新歌
162　贺周有光茶寿
164　弟子有礼
166　自叹荒唐《草木篇》
168　和魏明伦律诗

片语篇

173　文学与文字
203　性　情
207　觉　悟
215　论　人
220　婚　姻

行旅篇

225　千唐志斋纪行
230　草原民间读书会纪要

附　录

239　"不如去卖字",依旧一书生
247　沙河静静地流
255　流向文化荒原的这条河
258　流沙河读书生活识微

268 流沙河素描
277 流沙河先生五书笺
296 我与沙河先生

生活篇

一本书为媒

那一年我四十三岁。

容颜渐老,心事迷惘。过生日那天,秋雨霏霏,天暗黑得早,一个人庆生,煮一碗鸡蛋面吃下肚,极力不去理会窗外梧桐更兼细雨的一派滴答,蜷缩在床上,一枕一书,在台灯灯光一圈黄晕中暂取一丝暖意。好多年来,让心思驰骋于文字间,寄身其间,确也抵挡住人生些许风雨。

我读书从来不成气候,没有计划或系统,闲散随性地乱翻书,却也从少年时代一直坚持下来。青春多梦季节,爱好的自然是诗歌小说。幸运的是,让我初尝一脔的是中国古代的笔记、小说、诗词,以及欧洲十八九世纪的古典浪漫的文学作品。感谢上帝,这些优雅的东西给我的灵魂打上印记垫底,让我本能地拒绝那些铺天盖地的宣传文学。二十世纪六十年代盛行马雅科夫斯基式"楼梯诗"的中国样板"××之歌",喊口号激情澎湃得让人心脏痉挛,读得使人想从楼梯上倒栽下来。上中学在课本上读到"羊羔羔吃奶望着妈,小米饭养着我长大,一口口米酒千万句话,长江大河起浪花"的句子就想笑,对此是大不以为然的。从五十年代初一直到六七十年代,充斥于主流报纸、刊物、书籍上的尽是类似的粗陋虚假的东西,弄得人大倒胃口,以至于我在心里发愿不读当代小说,特别是诗歌。

因此对当时的诗坛"大家"、文化"名流",我是孤陋寡闻得很的。

可是在一个偶然的时间、地点,我却读到了流沙河那篇使他罹祸二十年的散文诗《草木篇》。

一九六四年我读初中,暑假有时要住到龙舟路父母单位所在的一处临时房屋里。白天父母上班,我一人在空荡荡的屋里,做完功课后百无聊赖,从墙角一堆积满灰尘的旧书报杂志中,翻出一沓旧得发黄的油印材料。简陋至极的封面上方赫然印有粗黑大字"大毒草《草木篇》批判",下方配一幅漫画:一个一脸阴险、身材瘦小的人瑟瑟发抖,不敢面对以笔为枪的高大的工农兵。翻开扉页,光看标题都吓人,连篇累牍尽是威风赫赫的高头讲章、批判雄文,不是我一个中学生小姑娘能看懂的。可是我好奇,这大毒草长得什么样?到底有多毒?在那些汹汹之文的后面,我终于读到《草木篇》的全文。记得那是一个夏日安静的午后,窗外一株虬枝老树,叶大如盘。我坐在一堆杂物中的板凳上,在浓绿的光影和嗡嗡蝉鸣声里读完这首小诗。

当时的印象是肤浅的,只觉诗中的白杨啦仙人掌啦藤萝啦在心中连成一片青翠,一个十几岁的小女子凭感官直觉审美,不可能对此读出什么深刻的寓意,就觉得音袅袅、韵扬扬,才藻意象丰美,是一首抒写理想、有性格的散文诗而已。但我记住了作者流沙河的名字,一是联想起《西游记》中沙僧的来处,二是这名字太奇兀,好记,顺口。

我读至此诗时是一九五七年反右运动后的六十年代,那时我是一个懵懂的女中学生,而流沙河当"右派"已七年,正在凤凰山农场劳改,我们二人完全是"渔者走渊,木者走山",各有各的路嘛。当时做梦也不会想到二十八年后会和他结成夫妻。人生太奇诡,不是一句简单的偶然性、必然性说得清的。

就是在这一个生日的晚上,淅淅沥沥的秋雨中,我的生命又一次与流沙河神遇。

这是一本薄薄的三十二开的小书《余光中一百首》,流沙河编,前一天我从一熟人书案上瞥见借来。余光中?好像是海外写新诗的诗人。孤陋寡闻的我竟不知余光中在华文文学界早就声誉隆隆,他那首著名的《乡愁》也传诵海峡两岸。此书引起我兴趣的主要是流沙河这熟悉又陌生的名字,他牵动了我少女时代那薄纱一样的记忆。当年大毒草《草木篇》的作者,而今安在?他又会再写些什么呢?

翻开书页,自然还是先睹到余光中那些闪耀着笔光墨彩、灵动高华的诗句。他写髫年趣事,表亲情爱情,诉人生离合,伤游子天涯,字里行间感性灿烂,诗思文采竞繁。尤其是奇兀的譬喻,一下就紧紧抓住人的眼球,钻进你的心灵。当时我人到中年,婚姻失败,突然读到这样的句子:"握一只空酒瓶的那种感觉/凡饮者都经验过的/芬芳的年代过去后/天暮以后就交付乌鸦和落日去看顾……"那种人生繁华已去,倚墙角悄听他人笑语,摸着自家心口偌大一个空洞,被其说破击中的感觉,肠内百转千回之际,我能不爱这样的诗吗?

妙的是每一首诗后面都有一段短短的文字解读,说写作背景,解诗情意蕴,析结构语言。导读者流沙河不做师爷训示深奥状,而是以一个普通读者身份,甘当"余光中迷"的姿态,像捧出一壶陈酿美酒,妙处悉与君共尝,一一道出余诗的机枢与美丽来。因为他也是一个诗里行家兼散文家,他的评析与鉴赏就特别到位。时而社会历史,时而俚俗人情,举一反三,思绪放得开收得拢,在一段三五百字螺蛳壳般的短文里,做够了文字的道场。而品评者的审美趣味、灵心慧性,不经意间就显露出来。一首小诗,附一段短文,珠璧辉映,好不得其所哉。

一时间我读得快意非凡,早忘了窗外的风萧萧雨飘飘,躺下睡觉已是下半夜。

接下来的好几天，我的内心都生活在这本书中的美丽乌托邦里。灯下窗前，摩挲书页反复咀嚼，魂魄依依处，情驰而神飞。

其实日子还是像往常一样度过，早出晚归，为生存谋食奔波，为柴米油盐事操劳。房子漏雨应添瓦修补了，厨房电线灯头又坏了，天越来越冷，该给小女儿缝制一件新棉衣了。琐屑凡尘的生活，只身一人撑门户带孩子的寂寞心情，十几年来都习惯了的庸常日子，在这几天的某些瞬间，突然变得难耐。如此苍白不堪！一阵潮涌，心旌摇动，而后思忖：生活，在别处！

一个多月后的某个晚上，我鼓足勇气提笔给流沙河写了一封信。

流沙河先生：

不揣冒昧，擅自打扰，恳请见谅。我乃无名小辈，从来喜爱文学，不具才能，只有倾向，因此并无任何建树实绩。回首晨瞻，虽有愧怍倒也理得心安。

我今年四十有余，历经悲酸，读透人生，常一人悲凉唏嘘，黯然自伤。所幸唯有书籍常伴左右，落寞之时读之诵之，为我平抑心中浊气，消解胸中块垒。

因有此癖好，常见先生大名于杂志报端，先生文章人品，略知一二。想当年初识先生是六十年代中，一个初中学生从废纸堆里寻得一摞批判先生及川大张默生的材料。张教授的"诗无达诂"之言当时于我无疑是天书，就是先生的《草木篇》也是似懂非懂。但当时的感觉是强烈的、醍醐灌顶般的，并以一个早熟少女的本能直觉认定无辜。先生大名，从此常驻心间。且这段"草木公案"，为我成人以后形成的许多不合时宜的思想造成契机，形成缘由。

七十年代，我在青白江某厂谋生，闻先生拉大锯于城厢镇，年轻气盛不识时务的我竟公然呼朋唤友欲登门一睹先生，以示景仰之情、慰问之心，可半道被人严厉斥责后阻回。当时及事后想起，并无半点认错之理。

大疯狂时期过后，欣闻先生"落实"，心中暗为祝福：好人终得平安。

那几年从一些朋友口中听到先生的"母亲打儿子"一类传言，心中很不以为然，此话如当真，那么先生真不该出此下策，出此下言！

后又一想，在某些时间、场合，我不也写过检查，说过许多"混账话"吗！近读《成都工人报》载先生有关曾国藩的文章，心中顿觉释然冰消。文章玄机隐含、藏锋见巧，从题外旨、画外音始知先生初衷未改，主义还真，流沙河果真流到今。

近又闻先生弱质病体又遭家变，想以先生的睿智、通达，此区区身外事倒也无碍。花开过了，自然要谢，只是肉身凡胎老之将至，总还须有人为先生侍汤水，弄茶饭，嘘寒问暖。

伤吾伤，以及人之伤，小女子自作主张，同病相怜起来，不禁由己及人，由人及己，心上来秋，悲从中来。思绪忽而万千，贸然提笔聊述赘言，以慰先生。素昧平生，不怕先生笑我，自不量力，多此一举尔。

偶在友人处见先生编评《余光中一百首》，甚为喜爱，但不便垂涎于人，书店又寻不得。不知先生是否有多余私藏？好书为美食，先生肯分一杯羹吗？

冬日天寒，陋室阴冷。晚上早点上床拥被读书，自有一番滋味上心头。

　　谨颂

冬安

　　　　　　　　　　　　吴茂华 1991.12.4 敬上

　　因这段在全国有影响的"草木公案"，二十世纪八十年代中期，被改正"右派"后的流沙河因祸得福，更是声名大振。主流报刊常载他的诗歌、评论、散文作品。获全国第一届诗歌奖的《流沙河诗集》，反映当"右派"和"文革"遭遇的纪实散文《锯齿啮痕录》，在读者中都引起很大反响。人在大落大起的苍黄反复中，不免意气风发难自抑，极易被时势裹挟支配，拿他后来的话来说自己当时"就像屁股上胀起一股风"。流沙河八十年代的诗文中，有许多和主流意识一致，甚至歌德之作。这不仅让民间有识之士替他尴尬，更使一大批虽在名义上被改正，但仍然身处底层，一辈子蹉跎，还在承受后果的人感到刺激和怨愤。我的一个"右派"朋友就指着报纸上流沙河写的诗《××与海》说："此人写这样的诗，快赶上当年郭沫若献谀的风采了。他算什么'右派'？倒是真被'错划'了。"五十年代以来的历次政治运动，扭曲败坏了中国文化人的集体品格，覆巢与铁腕之下几乎没有真正意义上的"士人"，除非是第一流的大思想家或天才，否则能超出时代的形格势禁的，又有几人？流沙河不寻常的人生经历，铸就了他怎样的思想人格？他到底是一个什么样的文化人？这也是我一时兴起，写信想了解他的动机之一。

　　几天后，我收到了流沙河的回音。

　　他的信写得简短，口气平和。大意是说，他是一个各方面都看得开的人，因此对人生顺逆处境抱以达观的态度。信中，他让我指定时间地点以便"面呈"《余光中一百首》。信纸是一方剪裁过的复印纸,前半截空白处是他用毛笔书写的字迹隽秀的回信内容,后半截复印有他译《庄子·齐物论》的一段文字:"有一夜,梦饮酒,很快乐,谁知早晨大祸临门,一场痛哭。又有一夜,梦伤心事,痛哭一场,谁知早晨出门打猎,快乐极了。做梦时不晓得是在做梦,梦中又做了一个梦,还研究那个梦是凶是吉。后来睡醒了,才晓得那是个梦啊。后来的后来,彻底清醒了,才晓得从前的种种经历原来是一场大梦啊。"

我仔细读了两遍,懂得这是一个"悟道"的人借庄生之口在诉说内心。是的,大梦觉后,何谓悲欢?可他仅仅是在说他自己吗,还是在安慰我的失落?抑或二者兼有之。

一九九一年十二月十七日晚七点,我如约到红星路八十七号拜访流沙河。我穿上一件灰色呢大衣,冬日飕飕冷风中心里不免有些忐忑。到达大院门口天还未黑尽,我停好自行车于门边,正向传达室守门人打听其单元门号,一个身材瘦长的先生突然出现在我面前,细声问道:"你找流沙河?我就是。"我马上想起进来之前见门口有一男人徘徊的身影,原来他早已候在门边。暮色中,见他身穿一件驼色的棉大衣,一顶无檐厚帽下的一张"甲"字脸白净无须,薄嘴唇,高鼻梁,一双小眼炯炯,端视着我,精光射人。寒暄过后,他指着透出灯光的一窗户对我说:"那就是我在五楼的家。今天儿子有客人在那里,不方便说话,我们就出去散步走走吧。"

红星路是蓉城的一条大街,我和他沿街从南头走到北头,再从北头走回南头,大概一个小时的时间吧。我们各自说到家庭现状,他说:"与前妻离婚有一年多,分手更早在五六年前,儿子成人,我倒也过得惯。"我也告知他,我一人带小女儿过日子,清苦倒无谓,只是常自黯然。

他又说收到我写给他的信,其中两处有误:一是"吾"写成了

"无",恐是手误;二是说被划"右派"是"母亲打儿子"的话,并非自己所说,乃出于另一"大右派"刘绍棠之口。我问他:"你当'大右派',恐吃够了苦头!孙悟空进八卦炉如何熬炼出来的?"他面带微笑语气淡定地答道:"比起好多进监狱的、劳改的、家破人亡、尸骨无存的'右派分子',我在家乡锯木头当改匠还算不上吃苦的。"看他棉衣下单薄的身躯,细瘦的四肢,不难想象他当年做苦力活的艰难。我有些惊异于他超然的态度,我想,沉冤二十载,真能够做到"卒然临之而不惊,无故加之而不怒",释然到这般地步吗?不解。

那晚的话题广泛,絮絮叨叨,随意而自然。我和他说了些什么似乎都不重要,当时只觉心气相通,自己都不知道是新知初识,抑或旧雨重逢?

不经意抬头,透过道旁未凋尽的梧桐疏叶望去,却见夜空清冷,一弯缺月窥人。大街上车水马龙,市声嚣嚣,我和他有如临无人之境,走了几个来回记不清了。

路口拐角处我们停下脚步,该是道别的时候了。他长时间地握住我的手,不是很用力的那种,但我明显感觉到有一股暖意从对方眼睛通过手臂传至我的手掌。一种久违了的温情与心动,在我体内呜咽并升腾。

几天后,我们第二次的见面是在梓桐桥街西城区文化馆举行的一次座谈会上。我提前五分钟到达,流沙河已在门口候我了。他告知我这是一个纯粹的民间文化活动,参加者都是一些退休编辑记者、写诗文的作家、文学爱好者等,大家每周到此喝茶聊天,自名为"周谈",乃来去自由,发言随意,不拘一格的松散团体。

进入室内,见有二三十人成两排围坐于长方桌,刚坐下,主持人杂文作家贺先生用手敲了几下桌子,宣布座谈开始。那天议题是从修建三峡水库说起的。当时正处于此提案报人大批准通过前夕，媒体上对此争议有一些遮遮掩掩的报道。而社会各界人士通过各种途径了解到修三峡水库的弊病，对此忧心忡忡。贺先生发言称这是一场破坏自然生态的灾难，并引用水利专家黄万里反对的几条理由：一是高坝必使上游石沙淤积、库容递减，此乃世界难题。水位升高导致两岸滑坡，引发地震灾害，而下游苏北江口千万年来形成的冲击造陆运动被破坏。二是大坝本身不利军事国防。又有一曾老先生和一位女士发表自己对此的见解，情绪都比较激动。

流沙河发言简短却有力，他认为当下种种问题的解决，归根结底都要寄望于我们的体制改革。

座谈会结束后已是下午五点多钟，他提出送我回家。

一路上我对他说："我以为文人聚在一起，总说些文学艺术啦诗酒人生什么的，哪晓得刚才的座谈会说的尽是社会话题，你们这叫处士横议呢。"他笑了笑回答："朋友每周在一起喝茶聊天，已经成为我的生活方式，私下有所议论，又不能在媒体登载，就算不恭，腹诽而已。不管它，不要紧的。……哎，你看今天阳光多好，还是跟我说说你的事情吧！"

冬日的夕阳下，他穿了一件暖色调的米黄色厚夹克，心情松快，一脸笑盈盈成了一朵寿菊。我和他缓缓步行在小街道旁，倾谈各自的生活、见闻和感悟。我虽比他小十七岁，但也算是有过人生历练的人，所以彼此说话交流，理智与情感把握得有分寸而又坦白诚恳。无须虚言雕饰，以本色示人，气氛融洽极了。从红庙子街到我的住处仅四五条街远，路短话长，天色近黄昏。待到分手时，彼此会心：情缘渐生。

我平时骑自行车上下班，红星路是必经之路。流沙河家住在红星路临街五楼，我从楼下来来去去许多年对此并无丝毫特殊感觉，如今却不同了，因为一封信、一本书、一个人，滋生牵连出一段情愫。那五楼并不巍巍，阳台上栽满了植物，从下面望去，方寸之间倒也一片生机盎然，到底是《草木篇》的主人所植。从楼下过，我禁不住想到他身遭劫运、世路曲折的故事。

落日楼头，高台悲风，先生徘徊思量间，可有乱离人生之感慨？

回到家后，晚上在灯下提笔与他修书一封，一方面说说自己的心路历程，一方面也想多了解他的内心世界。人活到这等光景，不可作小儿女的孟浪，我相信，他和我都是很慎重地对待这件事情。

一个多星期后收到他的回信。

茂华吾友：

　　昨日风雪双流县城归来，获当日手书。拜读之后，叹人生之艰难，惊时代之荒谬。蒙你信任，絮絮为我倾诉。字里行间，看出你的诚实。举止颦笑，感到你的刚强。

　　我乐意与你交友，愿常有往来，宜多做沟通。俄谚有云："要了解一个人，必须同他共吃一普特盐。"一普特折合三十多斤，也不容易吃完，意思说人与人之间了解之不易。我与前妻曾经非常相爱，亦自认为甚了解，然而到头来还是离了彼此好。有笑话说，因彼此不了解而结合，又因彼此了解透了而分手。真如此，倒不如独身好。

　　我比你稍幸运，身为男性，儿女又已独立，加以潇洒惯了，何况体质弱而欲念淡，离婚经年，比从前更快活。友人二三晓得我好过，亦不来介绍牵线。不过冷暖自知，时有感伤，不足为外人道而已。

　　与你相识，我对你印象非常好，你对我恐怕也是。愿有机会逐渐知心，找到晚来的激动。

知道去你家存在着不方便，我便不强聒了。保重。

握手

流沙河 一九九一年十二月二十八日

读完信，直觉告诉我，生活会有所改变，我的后半生将与这样一个人有所关联。

那天夜里拥被难入眠，心里前朝后汉的，想起一些人生悲欢往事。树影摇曳，枝叶簌簌有声，侧卧枕上痴望小窗外一方夜空，但见疏星淡月、天河黯寂无声……冥冥中有一种叫"命运"的脚步声悄然向我走来。

成都冬日昼短，下午五点多钟天色已暗。我下班骑车回家，刚过红星路八十七号门口，发现不远处街沿边，流沙河站立在那儿向人流张望。我刹车停在他面前，他一脸惊喜的表情让我确定他是在等候我。他说："我们走一走，送你回家好吗？"那几天寒潮来袭，天气阴冷，让他这样站立在寒风中，一方面我心里过意不去，一方面又禁不住地高兴。我走上街沿，在人行道上推着自行车，和他聊天，并肩缓缓步行。从红星路左拐是玉沙街，再右拐经石马巷、小关庙、正通顺、北东街到我家所在的酱园公所街，四五十分钟的路程，每一分钟变得既短且长，我和他沉浸于两情相悦的欢愉之中。

第二天、第三天……接连半个多月的日子，或间隔一两天，下午五点多钟的暮色中，我骑车回家路上，准会看见他穿一件厚呢大衣、头戴棉帽，站立在街边梧桐树下候我的身影。

冬天倏忽而过。转眼就是三四月仲春时节，花红柳绿，春暖花开。我和流沙河相邀同游北郊昭觉寺、杜甫草堂、新都桂湖、双流棠湖公园等地。

相识几个月以来，我和他越走越近。草堂浣花溪畔，乱花细柳中散步,我们第一次手挽着手。我说:"隔着宽大的衣袖空落落的,几乎就摸不到你的胳臂了,这样细弱的肢体当年你如何拉得动大锯啊?"他回答说:"拉得动拉得动,人到了那种地步,要活命,就适应下来了……哎,你刚才说拉着我胳臂的感觉是不是有点像吃肉包子,咬了半天的面皮子最后发现馅心只有一点肉渣渣!"

"哈哈!"我同他一齐笑出声来。

在梅园旁边的茶厅休憩喝茶,不知哪儿蹿出一算命先生招揽生意,朝我俩冒出一句:"这位先生有贵人相啊!"我们不理睬,挥手让他走开。流沙河笑道:"我当了二十年的贱民,他看不出来反而说是贵人,岂有此理。"

由此又引出一个关于他早年生活的话题:"五六十年代之交三年困难时期,我以戴罪之身在文联机关农场劳改。年终岁末农场中人全都回家过年,就剩下我和猪圈里的两头猪相依守岁。我单身无家可归,而城厢镇老家只有被管制的'地主分子'母亲和未成年的小兄弟,日子也不好过。农场的红砖房子好大,四面漏风,冬天朔风吹得哨响,能把那房上的整排盖瓦吹得立起,哗的一声又齐齐落下。若遇一场大雪压顶,房子内寒气逼人,晚上睡觉寒冷侵入骨髓。无奈穿上棉衣和所有的单衣,棉裤也不敢脱,只将其褪至小腿,再盖上被子,上面又加上几个装米用的破麻袋保暖,才稍好过一些。一盏灯,一张床,一本《庄子》支撑于心,我的日子就过得下去了。庄子超然达观的思想救了我,让我终身受益无穷,后来更靠它度过'文革'艰难的岁月。"

他将这"林冲风雪山神庙"的亲历版淡定地娓娓道来。我一边听,一边想到的是,受难的又岂止你一个文弱书生。

中午,和他一起到小面馆吃抄手、面条,味咸。他有胃疾食量小,吃完一小碗面后安静地坐等我吃完,也不像一般男士抢着替女友付钞埋单。那情形就像一对老夫妻般自然。

回来的路上他拉着我的手,动情地说道:"我俩在一起说话很轻松快乐,彼此信赖不设防,但愿人长久呵。我这人保守,把家庭生活看得重。"我听出他对我的真情和希望,也觉察出他怕再次失望的那一丝不安,毕竟我和他年龄不轻,都有过婚姻失败的经历……于是,我郑重地回答他:"我也是!"

临别,他拿出几张文稿复印件给我,一张是余光中新近发表在《联合报》上的《三生石》,另两张是他写的诗评。

当渡船解缆 / 风笛催客 / 只等你前来相送 / 在茫茫的渡头 / 看我渐渐地离岸 / 水阔、天长 / 对我挥手。我会在对岸 / 苦苦守候 / 接你下一班船 / 在荒荒的渡头 / 看你渐渐地近岸 / 水尽、天迥 / 对你招手。

余光中的这首诗,是献给太太范我存六十华诞暨结婚三十五周年的情礼,不同于他那些"少作"情诗之绮丽,老夫妻情到深处,反而言简意浓。前世今生来世,两情相依不弃,多么古典的情怀。原来永恒如是,浪漫到极致。它会使那些奉行"一夜情"的现代男女惊愕得倒退三步而跌倒的。

流沙河说此诗哀艳而古典:"愿生生世世为夫妇,只有古人才许这样的愿。余光中从传统观念中演出了感人的新篇,他的贡献不仅是诗艺的,也是道德的。"

回到家里做完家务,晚上坐卧床头细读这些篇章,感觉心里温馨、安宁。我知道他通过这样的文字要告诉我什么。那一夜,睡得特别安稳。

星期天我休息,炖了一只鸭子盛在汤盆送到他家里,补补那特瘦的身子。

一个多星期后我们见面,他拿出一件用塑料纸袋包装好的女式羊毛衫送我,紫色带方格的花纹,另外还有一包牛肉干是带给我女儿吃的。我心里高兴!两情相悦也需要借物质表达的。

夏天到来,成都的八月气候湿热。某天,他特地拿出一把折扇相赠说是为我拂暑。扇面上写有蒋捷的一首《一剪梅·舟过吴江》:"一片春愁待酒浇。江上舟摇,楼上帘招。秋娘渡与泰娘桥,风又飘飘,雨又萧萧。何日归家洗客袍?银字笙调,心字香烧。流光容易把人抛,红了樱桃,绿了芭蕉。"这首词是名篇,进士蒋捷在南宋亡后漂泊天涯,倦游结束归家心切,在一片风雨飘摇的春愁中,孑立于舟头,惜人生易老,想象着回家后妻室儿女围绕的温暖情景。古人的词写得意境惆怅而曼妙,配以流沙河一手雪清玉瘦的行楷小字,这一方小小的扇面便文光流溢,温雅得亲可爱。摩挲扇页间,我吟咏着他的"归家洗客袍"……

一九九二年十月十九日是我四十四岁生日,我俩选定这天结婚。窗上挂上一幅我手制的荷叶绿花窗帘,上街到一家照相馆拍了几张纪念照,回到家里炖了一锅牛肉汤,炒了几样蔬菜庆贺。我掐指算了一下,从我们第一次见面认识到结成夫妻一共用了十个月零两天。

这时间是够长抑或够短?我不知道!毕竟我和他年纪不轻,都有过失败的婚姻。之前我和他讨论过即将走入婚姻关系的诸多问题。他说:"家庭财务也很重要,我有存款八千多元!红星路住房一套是公家分房。"我说:"我的存款是你的一半,但以后生活不会窘迫的,几十年来我过惯了俭省日子。更要紧的是你我能否长久心性相通、体贴居家。以本色示人是我做人的原则,但我也有一般女人的缺点,稍自慰的是我有很强的理性和反省精神。"他说他深知人性的缺陷和变化无常,不能确定未来和美相处时间的长短,甚至告诉我他做了一个梦,梦见自己骑了一辆车飞快跌入悬崖……我回答他:"我亦如此。但好花堪折直须折,此时此地的疑虑有何结果呢?还是骑驴看唱本,走着瞧吧。"

这天晚饭后灯下并坐相拥,四目相对如梦寐。我俩在对方的眼睛里看到了信心与真情。

结婚后我曾写信陈情于他的文友谭楷先生,这样说道:"……我们一见如故,二见相知,三见恨晚,四见就情不自禁了。当然,这"一二三四",我说的是心理时间,那是一个长长的积累、绵延的过程。"

流沙河夫妇

饮食与书法

"安身得乐常常乐，落脚为家处处家"，这是我们婚后不久贴在家门上的流沙河写的一副自撰联。一个经历过乱离之人复得家庭，暖煦于心的欣喜之情跃然纸上。

他读书写作之余也会下厨帮我忙（只煮饭不炒菜）。他一边说起六十年代在农场劳改兼当炊事员时，煮一大锅萝卜饭供几十号人吃的事情，津津自得，一边将两只钢精锅摆在炉台上烧水。然后淘米下到一只锅里，待米煮到半熟，用笤箕沥起再倒进另一只锅里垫了纱布的蒸格上，面上铺一层削好的红苕块，用猛火蒸二十分钟即成。这红苕甑子饭蓬松绵软虽好吃，君子不远庖厨也是好事，但我却嫌他霸占两个炉眼，摆盆弄勺锅瓢乱飞，一副小题大做的架势。尤其不能容忍的是，他每次做饭总是一斤以上，我俩胃口小吃不完，弄得接连几天吃剩饭。后来我悟出，先生眼大肚皮小，多半是"三年饥饿"

流沙河夫妇

留下的心理后遗症。

"这家伙，瘦得像一条豇豆悬摇在秋风里。"这是他在散文《这家伙》中的夫子自道。

我以为他的身体单薄和他的饮食习惯有关系。成都是川菜美味的国度，九十年代餐饮业发达如洪水肆流，遍街的灯红酒绿；全国人民都在大快朵颐，他却漠然不顾，更拒赴宴酬酢。偶尔文友相聚实在推脱不掉，他就坐在桌边拿筷子比画，手挥目送的样子，话说了一箩兜，肉没吃到嘴里一片。别人殷勤夹菜于前，他却转倒在我碗里。好不容易席散回家，开门第一句话就是："给我煮一碗面条来！"

唉，如此一来，他一日三餐纠缠执着于在家吃，一顿饭不落，弄得我出门不易，自由顿失。

他的早餐是玉米糊加芝麻酱，再来一勺蜂蜜，这是一天中最富营养成分的饮食。中晚餐素简有余，他对桌上荤腥基本视而不见，下箸处多是蔬菜、豆瓣类。我始而进言，继而劝食，终而聒噪。他就指着碗里的芝麻酱拌饭搪塞我说："你看这里面也有脂肪蛋白质嘛！"他如此偏好此物，以至我每月上市场买芝麻酱一大铝缸，引起老板娘讶异："你家是开面馆的吗，用得着这么多？"

虽如此，但他却鼓励别人尽享美味做饕餮之徒，成都市一家有名餐馆墙壁上有他题诗为证。其中四句是这样的："唯食可忘忧，唯肉可延年。能吃你不吃，齿落吃铲铲。"字体写得骨多肉少，属王羲之所说的"筋书"。唯我察知，此种字体的造型，和他精瘦的身材有关。可以说，字体是他身体的复印件，而身体又是粗茶淡饭的塑造物，外披一袭布衣，聊遮嶙峋而已。

他的书法尤其是小字行楷自成一脉，形态瘦朗端丽，气韵清正，笔意徘徊于唐诗宋词的亭台岸柳间。他自己说此得力于小时候的童子功训练："十一二岁的时候，老家庙宇里的匾额楹联，我都反复琢磨过，就是喜爱。颜柳欧苏赵体都临帖过，但并未摹写哪一派。写字除显意识外，受潜意识支配，我人长得瘦，字也如此，并不是有意为之。还有书法这东西最势利，并无一个绝对客观标尺考量其水准高下，往往附着在世俗虚名之上，最容易蒙混世人。"这是一次他和我聊起书法时随口说的。

九十年代的中国社会商风大炽、金钱泛滥，历代的翰墨书画的价格在拍卖行变成了新石崇们斗富的脸面。但古旧的东西数量毕竟有限，就是造假都赶不上欲望高涨的胃口。于是各路时髦潮人，当官的、经商的、电视台当主持的、唱歌的、演戏扮小丑的，稍露了几天头脸都魔术般变成著名书画家。

一次在某公众场所，有人一边指着成都本地说评书的李某某画的一幅水墨山水横轴向流沙河得意地显摆，一边又心切切地问道："沙河老师您看呢？"流沙河回答："画得很黑，字写得也很黑！"身后有人咕咕笑出声来，而我想起的是鲁迅文章开头一句："院里有两棵树，一棵是枣树，另一棵也是枣树。"

哈哈，文人会说话逗你玩哩！又不伤大雅。

君子欺以其方

从八十年代起，流沙河为人作字、题写书刊封面不知凡几，当时仅限于文朋诗友，基本上是白送。他所在的文联作协机关的同事，好多人家里都挂有他的字幅。甚至机关门口收发室的师傅赖大爷开口问他要，他都赠送。如此一来，打主意的人能不多吗！

有一位郊区农民姓杨的女士，种蘑菇成功，发了点小财后忽焉好文，拼力写小说、散文，又广交各界朋友。一个偶然机会认识了流沙河，立马将他奉若一个有用的神明，三天一电话，十天一登门，还随时将手礼贡上。礼物不过一把青翠的菜蔬，或是几个自栽的鲜瓜果，叫人心中喜爱又没有理由拒绝，她自然成了家中常客。得知我和流沙河结婚没有摆酒宴客，便自作主张精细筹备两桌筵席，只说是文友聚一聚不说贺喜之事。

那天车到西郊杨家，杨女士出来迎接我俩，才含笑说出贺婚之意。其间只见宾客满堂，场面热烈，喧哗客套间我发现文友寥寥，官员倒不少。有政协的、法院的、区委办公室的、文化局的、教委的、管计划生育的、管消防安全的，级别从科级处级到局级，油光水滑高矮胖瘦坐了一屋子。酒桌间，看那一张张或嬉笑或木讷的脸孔推杯换盏噪音哗哗，分贝又高，我心里想，这些不三不四的人和我们结婚的事有何干系？

一时间我恍然置身于荒诞戏剧舞台"被"扮演角色，心中隐隐不快。

可是那边厢流沙河浑然不觉，正大声武气对着一圈人讲纪晓岚《阅微草堂笔记》中的逸事，说到自己觉得有趣处，脱衣挽袖兴奋得很，也不管听众弄不弄得清楚纪晓岚是清代翰林院编修还是隔壁挑葱卖蒜的王二麻子。

在后来的日子里，常见到他对着一些并不对路的人讲历史典故、文字的话题，我也就见怪不怪了，知道他文人脾性，好讲演自说自话图个痛快。

倒是那女主人杨某某，也不多言语，端茶送水侍奉得殷勤。

但杨某某的确是一个非凡的女人，虽没读几天书，但一本十几万字的小说很快成稿即将出版，特写一封信求序于流沙河。短短的一页信纸上，虽错别字七八处可以不究，但令人惊讶的是，她信中有多处称流沙河"是我的导师、明灯……"。几十年被政治宣传文化塑造出来的人，腹笥中只有这样的语言陋货。嘿，难为她了，谀献若此，其小说不读也罢！

可是流沙河不仅读了，还抽出一两天时间改正稿子上的错别字，密密麻麻圈点了几乎每一页，然后还依嘱写了一篇短序，题写了封面。为此，我笑话了他一句，他听后似有些尴尬。

杨某某有名家题写的著作为据，正式申请加入作家协会，成为一名女作家。那几年"作家"这个头衔，在很多没有见识的俗人眼中还是大有分量来头的。最有趣的是她心急火燎想一举成名的策划行动。某次，她事先不打招呼，带上一电视台记者直奔我家来。流沙河应声开门，还未搞清"来将何人，有何贵干"，就被陌生男人的摄像机一阵猛拍，然后杨女士再款款进入镜头来，弄得流沙河无奈万端，只好配合。几天后，电视台播送女作家杨女士拜访名作家流沙河的新闻画面,我观流沙河脸上表情,有点像是欠了谁十万八万的一大笔钱,又还不起的样子。

　　以后她又多次登门求流沙河写字,用文化名人的书法墨迹为礼品,"翩然一只云中鹤",款款奔走于衙门。好机心,神妙算!这不只是一件击中官场的宝物利器,而且是很有脸面又雅致的事情。据流沙河当年日记的记载,杨某某替"朋友"求墨宝至少有十几幅,最多一次就拿走了七幅。这些"朋友",流沙河一个也不认识,更谈不上有交道。自一九八九年以后,他就拒绝与上面打交道,自立下"不参加会议,不担任任何职务"的规矩,并且平常在和文友言谈中往往也是"说大人,则藐之",基本保持了文人纯粹之风。但有时还是架不住世俗人情往来,不经意间羽毛就被湿损了。唉,散漫不拘,随便吃人的饭,这不就遭了一句"吃别人的嘴软,拿别人的手短"的现眼报应。

　　看来所谓君子惕厉自省,还要一日三次,这是说者容易做者难。

流沙河书法(1)　　流沙河书法(2)　　流沙河书法(3)

以后杨某某又一再登门，礼物从蔬果上升为人参、金银器等贵重东西，面对如此不放手的江湖八段锦、推云手"攻势"，流沙河竟只有嗫嚅而唯唯。无奈，我只有变脸恶人，峻拒其于门外了。

不久，听说她一遂心愿，从女作家很快到区妇联主任再到作协主席。祝她事业发达，文运大昌。

后来，在一次聊天中我将此事告诉北京的邵燕祥，幽默的邵先生说："别小看中国农民，其中藏龙卧虎样的人可不少呢！"

文友篇

一面之缘易允武

九十年代中期，我同流沙河应湘泉酒厂组织的一个笔会邀请，去湖南长沙、吉首、凤凰一带游历。会议临近结束的几天，在长沙某酒店里突然接到一电话，是《书屋》杂志主编周实先生打来的，他拟前来拜访流沙河。《书屋》是我和流沙河非常喜欢的一本思想随笔类刊物，在当时被认为"北有《读书》，南有《书屋》"，在文化界称誉一时。主编周实前来，我猜想肯定是约稿之类事情。晚上，周实如约而至，一道来的还有一位中年人。周实介绍说是他的一位文友易允武，知道流沙河在长沙，一定要访见。周实说，易先生受《草木篇》公案牵连当"右派分子"，浪迹底层社会二十一年。

流沙河的《草木篇》案到底连累了多少人？谁也说不清。流沙河在八十年代听北京公安部门的一位相关人士说"全国有一万多人"。一九七九年以后，流沙河多次接触到此类因"连坐"而倒霉的人和事，许多他从不认识的同案犯不是写信来就是上门来诉说冤屈。所以流沙河说自己乃罪孽深重的不祥之物。

长沙人易允武，爱写诗，一九五五年考入武汉大学中文系。一九五七年，《星星诗刊》发表流沙河的散文诗《草木篇》，其中《白杨》《藤》《仙人掌》三章，他很赞美，便写了诗作《月》《霜》《星》，以天空之物与流沙河的大地之物对应，发表在《星星诗刊》五月号，随后又在七月号发表了两首抒情诗。这些当然是与流沙河遥相呼应的"铁证"，于是在这一年夏天，这大学二年级二十一岁的学生，受流沙河《草木篇》公案株连，被划为"右派分子"，从此人生坠入地狱，浪迹社会二十一年。

差不多四十年后的今天，流沙河与易允武才第一次在酒店见面。人生荒诞，造化弄人，那种铭感五内的苍凉、撞击灵魂的锥心痛感，非他人所知也！两位白发书生紧紧握住对方的双手，盈盈老泪泛起，无语凝噎……令站在旁边的我和周实感慨不已。

易允武不善言谈，朴实低调得容易被人忽略。被人践踏、曾经沧海的经历在他脸上留下沉郁寡欢的神情。他说起一九七九年自己复出后写诗《匍匐者的家史》投给《星星诗刊》获奖的事情，流沙河回答说："知道知道的，那是一首好诗！"

后来我们回成都，易允武时不时还写信来与流沙河问候交流。一九九八年，他将这一段人生经历写成文章《寻找星星》在《书屋》杂志发表，寄给流沙河一份。流沙河的回函是一帧条幅，上写"潮停水落龙安在，云淡天高雁自飞"。

我问流沙河，这"龙"是指"老龙"吗？他笑而不答。

暮雪青丝悲星寒

四川作家贺星寒,初写诗,后写杂文随笔评论,知名于二十世纪八十年代中后期。他在中学时代就好学深思,颇有才华。一九五七年反右运动末期,正读高三的毛头小子贺星寒关心时政,在当局和学校精心组织的一场辩论会上大讲宪法,为"右派分子"叫好、鸣不平。结果可想而知,他受处分,被剥夺了高考资格并被踢出校门。从此贺星寒流落社会底层,在新疆当盲流,在东北修铁路……浪迹山川,落魄天涯。一个十六七岁的少年,少不更事以一时之孟浪,无端落入成年人的政治陷阱,吃尽苦头,终身命运蹭蹬。

流沙河与贺星寒相识于"大冰期"刚解冻的一九七九年。贺星寒与一群文友在成都发起签名请命于四川省文联及上级部门,要求将当时滞留于金堂县的流沙河调回文联机关,为此他与流沙河第一次有信件往还。而他不知的是流沙河心中有颇多顾虑,他回信这样写道:"星寒同志,虽不相识,但早已读过你的作品。蒙你关怀,来信垂问,万分谢谢。诚如君言,道路会越来越广,我深信此不疑。纵然省文联迟迟不给我改正,我也深信多灾多难的祖国不会返回'大冰期'了。……多年来习英语,孜孜不倦,锲而不舍,今后将以此服务于人民,写诗只是副业。省文联那里我无意归去,此意已向那里表达过了。"

此事肯定颇费周章。据当时省文联党委书记叶石后来告诉流沙河，贺星寒及文友又联合北京诗刊社，由北京方面将材料送至当时任四川省委书记的赵紫阳手中，赵紫阳为此召开会议解决此事。而省文联当权的左派人士竟抵制不发调令，叶石又多次向上反映，最后才促成调回。经过多方面考虑，流沙河终于告别十二年家乡劳改岁月，回到省文联《星星诗刊》任职。贺星寒自然成为流沙河同声相求的文友。

贺星寒形貌清瘦，少言寡语，在公众场合中甚是木讷缄默，与他文章中运斤成风、娴熟自如的语言文字和滔滔的辩才形成强烈反差。能体现他文人气质的倒是他脸上那种散淡、清高，又有点玩世不恭的神态，一双因近视而微闭合的眼睛斜睨人，时而闪现一丝智力上的优越感和犀利。我第一次见到他是在九十年代初的一次民间文化人的聚会上，他是主持人。其间来宾发言个个悬河滔滔、高论迭出，他坐在台上脸红筋胀、说话含混无章，局促得像个被捉弄的新嫁娘。要不是后来读到他的一手好文章，我会认为他是一个毫无魅力的人。

贺星寒的文章佻荡活泼，语言准确生动。市井俚语、文人雅言被其融为一炉，叙事不枝蔓，说理无强辞，且有坚定的信念，读来令人服膺又愉悦。我起初在报刊上读到他写的《我是昆塔》《人焚书未焚》两篇。一个是美国蓄奴时代的农奴，另一个是中国明代在牢狱自杀的思想家李贽，人物处境遭遇相差不知凡几，但二文中一以贯之的是人对专制压迫的反抗和挞伐，不自由，毋宁死的顽强追求。写这样的题材，和他人生有过被践踏的经历，却依然追求理想的精神是一致的。

九十年代初，流沙河两本重要著作《庄子现代版》《y 先生语录》出版，贺星寒为此写了一篇长文《从庄子到 y 先生》，刊于《文学自由谈》。从思想精神的共鸣到人格情怀方面的深切理解，他更加成为流沙河的契友。文中这样写道："庄子和 y 先生是一对反差很大的人物。前者布衣草鞋，糁汤野菜，崇尚清静无为；后者西装革履，宴席高楼，沉浮欲海人流。先生有何力量驱动，仿佛在一瞬间，能穿越时空隧道由古代陋巷直飞当今尘世。我对沙河先生这一急转弯毫不感到惊奇。一个有自己理想的作家是不会为了媚俗而乔装打扮的。庄子与 y 先生都是与所处世界格格不入的孤独者……我不感到惊奇，还有一点缘故。我近年与先生接触较多，亲眼看见写过《老人与海》诗句的作者，如何借与庄子的对话来梳理思路，如何因认识的澄明而更加锋芒毕露。这里有一条沉沉线索，虽难说清，但亦能意会到若干真谛。……流沙河几十年的作品，由隐至显，由自发到自觉，贯穿了对人的价值的探求。在《草木篇》之前，先生对主流意识形态认同，相信救世主已经降临，个人只要尾随其后，完成'最后的斗争'就成了。但潜在的'五四'精神，却使他唱出了自由意志的《草木篇》。此时的流沙河也只是追求精神自由或称内在自由，对外部的生存环境仍然是认同的。但当这一点也被剥夺了时，他才深深感到外部自由的可贵。七十年代吟唱的《故园杂咏》，八十年代回味咀嚼的《锯齿啮痕录》，正是对此沉痛的反思。……先生感叹地对我说，我们这几十年，都被白白地荒废了。每当想做什么事情时，总有一股力量来阻止，使你做不成。只有等待将来历史审判的时候，才会传唤我们出来当证人。问，某某时期发生过某某事情吗？我们应答一声是，接着就被请下去了。"

九十年代中期，贺星寒五十多岁的年纪，思想人格成熟，正是一个作家写作的黄金时期。他有几十万字的杂文随笔文章发表于全国报刊，已具有相当的知名度，创作也渐达佳境，正向一个高峰前进。然而却突然传来他得重病的消息。据流沙河一九九五年八月二十号日记记载，贺星寒开始只是感冒引起声音嘶哑，进而进食呛咳，人更消瘦了。四五天后，友人来说他已被确诊为食道癌晚期，住省五医院。八月二十五号傍晚，我和流沙河到医院探望贺星寒。病房里，他的两个儿子及前妻都在。灯光下他脸色青灰，神情黯然。天热，他穿一件白色背心露出的臂膀还不算太细。我无话找话对他说："你看你膀子上还有肌肉，还有对抗疾病的本钱！"他听后只是脸上肌肉抽动，苦笑了一下。他大儿子告诉流沙河，说父亲得知检查结果后，一言不发，闭门一人坐在桌前写文稿，也不让人看。流沙河也无多余的话安慰他，只是嘱咐他的两个儿子照看好父亲后告辞。

　　回来的车上，我和流沙河叹息连连："天无年，人有年啊……"

　　一个多星期后，我在报上偶然读到转载于国外的一则消息，说人乳中免疫力可杀灭癌细胞。我赶紧剪贴下来送到贺星寒处，并答应他即去找人乳。八月的成都，天气燠热难耐。城市东南西北，八方四面，跑遍了所有能去的地方，找遍了所有能找的人脉，终于找到一哺乳母亲愿意贡献的一份乳汁。当我用冷藏杯将几十毫升的人乳送到他床前，他的双眼炯炯发光，双手接过，一时竟无语凝噎……

　　"风前灯易灭，川上月难留"。以后四个多月时间，传来的尽是揪心的消息：他吃不下，睡不着，已卧床了，闭目不见任何人……十二月四号，老友曾伯炎打来电话，说贺星寒已开始吐血，送医院抢救。流沙河无言进入书房，出来时拿一纸与我看，上面是他为贺拟写的挽联："地厚天高笔雄命短，星寒月冷魂归夜长。"

　　十二月五号，我和流沙河最后一次到医院看望他。病床上的人已瘦得不成样子，脸色呈青紫，向窗右侧卧，用药后似睡熟。我们心里知道：他快了。我当时的感觉无法形容，好像是亲友们站在河

贺星寒

岸边，纷纷伸出手想要抓住落水的他，而他却载沉载浮、离岸渐行渐远……九号，家里电话迸然铃响，一直在照看他的友人段德天泣告：贺星寒遽然离世，在"一二·九"！一个属于知识人、理想者的特殊的日子。

那天天气奇寒，霏霏细雨漫天飘洒不定，黯灰铅重的天空压得人心似要窒息。

两年后的一天，我和流沙河路过东城根街贺星寒故居门前，街市依旧，门扉宛然，只是斯人已去。流沙河伤感，回到家来提笔写就《星寒两年祭》一文：

> 亡友星寒，一去不返。朋辈茶聚，忽忽若有失，于兹两年矣。犹记一九七九年长夜破晓之际，星寒以《为民主争辩》一诗载北京《诗刊》，声誉鹊起。随后华章不断，

涉笔议论尤佳,真才子也。……当兹两周年之忌日,抒怀得诗一首如下:"朋辈高楼忆陨星,关机电脑已封尘。转世投胎满两岁,安茶设座空一人。伤心怕过城根路,颤手难为纸上文。蜀鹃寂寥归林后,今日野啼三两声。"

结缘青城廖鸿旭

文友黄家刚,供职于省作协,写小说、散文。他文笔雅洁、宛转,颇有古代笔记小说的韵致,为人心思细密、谨重守诚,是与我家常来往的友人。认识廖鸿旭,正是由黄家刚从中介绍的。

一九九六年八月上旬,应黄家刚邀约,我和流沙河坐车到都江堰市青城后山一个叫"楠木树"的地方消夏避暑。

早上闷热,在微雨中出发,车到都江堰市区,再到山间公路已是雨声哗哗。蜿蜒的盘山路被水冲得发亮,两旁青翠壁立,雨水顺山势流入路沟,激起汩汩清波,霎时洗去诸人积多日的尘热。中午时分,我们到达目的地楠木树。从公路向左下行三十米,一片葱郁的小树林旁,一座有着城墙箭垛式灰色围墙的庄园建筑突现眼前,带铜环的木门上方一木匾上书"楠庄"二字。抬头从三米多高的围墙望去,只见花木扶疏,楼台亭阁掩映其间。左墙上方露出一排飞来椅,上悬宫灯二三盏,山风吹过,红穗飘摇于青枝绿叶间。"庭院深深深几许?"使人心里不禁想一探究竟。

黄家刚上前叩门,一阵狗吠声中,主人廖鸿旭、邓守芝夫妇将我们迎进大门。

黄家刚称他为"廖工"。廖工何许人也,何以结庐于此?听黄家刚说起才知,他乃二十世纪四十年代一手艺精湛的木匠,在当时的航空研究院做过飞机部件模型，还制作过小提琴。五六十年代是成都木材综合厂的工程技师，由于人聪明，一专而多能，管理生产工艺，时称"廖关键"。至八十年代退休，他一生奋力干活，虽挣了一个工程师、劳模的头衔，但落得两袖清风，退休金几百大毛而已。廖工不气馁，六十四岁那年移居青城后山楠木树，赤手空拳替人打工挣钱。从房屋设计图纸到修建，当监工、采购，从精雕刻木到做仿古家具，寒来暑往，廖工苦心经营十一年，终有成效。楠木树的地方开发，那隐于山林中的一座座楼台亭阁，灌注了廖工多少心血。

廖工居家的楠庄，可称构思奇巧的民居建筑。七十来岁的廖工身手敏捷，快步前行引领我们从铺满花石料的小院，顺拐角楼梯拾级而上，七拐八弯，忽上忽下，室内室外，不知到底有多大天地，只见雕梁花窗、居室客堂、壁上字画、架上盆景，整洁雅致。室外走廊蜿蜒，假山池塘苔痕色青。且院中有轩、有榭，皆翘角飞檐，敞亮有致。中庭更有老树两株成合抱之势，一为梨树，一为百年大核桃树，皆绿翠如洗、枝叶纷披，荫蔽上下两个错落小院，树影覆盖大半个楠庄。我说："楠庄风姿尽在此树。"廖工不禁得意，用手指给我看树上果实，又摘下虬曲树干上一株湿漉漉的灵芝菌孢。

廖工介绍，楠庄建筑在一个约五百平方米的斜坡上。当初他依山傍势，巧思构架，分五层，使房屋台榭凌空交错，建有房屋二十多间，轩榭各一，回廊几十米，还有三个大小不等的院坝、平台。这里每一寸土地、空间都被他匠心妙用。我们看得眼花缭乱，迷宫一般。这木匠建筑师让人惊叹，修房子就像在螺蛳壳里做道场，又像是在雀笼里修了一座小观园。

是日，我们一行人住在楠庄。饭后，摆茶桌于大树下，品茶、谈天、听蝉，享受这后山溶溶月色，遍地清凉。

我们和廖工交上了朋友，有了更多的往来。接连好几年的夏天，我和流沙河邀约亲友拜访廖工和他的楠庄，以至于廖家的小狗欣欣，竟然把我们当作好友，大门一开便迎上前来尾巴乱摇。

一九九七年初夏，北京的邵燕祥、谢文秀夫妇到成都游览，文友黄家刚、曾伯炎、黄一龙，以及流沙河与我邀请贵客到青城山楠庄消夏，邵先生欣然前往。到达时廖工惊喜地开门迎客，诸人相见甚欢。

那一次诸友在楠庄聚会三天，核桃树下的庭院是我们的海德公园。一行人中伯炎、一龙、邵先生及流沙河皆是五七年"右友"，所思所谈不离历史文化及各自人生遭遇。

那天饭后，邵先生用标准的京腔讲起一个笑话：一九五八年"大跃进"，河北某县为表丰产富饶、成绩伟大，在上级官员下乡视察时，让许多农民披上羊皮混在羊群中在对面山坡上爬行做吃草状。远远望去，青山绿水间羊群规模果然可观。诸友听后笑声连连！由此而联想引发，他不紧不慢地接着说道："人披羊皮吃草倒是奇观。而你我在一九五七年那次当'右派'的遭遇，实际上扮演了一回'披上人皮的羊'，最后落得二十几年被人宰的份儿，真不知是喜剧还是悲剧。"

流沙河不同意他的比喻，接过话头道："按照当时上面的说法，我们是在'向党进攻'，所以应该是'披上狼皮的羊'。其实当年的绝大多数'右派'，包括我们几位在内，在思想意识上是拥护党呵，哪有一点反对他们的意思！真是几重的历史误会，后人将来可厘得清吗？"

我说，著名"右派"刘绍棠不是有一句名言说"右派"挨整是"母亲打儿子"吗，这说明整治的和被整的确实是一家人。这样看待当年反右运动，对被迫害一方的确太残酷，但历史无情就在于此。流沙河接过话题说："反右运动前几年的整胡风也有类似情形。我读到的许多关于胡风集团的材料，那里面的人观点都很左，他们文章的立论很多都是斯大林主义的东西。将来后人读到这样的文字恐怕和现在的人感觉大不一样，他们或许说，这是那时候的帮忙帮凶者不被待见的可悲命运。那么推及'右派'，一样的道理，属于内部问题。譬如本人，就曾和他们是一条船上的人。只有我们这些过来人才深知，在那种政治环境中，被派定的角色只有两种，一种是整人，另一种是被整。从现在看来，我情愿是后一种，这样免于良心的谴责。从这个角度讲，当'右派'我无多大怨言。我年轻时是一个教条主义者，虔诚信奉革命理论，如果未当'右派'，极大可能是'左派'，还会继续写些配合形势的诗文，就更加无耻了！好在今天我人都老了，从骗局中醒悟，这是一辈子最大的收获。"

在座的曾、黄二位皆属"右友"，同感尤甚。

漫谈是随意而跳跃的。其间有人聊起了书法艺术，说当今许多大小官员八方题字，时兴充文化人，焚琴煮鹤肆意污染山川环境。

我趁机讲起一见闻：某年，我和流沙河同一群作家游览长沙岳麓书院。讲解员带我们走进一间挂有明清大儒书法作品的展室，大家正随意瞻仰时，讲解员却特意指着壁上一幅李大官人的书法作品，说是如何如何与有荣焉。那上面的内容乃抄自岳麓书院大门上的现成对联"惟楚有材，于斯为甚"。抄古人固然好，只是那字迹，春蚓秋蛇，僵死盘曲，实在丑得吓人，看得使人眼镜跌破，倒退三步而腿肚子抽筋。参观的作家中有人眼神怪异，有人掩嘴偷笑、咳嗽。天哪，这李大官人居然勇敢到如此地步，在有一千多年历史的三湘文化圣地来亮剑，比肩大儒！这不应了一句现代俗语："长得丑不是你的错，出来专门吓人就不对了！"

诸人听后哄笑。哪知写杂文的邵燕祥先生突然变换语气，一脸故作严肃地说道："听说最近此公下了一道命令——严禁民间议论书法优劣，违者重罚严办！"

"哈哈……"大家又拍手大乐。

文友间的神吹海聊令人兴味盎然，值得纪念。事后邵燕祥先生以一手秀雅书法为廖鸿旭留下墨宝，兹录于此："楠庄小园有大核桃树，亭亭如盖，树下夜谈，堪称神聊。忽忆幼时夏夜乘凉庭院中，坐卧亦藤椅，草间流萤，树梢轻风，光景依稀，屈指五十年了。今日居停主人并文朋诗友，恍若家人，当长记不忘。"

楠庄还有一园中园，内植茶花、茉莉、兰草等花木，甚是小巧可爱。廖工又一次带我们观览，当场求赐题园名。流沙河为他题写"探艺园"三字，并撰写对联一副相赠："楠香可比茶香远，艺道还如天道长。"以此嘉勉他的精湛技艺和成就。廖工高兴得满脸放光。

廖工是贫苦农村娃出身，他说自己当年打一双光脚板进城，一边学手艺，一边上平民夜校识字班学文化，学习仅一年。但他的确

左起吴茂华、邵燕祥、谢文秀、流沙河

勤劳有天赋，不仅匠人的技艺高强，更有七十多年的人生积累和练达。某日，廖工上门我家做客，拿出一沓书稿，约七八万字，是他写的自传，来向流沙河求序。读过书稿后，我和流沙河都很感动于他之不易。虽说不上文采，但叙述客观平实，他将自己的人生历程和当时的社会历史背景交代得清清楚楚，一点也不含混。多年来上门求流沙河写序的人不少，且多有所持。有持币的、持官位的、持故旧新知的，流沙河

吴茂华、邵燕祥、谢文秀、流沙河等

大都婉拒了，但此次对廖工却另眼相看，没有推诿。于是流沙河在文章中写道：

  廖工程师鸿旭先生，四十年代的乡村一牧童，赤脚跑到成都来学做木匠，酸辛备尝，以其心灵手巧，习得梓人绝技……又在八十年代退休后移居青城后山楠庄，混迹农夫野老，被尊呼为廖幺爸，于匠作之余暇，竟然写出一部自传来，使我读后大受感动……鸿旭先生抱朴藏拙，从未想过扬名文苑。促使他伏案摇笔的，非名非利，乃是良知，省察自己的那一种良知，以及热情，认识自己的那一种热情。他一定有所得有所悟，脱离了低级趣味，不然就不会写什么自传，自找苦头吃了。我尊敬他，正以此啊。

三见余光中

那本《余光中一百首》是我和流沙河认识到结缡的缘由。余先生做了媒人且不自知，天下可遇而不可求的事情，竟临到我等头上。暂且不说他光照华文世界的诗文声誉，仅此一点，我是多么地想一睹余光中本人风采。

而流沙河与余光中的文字渊源更要追溯于二十世纪八十年代。当时的文学界掀起台海诗歌热、余光中诗歌热是众所周知的。

一九八〇年初夏，香港《天天日报》副刊编辑刘济昆给流沙河寄来《当代十大诗人选集》等三本台湾出版的诗集，并在信中一再劝流沙河读一读台湾现代诗，有意为两岸诗艺交流搭一座桥梁。他在以后的信中又多次说到诗人余光中名声甚响，值得拜读其诗作。那是长梦渐醒、冰河初解的时候，国门刚开了一丝缝隙，体制内曾被打得七零八落又刚复苏的文人是语冰的夏虫，见识有限，井底观天的心态导致他们对外界新东西既渴求又抗拒。流沙河后来对此有过反思，他这样对我说过："比起台湾许多学者、文化人，我自知知识学养缺陷。别人在一个自由环境里跟从名师做学问，而我在劳改，蹉跎二十年。要知道自学是有限的。五十年代我是宣传员，八十年代又是宣传员，有什么资格称作家？"

对刘济昆的热心推荐，他的初期反应是冷淡、抗拒。他曾在一次诗会上说台湾现代诗"琐碎不足观",甚至说出"我相信当代人类最好的诗是我们今天的诗,而不是任何舶来品。勿去听信什么引进之谈"。对余光中的臆测更是武断得吓人:"我不相信台湾那样的资本主义罪恶环境能孕育大手笔!"

而仅仅时隔一年,他在赴庐山诗会的列车上读到余光中的诗《大江东去》:"大江东去,龙势矫矫向太阳／龙尾黄昏,龙首探入晨光／龙鳞翻动历史,一鳞鳞／一页页,滚不尽的水声……"只开头四句,优美的句式、铿锵的节奏、深重的历史情怀扑面而来,使流沙河被深深地震动。随后的时间里,他读到余光中更多的诗作,不得不佩服,从而萌生了介绍台湾诸诗人的念头。

他任职的《星星诗刊》专版上介绍余光中的文字被刊出后,他写信托刘济昆面呈余光中表示敬意。不巧余光中返台,一年后回香港中文大学继续任职。一九八三年,余光中回信流沙河:"我们社会背景不同,读者也互异,可是彼此对诗的热忱和对诗艺的追求,应该一致。无论中国怎么变,中文怎么变,李杜的价值万古长存,而后之诗人见贤思齐,创造中国新诗的努力,也是值得彼此鼓舞的。"从八十年代起他陆续出版了《隔海说诗》《台湾诗人十二家》《余光中一百首》等著作。他在书中这样说道:"他的诗作,一贯具独创性,不属于哪一派,相反,倒影响了一代诗风,常被青年诗人模仿。他在不少诗里流露的民族之爱,故国之爱,如果淡化其政治背景的话,都能给读者以正面影响。他的绝大多数诗作,从主题到文字,显出优雅趣味,散出文化芬芳,能收移人情性之效。他的这些优势,到了香港,发挥得更充分。大诗人的称号,他当之无愧。……余光中的诗儒雅风流,具有强烈的大中华意识。余光中光大了中国诗,他对得起他的名字。接触台湾现代诗以来,倏忽七年,我一直爱读他的诗,隔海成了'余迷'。……写诗我也落伍,愈看愈丑。丑女嫁不脱，改行当媒婆，不亦明智乎？"

而余光中怎样看待这件事情呢？他有文记之："流沙河是蜀人，我因抗战岁月在四川度过，也自称是'川娃儿'。流沙河本名是余勋坦。他赏识我的诗，当然不是因为同乡又兼同宗之谊，不过这种因缘也添了巧合之喜。蜀人最擅'摆龙门阵'，流沙河逢人说项，竟然像说书人一样，在大庭广众之间开讲起我的诗来。言之不足，继又宣之于笔，先后出版诗话三卷，开头两卷还是杂话，到了《余光中一百首》，索性单话我了。"

一九九一年十月六日，余光中在信中写道："兄所选释的《余光中一百首》花了不少的心血，抉尽拙作之意趣，眼高手妙，却又点到即止，不类新派学者，引洋经，据西典，一点意思，下笔不能休。尊作将长篇大论浓缩于一页之内，逼读者举一反三，间或插入我国诗话隽语，否则这部选释将长达四五百页。郑笺有高手，海内传知音，令我感动。"

在后来的文章中他又说道："二十多年来，流沙河对拙诗始终肯定不移，给我很多鼓励。这一切都从《星星》开始，其火几乎'可以燎原'。近日竟然出现'余光中热'之说，有人十分不以为然。就我而言，哪有什么'余光中热'？有之，不过是中国热、中文热，甚至李白热、苏轼热的余温、余光而已。"

可以说，二十世纪整个八九十年代，大陆掀起一股余光中诗歌热潮，流沙河功不可没，这也是台海两岸分离数十年来，第一次成规模的正式文化交流。而大风卷扬、起于青萍之末的，竟是民间的两位老书生。

从一九九六年余光中第一次到成都起，直到二〇一四年我和流沙河到台湾高雄止，其间除了湖北宜昌祭祀屈原诗会那次我没参加，我俩共有三次同余光中夫妇见面共处。每次时间虽不长，但亲聆謦欸，受教于心，于我等是何其幸运。且听我一一道来。

一、今夕复何夕，共此灯烛光

一九九六年十一月十九日，成都初冬夜，我和流沙河到双流机场迎接余光中夫妇。晚上七点多，从香港中转的航班到达。来蓉旅客鱼贯而出。灯光中遥见一老先生，身着蓝猎装，戴眼镜，清瘦矮小，手推行李车缓缓走出来。作为邀请方同来迎接的两位川大教授走上去握手问候。近看这位先生，白发高额，眼镜片后目光炯炯，定是大诗人、学者余光中教授无疑了。流沙河上前点头致意，还未来得及说话，余先生已张开双臂和流沙河拥抱在一起："我们是本家！"他知道流沙河也姓余，所以称本家。"二余"隔海传鸿，神交十三年之久。就在最近的一封信中，余先生还说到自己"近乡情怯，四十年前挥别大陆的，是一位黑发少年，今日回乡，真是羞将白发对华夏的青山"。可见今天与流沙河首次见面，他的心情是如何激动和澎湃。

余光中先生及夫人范我存女士皆江南人，抗战期间随父母流亡四川。余先生在重庆江北县悦来场读中学七年。范女士在乐山读完小学。在机场回城的车上，余先生感慨地说："一九四六年我从重庆朝天门码头离开四川，到如今整整五十年了！"历史变迁，人事代谢。半个世纪的读书、教书生涯，由台湾岛到北美，到香港，又回岛上中山大学，仍不能忘怀天府之国，叫先生如何不感伤？正如他的诗作《蜀人赠扇记》的引子自陈："问我乐不思蜀吗？不，我思蜀而不乐。"我感到惊讶的是余先生范女士典雅的谈吐，使用的竟是四川话，略带重庆土音。王粲在《登楼赋》中说的"庄舄显而越吟"，正是这样。

第二天我同流沙河到川大余先生夫妇下榻处，应约陪同客人外出游园。刚入室，余先生笑对流沙河说："昨天晚上你戴的小红帽，今天怎么就摘了？好精神哟！"语义双关，逗笑众人。

出发前有陪同的研究生拿出几本余著诗集，请余先生签名题词。余先生一边签一边指着一本山东印的盗版书，诙谐地说道："山东出圣人，又出响马嘛！"对于同样是盗版的成都本地印的几本书就笑而不言了，真是一派君子蕴藉之风。盗版就是偷窃，让不知情的学生娃娃把赃物堂而皇之拿到失主面前炫耀也太不堪了。我等川人只好在旁边替人脸红。

众人簇拥余先生夫妇，乘车到达武侯祠。进大门时，余先生告诉我，台湾播送大陆拍摄的电视连续剧《三国演义》，他们夫妇每集必看。往往是剧中人物台词上句出口，余先生就接出下句。由此可见熟稔程度。进了丞相祠堂，余光中与流沙河并肩而行，一路观赏古代碑刻。廊庑壁上嵌着有真伪争议的岳飞所书诸葛亮的《前出师表》长碑，二人伫立细看，指画讨论。流沙河说，若要作伪，必定细心，就不会有错字漏字了。余光中指着第二个"遗"字说："你看这个走之，收笔上挑，同岳飞写'还我河山'的'还'字一样的。"流沙河连说："对对对！"二人喜形于色。接着来到蜀汉文武官员塑像长廊，瞻仰低徊。二人皆有学养修为之士，此时评论人物、考证史实甚为欢洽，令我等在一旁歆羡不已。在正殿，余先生观察细致，正梁上漆书"淡泊明志，宁静致远"字样被他发现，他仰头用相机拍下，回身对我说："这是真古董。"而面对左壁一幅大型国画《隆中对》，他露出失望之色，连说："俗气俗气！"我走近一看，画的署名是范增。

参观三国博物馆，陈列的文物中有一大型陶马，修鬣短尾，神采骁勇。流沙河问："光中兄，这可是你诗中的唐马？"余先生笑答:"这战马体现了三国时代的雄风。"余光中有名作《唐马》一诗,开头有"骁腾腾兀自屹立那神驹/刷动双耳,惊诧似闻一千多年前/居庸关外风沙"之句。

出馆已近中午,天色转好。园内草木葳蕤,空气清新。在一石拱桥上我为余先生伉俪拍照留念。接着又请余先生与流沙河比肩而立,以文物馆前一棵老银杏树为背景摄下一张有非常意义的照片。从流沙河二十世纪八十年代初期介绍余光中的诗到大陆来,迄今有十多年了,二人纸上相知,一直缘悭一面。曾有报刊记载,余先生前些年在北京上海等地受访时说过,他回来最想见的两个朋友,一个是翻译家王佐良,另一个就是流沙河。此番今日,才算了却夙愿。

下午,一行人又去杜甫草堂,瞻工部祠,拜史诗堂,读碑刻楹联。在杜甫石刻像碑前,余先生对瘦瘠而忧郁的杜甫形象注目良久,说道:"画出了苦命诗人的灵魂!"他与夫人范女士手扶像碑,站立左右,留影纪念。

十一月二十四日晚,余先生夫妇游罢都江堰,直趋红星路我家来。我和流沙河用自家坛子里的泡青菜炒肉、几盘新鲜小菜佐稀饭、两个锅盔夹牛肉、一瓶花雕待客。晚餐虽简素,但他俩却满意。席间举箸碰杯,但话家常,气氛十分融洽。近距离观察余先生,白发高额下一派沉笃蕴藉,气质雍容。说话细声慢语谦抑有度,绝无一点文豪气。特别是你和他说话,哪怕说的是闲话,他也一定是双目定睛,正面相对,让你切实感到自己被对方倾听和尊重。其间余先生说起他刚刚参观过的眉山三苏祠,里面有一展室,挂有一幅琼瑶的大照片。余先生讶异不解,认真地问道:这琼瑶和苏东坡有什么关系?这个问题好回答,我说,当然有关系,就像造原子弹的和卖茶叶蛋的一样,都有一个"dan"字!主客皆大笑。快到十一点,客人将离去,我们与余先生夫妇互道珍重。流沙河引杜诗"今夕复何夕，共此灯烛光"表达喜悦之情。我用相机摄下这珍贵一瞬。

二十六日下午，余先生夫妇访问结束将登机回台。我同流沙河到川大宾馆为其送行。临上汽车，流沙河对余先生表示因海峡相隔，不能常相处的遗憾之情，叹两岸统一不知何年。余先生持乐观态度，竟回答"我看还要十年吧"，并慎重承诺"我还会再来的"。

半个多月后，收到余先生自台湾的大札。一纸素笺，银划铁钩钢笔手书，载不动先生回蜀乡、了心愿的激情快意。他在信中这样写到："此次回川，终于见面，并得畅叙；笔交、神交而终能握手促膝，一室谈心，并享粥宴，实为大快。……回首武侯祠中共读岳飞草书《出师表》之情景，历历犹在心目。武侯、工部、二王、三苏，成都之壮烈风流，亦足以傲世而自豪矣。若无诗以咏，当愧对前贤，唯迄今只得二首，不知尚有续否。先附于此，尚希正之。"

信的后面，薄薄三页纸上，便是余先生新作二首，文光四射、磅礴美丽的《入蜀》《出蜀》诗句。

入　蜀

也不用穿栈道/也不用溯三峡/七四七只消一展翼/便扫开千里的灰霾如扫开/半世纪深长的回忆/把我仆仆的倦足/轻轻放下，交给了成都/我入了蜀。

辣喉的是红油/麻嘴的是花椒/大曲酒只消一落肚/便扫开岁暮的阴寒如扫开/半世纪贪馋的无助/把我辘辘的饥肠/熊熊烧烫，交给了火锅/蜀入了我。

出　蜀

七四七突然发一声长啸/猛撼诸天惊骇的云层/便赫赫轰轰纵上了青霄/壮烈的告别式/就用如此断然的手势/一

下子把我拔出这盆地／把无鸟噪晨无猫叫夜的古都／把无犬吠日也无日可吠的蓉城／把满城的茶馆，火锅店，标语，招牌／把满街的自行车，三轮车，货车，面的／把法国梧桐，银杏树，金黄的秋叶／把草堂，武侯祠，三苏祠，二王庙／仰不尽的对联，跨不完的门槛／一炷香自在地上升，流芳了千年／怕什么风吹呢什么运动？／把乐山的大佛，都江堰的雪水／把峨嵋到玉垒，古今的浮云／把巴金的童年，李白的背影／把一亿嘴巴的巴腔蜀调／大摆其龙门阵，不用入声／滔滔不断如四川南注长江东流／把三分国，八阵图，蚕丛的后代／把久别的表亲，七日短聚／把送行的蜀人，挥手依依／就这么绝情地一摇机翼／全都抖落，唉，在茫茫的下方／但一缕乡思却苦苦不放／一路顽固地追上天来／且伴我越大江，凌云贵，渡海峡／先我抵达了西子湾头／只待我此岸独自再登楼／冒着世纪末渐浓的暮色／隔海，隔世，眷眷地回首。

二、蜀中吟

　　大陆的"余光中热"，从二十世纪八十年代中期起，持续了差不多二十年，仍不见衰减。从中央到各省市的大小报刊、电视台、互联网，余光中的诗文被广泛介绍。他的著名诗作《乡愁》传诵之广早已超出文化界，已达"有井水处，皆诵'余'词"的地步。而另一方面现代传媒的力量又可怕地将其简化为"余光中＝乡愁"，相对于他已经出版四十多种诗歌、评论、译作、散文的成就，这真是无可奈何，是一根眉毛遮住整张脸的笑话。以至于他本人一再声明："我不是一首诗的诗人！"

入 蜀　　　余光中

也不用穿棧道
也不用溯三峽
七四七只消一展翼
便掃開千里的灰霾如掃開
半世紀深長的回憶
把我僕僕的倦足
輕輕放下,交給了成都
我入了蜀

辣喉的是紅油
麻嘴的是花椒
大麴酒只消一落肚
便掃開歲暮的陰寒如掃開
半世紀貪饞的無助
把我轆轆的飢腸
熊熊燒燙,交給了火鍋
蜀入了我
　　　——1996.11.28

余光中手迹（1）

出　蜀　　余光中

七四七忽然發一声長嘯
猛撼諸天驚駭的雲層
便赫赫轟轟縱上了青霄
　壯烈的告別式
就用如此斷然的手勢
一下子把我拔出这盆地
把無鳥嘷晨無貓叫夜的吉都
把無犬吠日也無日可吠的蓉城
把满城的茶館,火鍋店,標語,招牌,
把满街的自行車,三輪車,貨車,麵的
把法國梧桐,銀杏樹,金黄的秋葉
把草堂,武侯祠,三蘇祠,二王廟
仰不盡的对联,跨不完的門檻
一炷香自在地上升,流芳了千年
怕什麼風吹呢什麼運動?
把樂山的大佛,都江堰的雪水

余光中手迹(2)

从北京到南京，从白山黑水的东北到杏花春雨的江南，再到中原、华南、湘楚及巴蜀之地，他频频游访。足迹所到之处，排队买书的人群，演讲的盛况，媒体的追踪报道，成了一道独特的风景。我在电视上看到他在某大学朗诵《民歌》一诗，场面火爆得感人：诗人在台上读到"传说北方有一首民歌／只有黄河的肺活量能歌唱／从青海到黄海"，台下上千的年轻学子齐声应和"风，也听见／沙，也听见"。台上台下，白发与黑头，苍老与青春，一呼百应的诗魂，铿锵成了一部交响曲。余先生那绵绵的游子之思、故国之情，恐怕得到充分释怀，他该心满意足了吧！

二〇〇五年元宵节，应成都武侯祠博物馆邀请，余光中夫妇为参加"千秋蜀汉风——武侯海峡诗词楹联会"而来。二月二十二日下午一点多，我同流沙河到机场迎接客人。等候中，我想起的是八年前余先生的那句"我们还会来的"。果然，鸿鹄翩翩又将至矣！

那天机场里事先得到消息的媒体记者特别多，把出口围个水泄不通。我和流沙河站在栏杆旁，前胸贴后背地挤。耳边有人问，什么人要来哟，这样大阵势！当机场广播通知班机降落，约二十分钟后，余光中、范我存夫妇手推行李车缓缓出现在大家视线里，拿长枪短炮的记者群立即蜂拥，围向客人。待喧嚣稍定，我和流沙河上前献花问候，余先生笑容满面拉住流沙河的手，随人流走出大厅朝汽车走去。八年光阴一瞬，我看余先生头上白发更萧疏了。

第二天，二月二十三日上午九点，我同流沙河乘车到达武侯祠。门前人潮涌动，事先得到消息的本地文学爱好者、游客堵在门口，想一睹余光中及其他海峡那边诗人的风采。武侯祠内"结义楼"前，露天会场丝竹悠扬，人头攒动，座无虚席。头排正中位置的余光中穿薄棉外套，范我存女士着红呢披风雍容就座。旁边坐的是洛夫等七八位海外诗人。等待片刻，主持人宣布诗会开始。两岸诗人们依次上台吟诵诗作。

流沙河上台先是背诵诸葛亮的《前出师表》，在此三国故地诵该篇自是切题。此文是名篇，尽表诸葛老臣忠贞壮烈之心，写得气扬采飞、张弛有度。流沙河用地道川音，情感饱满地将这七百多字的雄文一气道来。当诵到"亲贤臣、远小人，此先汉之所以兴隆也；亲小人、远贤臣，此后汉所以倾颓也。先帝在时，每与臣论此事，未尝不叹息痛恨于桓灵也"时，台下几百名听众鼓掌，为他声情并茂的朗诵，更为此句在当下的深意。

他朗诵的第二首是余光中怀念川中少年时光之作《罗二娃子》。抗战时期余光中随父母流寓重庆江北县八年时间，罗二娃子是他隔着牛角溪相望的玩伴。"那年夏天涨大水，断了木桥／我跟罗二娃子／只好隔水大喊，站在两岸／喊些什么并不要紧／要紧是喊本身，我喊，他应……"余光中中年时期写的这样一首朴素如口语、缅怀童真纯美之诗，而今由川中另一个白发的"罗二娃子"流沙河，在台上用川话高声诵出，一遍一遍地呼喊那三十年前诗中的罗二娃子，十分令人动容。余先生恐怕是百感交集吧！而"听人吟诗，入我之肺腑"，台下听众亦被感染而掌声雷动。

余光中最后上台，显然主持人将他的吟诵看作压轴戏。余先生小个子，站在台上并不显眼。全场异常安静，期待他"绣口一吐就半个盛唐"（余光中诗句）。只见他神情端肃，对着麦克风微微垂首静默，足有一两分钟。接着，扩音器里传出他似唱非唱、似吟非吟的苍老声音："丞相祠堂何处寻，锦官城外柏森森……"咦！他是现代诗大家，此时却采用旧时塾师特有的吟哦：非曲非调，似说似唱，抑扬呜咽，随性而发，将这首杜甫怀诸葛亮的诗演绎得古意盎然，传统古旧的魅力，此时让人耳目一新。诵声中，不由让人联想翩翩：像峨冠博带的屈原风中唱《菊颂》，又似水边追赶洛神的曹植在声声太息！……"出师未捷身先死，长使英雄泪满襟！"余先生的吟诵，带我们进入诗性的灵魂，穿越蜀国历史深处的悲壮。

在此前一天，恰遇济慈诞辰纪念日，所以余先生又用英语朗诵了一首济慈的诗。洋腔与老夫子土调，从余光中口里出来皆缤纷有致，洋得正宗，土得古老，审美趣味张力极大。

当主持人报出第三首诗是《蜀人赠扇记》时，我心里说道：果然有此，被我料到！

在流沙河与余光中的交往中，直接写诗唱和不多。大陆这边广为熟悉的是流沙河那首被选在中学教科书上的《就是那一只蟋蟀》。其实更早一些时候还有余光中写的《蜀人赠扇记》。那是一九八六年初秋，流沙河托人将一柄安徽泾县制的素纸折扇送到香港中文大学黄维梁先生处，雅洁的扇面上是他手书的元好问词《临江仙·自洛阳往孟津道上作》，请黄先生方便时转至余光中。一九八七年五月，余光中赴欧洲参加国际笔会途经香港，晤黄维梁时收到。他回台后于八月底写信予流沙河称"扇面书法，饱满浑厚，严整中有变化。时值溽暑，而清风在握。见者索阅，莫不称羡"。一个多星期之后，又收到这首《蜀人赠扇记》，附言道："河兄，蒙赠折扇，挥摇之际，感慨不能自已。奉上这首《蜀人赠扇记》，不足言谢，聊表故国之思，旧游之情云耳。"流沙河收到此诗激动不已，他两天后即写文说："余光中这一首《蜀人赠扇记》深深感动我，吟读此稿，听见自己嗓音颤抖，遂有一个异想跳出来问，可以在海峡这边发表吗？"从流沙河写此篇文章起，十多年过去了，随着海峡两岸政治形势的缓和，经济文化交流的日益密切，余光中的诗文大举登陆，影响神州遍地。可见民众对真正优秀的东西也是"口有同嗜焉"，挡也挡不住呵！

而今余光中站在台上，于故国之地，咳珠唾玉般，用他发自胸臆的诗文，一吐那魂牵多年的乡愁，梦绕游子的情怀。

余先生的诵读和我们常见的那种舞台演员的朗诵完全不一样，没有夸张的表情，手势很少，音色更说不上磁性共鸣。大诗人的浪漫是真性情的迸发，不屑于过度的表演。他太自信于诗本身的璀璨，端赖于文字、音韵、语言组合成意象之美来直击你的灵魂。

这首叙事抒情的《蜀人赠扇记》，他是用普通话和川话夹杂诵读的。普通话起头，后面凡涉四川的地方就用四川方言，与台下四川人交流无碍，亲和力特好。"……原非蜀人，在抗战的年代／当太阳旗遮暗了中原的太阳／夷烧弹闪闪炸亮了重庆／川娃儿我做过八年／挖过地瓜，捉过青蛙和萤火／一场骤雨后，拣不完满地银杏的白果／向温柔的桐油灯光，烤出香熟的哔哔剥剥／夏夜的黄葛树下，一把小蒲扇／轻轻摇撼满天的星斗／在我少年的盆地，嘉陵江依旧／日夜在奔流，回声隐隐／犹如四声沉稳的川话／四十年后仍留我的齿唇／四十年后每一次听雨，滂沱落在屋后的寿山／那一片声浪仍像在巴山……君问归期，布谷鸟都催过好多遍了／海峡寂寞仍未有期……对着货柜船远去的台海／深深念一个山国，没有海岸／敌机炸后的重庆／"文革"劫后的成都／少年时代我的天府／剑阁和巫峰锁住／问今日的蜀道呵，行路有多难？"

蜀道真的难于上青天吗？余光中竟用他美丽的乡愁，魔术般地跨越天堑，一登通途。"诗是文火，能炖烂死硬的老牛筋！当然，得慢慢来。"流沙河在文中如是说。

毕竟是正月间冬日天气，寒风飕飕侵袭肌体。接二连三的文化交流活动频密，使高龄的余先生身体欠安，肠胃不适。为躲避媒体记者过多的骚扰，主办方特别安排余先生夫妇住在成都东北角稍偏僻一点的大学校园宾馆。于是接连几天，我在家煮好南瓜稀饭盛保温杯里，搭配上核桃米拌木耳、豆腐乳、炒西芹等几样小菜送去宾馆，让二位享用家常。

饭后，如余先生精神好，我和流沙河就陪他俩随便聊天。余先生说："八年时间我两次到成都，看城市的街道建筑变化太大。高楼倒是越修越多，但和全国其他城市一样，千城一面，历史传统的韵味几乎消失。能够吸引外地人的恐怕还是只有武侯祠、杜甫草堂这样古老、有文化诗情的地方，那些伪古典、假古董造得再多只能添俗气。"流沙河说："这所谓现代化的负面作用越来越明显，特别是用搞运动的方式，一哄而上，不出问题才怪！"我说："还造洋古董呢！我来告诉二位一个笑话。前一段时间本地报刊突然连篇累牍载文报道，说是二十世纪初有一老美旅行家洛克在四川稻城亚丁、云南迪庆一带发现山川优美，风景如天堂一般，于是惊呼伊甸园在此！这本是老美一句文学夸张的话语，结果一百多年后的今天，被宣传部门接口过来炒作成旅游经济的至宝，并找了一些不着边际的文人学者来在媒体发言考证，说'东方伊甸园'在我们四川！这是一个惊世大发现。"流沙河插话说："他们也要我上电视台说话为此抬轿子，当然不能去的，我还要这张老脸。稍有常识都知道《圣经》上伊甸园在中东的幼发拉底河与底格里斯河流域一带，并且那里本来就属东方。现在突然就移到四川，那不会笑死人吗？伊甸园里有什么？除了亚当夏娃，还有一棵苹果树、一条蛇。这如何拿来搞活经济嘛！"两位客人听后大乐。

接着余先生又说起两岸分别使用繁、简字体闹荒唐的事情。余光中、范我存夫妇在大陆的亲戚众多，子侄辈中有人写给他的信中称呼"敬爱的余光中姨叔"，居然把"姨"当作"表"的繁体字，闹出大笑话。余先生说："这还不算，更有大陆大学文学系的学生写信将余写成'馀',将范写成'笵',他们都认为自己写的是繁体字。还有某知名文化人不懂谦称,别人问他'你太太好吗',这位先生回答'我夫人在家照管我的公子'。自己给自己加冕,大言不惭竟至于此。"流沙河说:"大陆文化界如此混乱,文化低落,丢丑啊!"

我看余先生说话兴致好,趁机向他提一个问题。我说:"前一段时间凤凰卫视播送台湾李敖访谈节目,当李敖听记者说到你的诗歌在大陆广为传诵,读者众多时,他十分不屑,用他一贯尖酸刻薄的腔调说'余光中是骗子'!然后又找出一首余诗来分析,证其伪劣。先生您如何看待此事?"余先生微笑,慢悠悠地回答:"我如果还不满四十岁的话,可能会和他理论一番,如今头发都白了,就随他说去吧!"

其实早在二十世纪六七十年代他刚刚声名鹊起的时候,在台北、香港就饱受各色人等的攻击。余光中笔下口头皆非弱者,摇笔搦管论战一番有何难事?偏偏他内心沉潜、自信强大,绝不为此动气伤神。他喜欢兰道的名句"我与世无争,因为没有人值得我争吵"。所以,对以恶吠闻名两岸的李敖,就更不必了。

据说后来余光中到上海,又有记者追问"李敖经常找你的碴,你如何看待",余先生只好回答:"他天天骂我,说明他的生活不能没有我!而我不搭理,证明我的生活可以没有他。"(大意)。看一看这四两拨千斤的俏皮幽默,文坛大家的优容和风度,是任谁能骂倒的吗!

三、西子湾头再聚首

二○一四年二月,我和流沙河拟到台湾一游。流沙河平时在家与我及文友交谈,提起民国时社会的一些风范世情,总说是如何与今不一样。他是过来人,当然有其道理。我于是鼓动他"那我们就到台湾去看看那里的样子"，他就欣然同意。我知道除此之外，还有一个重要原因是到台湾有机会见到余光中。距上次余光中夫妇访蜀，又有九年时间了。巧合的是我们出发前一个多星期，余先生打来电话问候。他听说我们要去台湾的事即刻表示欢迎并拟到机场迎接。我和流沙河大为惶恐，此万万不可，怎能劳动八十六岁高龄的余先生。我赶紧在电话里阻止余先生，并且决定不告诉他具体出行时间。

二月二十三日，我和流沙河、曾伯炎夫妇、李书崇夫妇从成都双流机场登机飞往台湾。下午五点多，飞机到达台北松山机场，流沙河急切地从舷窗往下望去，台北就在下面，民国就在眼前。两岸隔绝六十多年，我们今天终于要一窥面目。一行人下机进入通道至机场大厅，流沙河一路上，目光逡巡于那些标牌上的繁体文字，那神情如见娘亲。出了大门，对面广场高高的旗杆上一面"中华民国"旗帜在晚风中飘扬。流沙河又注目良久，心情复杂。

车行于台北街头，一路向城市北边建国北路宣美酒店驰去。台北这个城市有一种良家妇女的端庄和安静。街道整洁通畅，道路两侧多是二十世纪七八十年代修的老楼，不见妖冶异形的摩天大厦，更无那种光怪陆离的红绿喧嚣。流沙河频频向车窗外张望，用一双老花眼在贪婪寻找，看那些横挂竖挂在建筑物上繁体字的店招、标牌。我们这些使用了五十多年简体字的大陆人，猛然间见到遍街的繁体字，不由得生出一种时空倒错，回乡得见故旧的感觉。

晚上电话通报余光中我们一行抵达台北的消息，余先生问起对台北的第一印象。流沙河回答："机场墙头识正字，台北夕阳照旌旗……"

在台北的几天过得飞快，"总统府"、中山纪念堂、台北"故宫"、中正纪念堂、士林官邸、阳明山、北投、林语堂故居、孔庙，我们能去的地方都去了。

各旅游景点，几乎全是大陆游客，嘈杂喧嚣，插队嚷闹，不守秩序，弄得当地人替我们尴尬、无奈。但也有例外，那就是在中正纪念堂的经历。中正纪念堂坐落在自由广场的正前方，是有二三十级台阶的巍巍建筑，似乎模仿南京中山陵的格局。上得台阶，见空阔大厅正中一蒋介石坐像，其面容温和，无伟大状。身后高壁上镌刻有他的手迹，短文三段：一以伦理释民族主义，二以民主释民权主义，三以科学释民生主义。流沙河回头对我说："这里的伦理是指儒家伦理，民主是指现代民主，科学是自然科学。蒋自己不立说，仅释孙中山三民主义，以彰显其继承者身份。"大厅里有两三百名大陆观众依栏杆围成弧形，肃立于蒋的坐像前，观看戎装卫兵五人换岗仪式表演。五卫兵英姿少年，慢动作节奏铿锵，踏步筑枪啪啪有声，持续整整二十分钟。观众似灵魂震慑，皆屏息注目，无一人喧哗。

从大厅侧边楼梯下去是陈列蒋介石生平的展览厅。作为"中华民国"的领袖和政治人物，他的一生当然也是中国现代历史之重要组成部分。我们看图片、观说明、睹实物一路浏览过去。差不多三个小时的时间，我们一行在六十多年前的"民国"里徜徉了一圈，收获甚丰。出展厅，坐在台阶旁休息。流沙河颇有感慨地说："这儿展示的是史实和精神，那些文字里面没有一句说到蒋有多么伟大，但他对中国尤其是抗日战争的贡献不可湮灭。我活到八十几岁了，想起少年时期对蒋抗战尊敬拥护，青年时期鄙视'反动腐朽'，老来反省。想不到呵，人生转了一个大圈圈！"

去林语堂故居纯属偶然。我们坐车去阳明山的路上，在山脚公路拐弯处我见一指示牌，标明林语堂故居所在处，我赶紧告诉同行，大家一致决定稍后前去拜谒。

那天天气稍阴，上午到达阳明山山顶遇细雨，有风。好在冷雨不长，二十分钟后到达景点"花钟"处，阳光乍现，晴暖回潮。樱花如云，桃花夭夭，深红浅白，灼灼有光，早春二月的阳明山草木葳蕤，空气清凉干净得似有薄荷香味。树下花前，游人如织，熙熙攘攘悠闲得很。台北人好福气，有这样美的一个后花园。流沙河与两位男士从花钟登坡参观辛亥光复纪念馆，我同两位女士留在此地摄影寻芳。

从阳明山下来约几公里，公路右侧便是林语堂故居。据说修葺此故居，时任台湾文化主管部门的领导龙应台倡导出大力。一座盖有蓝色琉璃瓦的平房，独门小院，安静、朴素如村媪。进门后是一方小巧天井，角落一株绿芭蕉树下有一可爱鱼池，两尾锦鲤嬉戏于清水里。从右手边小门进去，三间套房便是林语堂先生生活起居的地方，卧室、餐厅、客堂家具甚至床单、窗帘的摆设皆如主人生前模样。似乎林先生出门未久，随时都会归来。墙上随处挂的照片皆是林先生及其家人不同时期在中国、美国的生活照。特别引人注目的有两张：一张是被印在林著封面上他口含烟斗的大头照片，另一张是他从美国回到台湾与蒋介石会面的照片。这位"五四"新文学大家，"两脚踏中西文化，一心写今古文章"的博学先生，以他幽默闲适的眼神从壁上与我等对视，似有所语。

小院左边上一级台阶，推门进去是林语堂著作陈列室。展室不大，四周壁上架上全是他一生的著作，中文版、外文版以及被翻译成其他语种、出版于不同时期的书籍繁多，蔚为大观。我费了好大劲才在其中找到我熟悉的《吾国吾民》《女性人生》《信仰之旅》等书，宝窟寻珍，仅此尔尔，其余不识，深愧自己孤陋寡闻。

小院正前方为上下两层楼，以前应该是林家大客堂，如今改作咖啡茶室供游客休憩。我们一行绕到客堂后面，顺篱笆墙漫步于长满浅草的后院。见客堂后窗下，有一占地两平方米左右的卧式墓石，这就是林语堂先生长眠之地了。流沙河在墓碑前行礼，并对我说："你看碑上刻'生于民国前十七年，殁于民国六十五年'。这是什么意思？民国前十七年明明是清朝，他为什么不用大清也不用公元纪年？他想表明的是，生是民国的人，死是民国的鬼！我想这一定是林先生生前定好的。"

从后院上来，房子旁边有一干净石桌，上面斜撑一把阳伞，我们一行坐下休息喝茶，闲话林先生旧事。说起二十世纪的新文化运动，说起当时林先生的重要作用，与鲁迅合办《语丝》的逸事，以及后来与鲁迅的分道扬镳。流沙河说道："林语常与鲁迅的分手是不可避免的。鲁迅是东洋革命派，林先生是西洋自由主义的温和改良派，他不喜欢激烈霸道。而鲁迅后来果然做了激进革命的盟友。林先生则学胡适，投到民国。听说他回来后蒋先生书写一幅'文章报国'四字赠予他。林先生是相当西化的知识人，最后达到两个回归，一是从西方落叶归根回到中国台湾，二是从唯物主义和无神论回归到基督教有神论。林先生一生光风霁月，有真正的中国知识分子的风范。"

林语堂一生固然精彩，但我以为他晚年回归宗教成为基督徒更为了不起。我说："中国的大小文化人，包括在座诸位，胸中有丘壑，以知识文化为终身追求，属多少吃了'智慧果'，心中有些隐然自傲的人。虽然也谦谦君子礼义修身，但往往流于其表，自义倒是常态。要叫他们从内心真正匍匐在上帝面前，称自己为'罪人'，需要被'拯救'，恐怕十分碍难。中国传统文化所谓'君子人格'阻挡了通往信仰上帝之路。而林先生智慧高迈，对传统文化中儒、道、释的精义，以及西方现代思想皆熟习无碍，他这样一个通人晚年皈依基督教，相对于中国现代许多文化人实在不容易。所以他说自己'获得宗教走的是一条难路'。"

有意思的是，林语堂将基督教的一些思想与中国文化相比较，得出相通相谐的结论。譬如《圣经》中教训人要"爱人如己"，甚至要"爱自己的敌人"，林语堂说这和老子的"善者吾善之，不善者吾亦善之""是以圣人常善救，故无弃人"道理一样。又如耶稣说的"你们若不回转，变成小孩子的样式，断不得进天国"的话语，和老子责问修道者"能婴儿乎？"意义相通。更值得一提的是，他说到科学理性与宗教信仰的冲突问题。他认为，宗教是一种"高级理性"。信仰是人的直觉本能，它顺从于来自冥冥中的绝对命令，属道德价值和灵性的范围。科学与逻辑属事实和物质的范围。认清两种不同的知识范围很重要。他说道："科学方法没有错，但它完全不适用宗教范围。人常想用有限的文字来为无限下定义，像谈论物质一样的东西谈论灵性的东西，而不知道他处理题目的性质。科学气质和宗教气质的抵触，是由于这种方法的乱用。"林语堂这样一位中西文化的通人，在思想非常成熟的晚年，写了一本书《信仰之旅》，历数他一生的精神追求，值得诸位一看。

台北清风习习，下午的阳光斜照，斑驳地洒在林家的石桌上。我们几人在他的家中围桌闲话，老人家躺在后院石床中可能听见？起身坐车回到酒店住处，晚饭后与高雄的余光中通电话，我告诉他我们一行这几日在台北的游踪。我说："前些年您回大陆做故国游，我们此次到台湾也是'故国游'哇！"余先生在电话那头会心地笑了。

上床睡前流沙河又说起余光中那首《乡愁》，随口吟出另一台湾诗人陈鼎环以此改写的旧体："人生多怅失，岁岁是乡愁。少小离家去，亲情信里求。华年思怨妇，万里卜行舟。未老慈亲逝，哀思冢外浮。而今隔海峡，故园梦悠悠。"并说道，"你看，旧体的《乡愁》也不错，诗不分新旧，只分好坏！"

三月二日午后，我们从台北乘坐高铁到达高雄，抵住处华圆饭店已是下午时分。

三月三日上午九时许，我们一行六人乘车到西子湾中山大学大门口。余光中、范我存夫妇驾车随后即到。记得九年前余先生访蜀，一次闲聊说起他坚持驾车上班的事，我和流沙河就担心他年事已高身手不便，他当时回答："你们不要瞧不起老头子呀！"自信溢于言表。想不到今天看见八十六岁的余先生，竟然手握方向盘开车还是这样自如。

我们先随余先生参观中山大学图书馆，里面专辟一间为余光中陈列室。房间不大，朴素雅洁。四围书柜、中间书架整齐摆放的都是余光中不同时期出版的中文版以及被译成多种文字的著作，还有人生平资料。墙壁上挂的是他在世界各地参加文学活动的大小照片。余先生的文学生涯，尽在此矣。在左边角落一展柜前，有一张他一九四八年被北大录取的通知书，上面贴了一张乌发青年余光中的照片。我指着照片问余先生："如果你当年留在大陆读北大后来又写诗，会有现在的光景吗？"余先生沉思片刻，认真说道："那就不知道命运如何了！"我说："要么当颂者，要么当违者。不过当后者的可能性很大的。"那中间书架一隅陈列的都是余先生的诗歌著作，他从中取下一本二十世纪八十年代港版流沙河编评的《余光中一百首》，递给沙河说："你看这就是让我们俩结缘的书。"然而他还不知道的是，这也是让我和流沙河结缘的书！

从图书馆出来步行一百多米，便是余先生在此教书三十多年的中山大学。余先生是中山大学的名牌教授，我们跟着这位"镇校之宝"漫步前行。校园不大，坐落于缓坡上，毗邻秀丽的西子湾。校园里遍植树木花草，用红砖修的教学楼有中西合璧的民国建筑的风味。走到一处植栽高大乔木的中庭，面对孙中山与蒋介石一坐一立的雕像,余先生与流沙河并立座前行注目礼。

中午时分,余先生夫妇在学校餐厅设宴招待我们一行。餐桌上我们随意漫谈,情谊融融。余先生因常回大陆游访,对我们这边的社会状况、文界文事相当熟悉。

话题转到莫言。我说莫言很会讲故事,熟悉民间底层社会,想象奇诡,手法大胆,将蒲松龄的《聊斋》的怪力乱神和拉美马尔克斯的魔幻手法兼收并取其优点。但他的语言虽生动却失之于粗糙,甚至鄙俗,实在谈不上文章之道。有内行评论家甚至说他的小说像一篇没修改的草稿。而此次得奖还有赖于遇上一个好的译者,译者把他的缺点掩盖了。余先生说:"翻译的确很重要,它有两个可能性功能。不好的翻译能把不错的原文搞坏,好的翻译能把差的原文修饰得美。"原来修饰就像洗脸,把一张脏花脸洗得白净。余先生曾多次见过马悦然先生,认为诺贝尔奖评委会对作品的品评标准应该是世界文学的眼光,而不应局限于西方文学的审美。他又说马悦然先生作为汉学家是不错的,但其对中国文学的审美鉴赏不一定高明。言下之意是对诺贝尔奖评选他有自己的看法。

流沙河说起自己正在写的一本书《正体字回家》,讨论正体字和简体字优劣问题。余先生接口说道:"我替你拟一副标题《因陋就简说汉字》,因为鄙陋,所以低就简体。"

流沙河夫妇与余光中

大家一齐笑出声来，瞬间明白他故意曲解成语原意，以达到嘲谑的效果。我知道，这属于典型的余氏反讽和机智。我说："据网络消息，马英九准备向联合国

流沙河与余光中在武侯祠诵诗

科教文组织申请，将正体汉字申请为人类非物质文化遗产，如成功的话，文化意义重大，但对实行简体字的地方非常不利呀！"余先生笑着说："那流沙河这本书，马英九应该会感兴趣。"

其间流沙河又说："其实在大陆余先生的散文比诗更受内行读者喜爱，中国的旧文学以散文为主干，而小说不一定算文学。散文面广，光中散文是古之文章，今之文学，这点与欧美不同。"余先生也说到为文之道，谈起现代散文写作如何传承古典的问题。余先生说道："写现代散文当然是以白话为常，但其间不妨以文言应变。"我问："是文白夹杂吗？"答曰："否！绝非那种半文半白的东西，而是在文章的核心机要处、旁门边角处、转弯抹角处，总之任何适当的地方，将文言古典融合其中，如鱼得水，相忘于江湖。"诚哉斯言，先生写作一辈子，堪称华文世界的语言文字魔术师，一支妙笔，创作了多少璀璨的诗文，赢得满世界的荣誉。他的文章之道、写作体悟，可是精当得很！

餐桌上的余先生随意地侃侃而谈，眼镜片后一双眼睛炯然有神。我心里默想，这位小个子先生，注定是要进入中国文学史的人物，

他的名字将排列在李白、杜甫、苏东坡、辛弃疾……这些光焰万丈的名字的序列之中，占那么一席之地。他曾自信地写道："在民族诗歌的接力赛中，我手里这一棒是远从李白和苏轼的那头传过来的，上面似乎还留有他们的掌温，可不能在我手中落地……"自信与谦卑，虔诚与豪情的诗人自况。而如今，他就坐在桌子对面！想到这儿，我心里不禁有些惶惶然，莫名惊诧起来！

席散，同行文友李书崇先生赠其著作《食道通天》给余先生。先生欣然接过并回礼。

出了餐厅已是午后两点。西子湾头海风猎猎，带着十万八千里太平洋的水汽，吹乱老友头上皎皎白发，我们一起靠海边摄影留念。室外光线下我这才发觉余光中夫妇比起前些年更苍老了。余先生背更佝了，白发更荒疏了。典雅温婉的余太太脸上皱纹更多了。长亭更短亭，凭它"风流云散，一别如雨"，主客不胜依依。我们在中山大学校门口登车告别，流沙河握住余先生双手说道："光中，我把你和嫂嫂看成亲人一样，但愿后会有期呀！"

左起杜伯君、吴茂华、范我存、余光中、流沙河、曾伯炎、李书崇，在台湾高雄西子湾

流沙河夫妇与余光中夫妇

回到家后,流沙河好长一段时间都有些戚戚然。三个多月后,修书一封寄往高雄。

光中兄:

今春"故国观光",又有机缘拜见兄嫂,弟之大幸也。返回成都后,深深埋头于《正体字回家》书稿里,日日抓紧笔程赶路。到今夏入初伏,书稿十二万字完成,交付出版方后,始脱手校订《余光中一百首》港版。不料忽撄肺炎发高烧,只好停工住院。半个月后转愈后接着做。昨日校订完毕,缺印两页亦补上了,心中快活,赤膊给兄写信。我在家乡余氏家族,已无健在之长辈,唯我独长矣。孺慕之情,欲表无由。愿兄嫂弟视我,常赐教诲,幸无弃也。人世光阴迅速，与兄交往竟已三十年了。弟体弱多病，背佝下了，嗓音涩了，脚步慢了，视力衰了。碌碌一生，无可奈何，往往瞩目伤感，悲河清不可俟也。愿兄勿太劳累，驾车尤须缓行。订正本一册奉上，请定夺。茂华一并问候兄嫂。

弟流沙河敬呈
二〇一四年七月二十八日

二〇一七年十二月十四日上午十点多，友人谭楷在电话中说新闻报道余光中去世，流沙河听着"哎呀！"一声大叫，然后拿着听筒半晌无语，内心难过至极。其实年初，我与余太太范我存通电话就知道余先生因摔跤引起中风住医院的事情，当时心里就特别担忧这八十八岁的老人能否渡过这一关。农历九月初九重阳节，我们打电话到余府祝贺余先生八十九岁生日并问安好，余太太那边回答"还算好"！她只说余先生听力大减，行动受限，但思维正常，还自己选编了诗集《风筝怨》等。我和流沙河在心里祈愿他平安。

谁知才一个多月的时间，斯人已去，黄鹤已渺，怎不教人伤痛五内。流沙河叫我马上打电话到余府问明情况，根本接不通，发手机短信也无回音。紧接着，国内媒体采访流沙河的电话纷至沓来，话题都是关于余光中逝世的消息。流沙河嗓音涩哑，心中伤恸，强忍苦楚，对记者叙述他与余光中交往三十多年的往事，以及对余光中在中国文学上的造诣、文化上的贡献的评价。

第二天上午，余太太从台湾高雄家里打来电话报知丧音，告知本月二十九日将在当地举行余光中先生公祭的消息。当晚，流沙河书成挽联一副以表悼念："寄语光中兄 我未越海前来想泉下重逢二友还能续旧话，君已乘风远去知天上久等群仙也要读新诗。四川成都流沙河"我即刻用手机发给长沙李元洛先生，由他转至余府家人处。元洛先生乃名作家亦是余光中多年至交，读流沙河联语后回我短信称写得"入骨沉哀，令我怆然心伤"！

　　十二月二十九日台湾文化界人士在高雄公祭余光中先生。见报载政要马英九、吴敦义出席丧礼。大陆报纸、电视亦有报道。李元洛先生转发来公祭现场照片，鲜花簇拥的是余光中着便装戴软帽微笑的照片，旁边是一句行书体的诗句："唯你的视线无限，超越了地平线的有限。"

　　余光中千古，文名光焰越千古！

散仙达人——车辐

流沙河这人书生秉性,即使文友之间也不喜欢扎堆串门的,但对车辐先生却是例外。九十年代我们住在红星路八十七号院,晚饭后散步沿小街到东风大桥河边,路过大慈寺三十号文联大院,时常到车家拜访。

车辐何许人也?成都文化大名人,社会贤达,文化界谁人不知谁人不晓的人士。正如《空城计》中诸葛孔明唱的"我本是卧龙岗一散淡的人……",这车辐先生一无背景二无头衔,无党无派无权无势,甚至连作协会员都不是。从三四十年代当记者到以后在省文联做一普通工作人员,直至退休乃一介平民布衣,有何本事招风揽月而凡夫成名!流沙河和他相交几十年,对其总而言之,四个字概括:写、吃、唱、玩。

记得我第一次见到车辐,流沙河对我说:"这个老爷子不简单!"三四十年代流沙河读小学、中学时期,想当新闻记者,就因为在报上读到车辐写的《黑钱大盗李贵》的文章。当时车辐已是成都一名十分活跃的记者,他以车寿周、瘦周、杨槐为笔名,写了许多揭露黑暗、主张抗日的杂文,刊于《国难三日刊》《星芒报》《华西晚报》等报纸,引起社会反响。可见他当年属热血青年,站进步力量一边。

抗战期间，江浙京津大批文化人流亡到成都。有上海"影人剧团"在总府街智育电影院公演《流民三千万》，此作品由名导演沈浮指导，名演员白杨、谢添、吴茵等领衔献艺；有吴祖光、丁聪、陈白尘住在五世同堂街创作作品；还有关山月入蜀在督院街办画展；刘开渠作成都春熙路孙中山铜像等文化盛事。为大后方成都闭塞的空气带来新鲜浓郁的文化气息。一九三九年，中华抗敌文协成都分会成立，冯玉祥、老舍、萧军等到成都祝贺宣传抗日，车辐任该会理事。他当记者熟稔社会，遍交三教九流，作风潇洒，又有一副侠义心肠，那一帮文化人自然把他引为同道和朋友。丁聪画长卷《现象图》，车辐同他一道化妆去毛家拐一带的"花街"了解妓女悲惨生活。刘开渠在艰难环境中做雕塑，受到地方势力干扰，车辐约请一批报人为其呼吁襄助，可谓耿直拳拳之心。他当时就有车大侠、土地爷之称。

好笑的是，车辐与他们的交往常常以"吃"为先。陪刘开渠到荣乐园吃蓝光鉴大师傅的熘鸭肝，同吴祖光、丁聪在五世同堂吃凉拌兔肉下酒，领白扬、谢添、郁风大街小巷乱窜，去吃成都的"鬼饮食"钵钵鸡、梆梆糕，惹得那帮只知面条饺子的北方人对这色味浓香、麻辣俱全的大菜、小吃赞不绝口，乃至几十年后仍口齿留香、念念不忘。

车辐不但能吃，还会唱。从民间艺人贾瞎子、李德才学来的唱扬琴的本事偶尔亮几手。当时，一代行草之冠的谢无量、学者林山腴、名医王百岳常聚在一起，轮流做东，在竹林巷王家饮酒赋诗唱琴，其中自然少不了车辐。佳肴醇酒，丝竹清韵，耳热兴起之时，他打扬琴叮咚，哼几句《将军令》《南清宫》里的调子，倒也像模像样不输艺人。谢无量有七绝一首相赠："车子能歌兼幸酒，王孙卖药不为贪。锦官花重春将晓，又见樽前两俊人。"孩儿体的浓墨书法,一派俊逸苍润,钤印以授。

　　车辐性情豁达爽朗,作风倜傥潇洒。文人老友们念念不忘车辐的好处,黄宗江就曾声言"我爱四川,我爱车辐"。二〇〇一年十月,垂垂老矣的郁风、黄苗子夫妇,丁聪夫妇到成都访问,下车伊始便找车辐要他同去寻好吃的。后来由魏明伦做东,在顺城街一火锅店宴请郁风夫妇。我和流沙河叨陪末座。那天车辐躺坐在轮椅上,像抬滑杆一样闪悠闪悠地被抬进餐厅。只见他一顶红色帽子压在白发上,雪白的餐巾像围腰一样拴在大肚和胸前,一脸安逸自如的样子,坐桌子正中位,吃东西照样大嚼大唉,宝刀不老。席间,黄苗子、丁聪忆起二十世纪三四十年代在成都的往事,唏嘘感叹。车辐耳背听不清,擦嘴之际,突然指着郁风插一句:"她当年有一双修长美腿!"一下子风马牛不相及,众人愣住,随即喷鼻大笑不已。更出人意料之外的是饭后茶话,黄苗子拿出相机要拍车辐,他趁机将身子靠近郁风,腆颜将一头乱白发的脑袋往郁风怀里靠,装嫩装小。黄苗子赶紧抢拍精彩一瞬。后来车辐又拿出丁聪四十年代为他作的画像给大家传阅,黄苗子、郁风在背面写道:"车爷半老,丰韵犹存。"流沙河用繁体字写道:"岁月使我们变脸。"

　　流沙河和车辐的交往是从二十世纪五十年代初流沙河刚进文联工作的时候开始的,星期天两人常一同骑车游玩。他对我说:"车辐这人不像文联那些一脸原则的假人,低文化、死眉死眼、毫无魅力;他有见识、有趣味,比我年长,我就喜欢他这个人。"

　　很难想象,这样散淡不羁的人也两次进了监狱。对此,他本人一直避而不谈。我只偶尔从他嘴里听得只言片语:"国共两党的监狱我都进过,嘿,味道长……"若再问,或不答,或语焉不详。后来听流沙河说,大概是四十年代后期他参加民盟的游行示威被国民党抓过一次,时间不长。第二次是一九五五年,反胡风运动一派肃杀气氛中，车辐交出胡风四十年代写给他的信件，自认为没有事，结果懵懂中被抓。流沙河有文记载：

> 在编辑部，先生的办公室左端靠窗，壁上有一幅成都市大地图。谁都不去查看，唯有先生每星期一上早班时总要在地图上画符号。他说："昨天看东郊建设，这里新修一条路，我来添上。"每逢星期一他都要画一些符号，表示工厂、桥梁、医院、仓库等，竟将东郊一片画满各种符号。他哪知"阴暗的眼睛到处看见敌人"，而竟浑浑噩噩不知祸之将至。大祸突降，被捕入狱，吓得睡不着。三天后，打听同狱的"反革命"多达数百人，皆属省级机关干部，他就吃了定心汤圆，放胆做体操，能吃能睡了。送回省文联，红光满面，还长胖了。补领十一个月的工资，大喜过望，买酒痛饮，而且赋诗。记得其中四句："精神被摧垮，灵魂已压扁。物质尚存在，一身胖嘎嘎（川俗语"肉"也）。"想当初逮他，编辑部领导人指着壁上地图，拍桌大叫："看这罪证！"他才弄明白，自己被误认为特务了。

经此次"政治考验"后，车辐长期被人目为"旧社会"，历史关系复杂的人物，直到"文革"期间，一个革委会主任还警告他说："你是该杀脑壳的人！"所以"文革"及前十几年，他也谨言慎行，生活得边缘而低调。

荀子有言："天行有常，不为尧存，不为桀亡。"社会历史循环往复，就像一个飞去来器绕一圈又回到起点。其实人生又何尝不如是。从八十年代起，车辐的快乐日子就像小鸟儿重新飞回来。虽已是八十多岁的老人,但他鹤发童颜,胃口牙口都不倒,自称"除了钉子,都嚼得动",好吃好玩的脾性依然,于是脚下像安了一个车轱辘,遍访旧雨新知,满世界疯吃疯跑。北上京城访丁聪、吴祖光、秦怡、黄宗江,南下广州会关山月,上海拜巴金、何满子……忙得不亦乐乎。而且走到哪里吃到哪里,中国南北菜系他无所不知、无所不尝。一次在他家里,我一进门就见他一人端坐书桌旁,面前一杯一盘,正举筷慢慢品尝陕西友人送来的羊肉制品。他一边咂嘴有声示香,一边打开话匣,向我讲起这羊羔美酒的来由和妙处。我当然洗耳恭听他侃饮食经。

他的著作《采访人生》出版于九十年代中期。因其中有大量文化名人的逸事描写,此书在全国相当有影响。成都也搞了一个签名售书会,车辐坐桌子正中,兴致勃勃地为读者签售不少。流沙河坐在他旁边,甘心为他站台捧场。承他赠我一本大著,封面是丁聪为他画的漫画像:方框眼镜片后一双眯缝小眼炯炯、鹰钩鼻、薄嘴唇一条线紧抿,表情似笑非笑,一副绝不厚道的样子。翻开封面,就吓我一跳,书页上方居然题字"茂华姐教",左下角盖一方闲章赫然"不可救药的老天真"。时间是六一儿童节。

这"老天真"的名号是有一段来历的。流沙河当"右派",六十年初在单位劳动改造,经常拉架子车载煤运粪。某次车辐被派来拉边杠,成都人叫"拉飞蛾"。流沙河后来有文记载:

"我下本院农场,多次进城拉粪,由老牌记者车兄拉飞蛾。他极卖力,又会摆龙门阵,可怕的是他沿路大声招呼熟人朋友,以爆炸的热情叫道:'我们下农场!去锻炼!'让满街的过路人都晓得我们'犯了错误',用看异类的眼光盯我们几眼,使我非常难堪。而他倒很昂然自豪,似乎拉粪特别有脸,这不可救药的老天真啊!"

将老天真的书认真拜读后,我写了一篇读书笔记文《车辐及其采访人生》，刊发于上海《新民晚报》及成都当地报刊。一九九六年七月七日，我同流沙河到车府拜望。车府在文联大院角落靠墙、底层一楼的房子，狭窄、黯淡，有些潮湿，车辐取名"剩骨斋"。我曾问过斋名的来历，他回答："别人吃肉，丢一根骨头给我就叫剩骨！"

  这天"剩骨斋"内，车家晚饭刚毕。天热，车辐赤膊，挂一片油渍的围裙从胸一直遮到大肚上，这是他今天下厨房爆炒鳝鱼的一身打扮。他用手擦一把嘴上油光，招呼我俩坐下。我拿出刊有文章的报纸给他看，上面还配有一幅《采访人生》书衣的图片。他拿到灯下读后大为开心，十分满意我在文中称他是"老牌追星族"，笑着说道："我追的是大文化人、文曲星嘛！"得意之情溢于言表。接下来高谈阔论，和流沙河忆起五六十年代政治运动中的凶险事，说起某某整人如何狠毒刁钻，现今湮没失势的情形。他高声说道："我今天坐马桶上，一边屙一边心头安逸得很，想起那些整人害人的狗东西都死得差不多了，只有我这老儿，还上下通泰！你说怪哉不怪哉？"说完，一脸堆起如儿童般得意又有些狡黠的笑容。

  临走时，车辐又拿出相机来，要给我和流沙河照相。流沙河和我并排坐一起，同举一本《采访人生》大书，故意讨他老人家喜欢做捧读学习状，让他摄下这一瞬。

  也是这年九月，突然传来车辐中风住院的消息。十六日，我和流沙河赶到市立九医院看望。进了病房，只见他老人家躺在床上输液，脸上毫无病容，精神特好。原来前两天他右脑突然出血，有汤圆大小，幸好送医及时，未造成大碍。我俩一坐下，劝他节制一下饮食，他不以为然，敷衍了几句，话题又转到"凉拌鸡片放醋只需一点，焦皮肘子中的冰糖碾细何时放"上去了。一中年医生来查房后，车辐指着他的背影说："我心里感谢他们！出院后我要写'整我不死'四字送他。"以后的日子，车辐就只有坐在轮椅上了。身体不便，并不妨碍他心态洒脱。自九十年代以来，成都的餐饮业发展红火，他还是改不了十处打锣九处有他的德性。车爷处门庭若市，几乎每个星期，都是本地大小餐馆老板、名厨有请。"剩骨斋"的大门口经常喇叭大鸣，有汽车来接。车爷出山到谁家，谁家餐馆就有脸面，显品牌效应。他老人家亮闪闪的白发稀疏，头戴一顶贝雷帽（他自称"蓝盔部队"），脖子上还缠一条点花绸巾，大腹便便坐在轮椅上，被人前呼后拥抬上抬下，出入灯红酒绿馆堂，觥筹交错于美味佳肴间，于盘中指点江山。美食大家的气质风度，舍他其谁！二〇〇一年我们搬家到大慈寺路三十号文联大院，和车辐家成了近邻，晚饭后一抬腿就到了车家，我和流沙河自然成了"剩骨斋"的常客。流沙河和车辐在文联共事几十年，都是文化界有些资历的人物，当然就有许多共同的朋友熟人。常常是有人楼上来访流

流沙河夫妇与车辐（中）

沙河，下楼拐弯又到车家看车辐。文化界本来就是林木草丛，什么鸟儿虫儿都有。车辐老记者，三教九流、五行八作，哪样人物没见过？一双小眼精准得很，哪像流沙河识人糊涂。成都本地一个罗姓人，会写几句诗，唱两句方言顺口溜、展言辞说点怪话逗人笑，因曾在《星星诗刊》打过工，也就认识流沙河多年。以后此人在社会上混，到处搞文化经济的开发且名声不佳，三番五次找流沙河说是为商家写对联匾牌，流沙河面情软，皆来者不拒。某次请写"精舍"二字，让人以为是什么文化园地或书斋之名，结果是开洗澡堂子的老板要的。我心里生气，对流沙河发火："洗澡洗脚要什么匾额？这是恶俗，糟蹋文化！"此人也常去车辐处，胡乱吹嘘："一九三一年十一月十一号成都市诞生了两个天才，一个是流沙河，另一个是我！"（此人和流沙河同龄）为此，车辐严肃警告，让我告诉流沙河："不能和此人有任何文化交集！"又说，"你家夫君有名声，社会上俗人想借光，设法利用他。他要爱惜羽毛，不然遭一身腥臭不值得！流沙河书生气重，性格软弱，那种'人对事对'的做派要不得！"回来我将车辐的责备如实转达给流沙河，并问他："什

吴茂华与车辐

么叫'人对事对'？"流沙河回答："就是对一个人有表面印象的好感，就不管其做的事情之好歹，指无原则的处世态度。"我说："噢，你知道了就好。"

车辐的察人知世并非那种庸人的世故，他有外圆内方的风度，骨子里是有褒贬的。某天我和流沙河到车家串门，谈天中他说起与吴祖光、新凤霞的交谊。流沙河说，他对吴祖光生前在政协会上铮铮直言的风骨、评判祖龙尤为佩服："乃大丈夫也！"车辐听了沉吟片刻，就说起前不久他经历的一件事情：吴祖光的后人近年来在文化界十分混得开，将家中收藏书画，包括他父母的作品在成都搞巡展。车辐是他尊敬的父执辈，又是成都的文化名人，当然被请去捧场。他推着轮椅上的车伯伯进入展厅，过道上偶遇几个人拥着一位很威风的官员迎面走来。那官员见这轮椅上的老者白发粲然，雍容有度的文化人样子，便停下脚步过来与车辐握手，以示礼贤下士之意。车辐也不知此人是谁，也行礼如仪。时间也就十几秒，一晃而过，车辐不以为意。待官员走过，推轮椅的人回过神来，俯身问车辐："你知不知道刚才与你握手的是谁？"答曰："不知道，管他是谁！"紧接着车辐听见背后人说道："哎呀，车伯伯，那是你们四川省委书记啊，刚才没带相机没留影，这机会太难得了，遗憾遗憾！"

车辐将此事讲完，把嘴一撇，哂笑着对我俩说："与大官合影，以此自炫，我是老江湖咋不懂玩样儿？就此一事，我就把这个人看白了！"

久坐轮椅上，车辐当然也烦躁。如没有朋友来访，他就寂寞。他的老伴对我抱怨："他名人的脾气大，稍不顺心就拿拐棍往地上戳打得响，就像暴君！"其实据我所知，老伴及众子女在家中处处依顺将他奉为太上老君。这"剩骨斋"中老君王不知足，时不时地乱发点威风吓人。我和流沙河就隔三岔五去看他，顺便也做一两样粉蒸牛肉、白油笋片等家常菜,送给他老人家享用。才一进门,见我碗里的东西,他就一脸堆笑连声叫道:"哎呀,安逸,安逸得很!"一点都不用假装客气。但如果一段时间没去车家,他就心里不乐意。在院子里遇见他坐在轮椅上,他就招手叫我过去,酸不溜溜地问道:"好久不见,你俩是不是走得远,出国了?"我回家告知流沙河:"老太爷说闲话了,今天晚上我们赶紧去看他!"车辐"写、吃、唱、玩"一辈子,也成就了他几十万字的著作。除六十年代著《李德才曲艺艺术》而外,在他耄耋之年又有四部著作问世。《采访人生》《川菜杂谈》《锦城旧事》《车辐忆旧》,不仅有趣耐读,在风俗民情、文化波澜、历史掌故方面更具的价值意义,有资格作为《成都掌故》《成都通览》一类书籍的补遗部分。特别是用四川方言写成的长篇《锦城旧事》,堪称一部旧成都的社会生活百科全书。上海文章大家何满子先生评价:"进入小说,就进入了往日的成都。"想起车辐长期被某些人目为"旧社会",如今看来,倒也不厚诬他。

一个人坐轮椅上十多年,要做到精神不颓圮真是件不容易的事。院子里走道旁栽了两排冬青树,车辐的轮椅走过,他用手掐两瓣嫩叶,像举一面旗帜一样将那小娇样的碧绿青翠举过白发的头顶。唉!夕阳将暮,悲欣交集;衰病老残,更怜惜生命的可贵和美丽!

车辐的达观洒脱是天性使然,大俗大雅的活法,他将世俗人生化为审美快乐人生。流沙河说他是"不可救药的老天真,我们想学都学不会"乃贴切之言。

二〇一二年初春一天,一个暖和的上午,他儿子车新民推着他出来晒太阳。我在大门口遇见赶紧上前问候,他已经很衰弱,说话发音都不清晰了,脸上笑容照常粲然,对着我用右指比了一个九,再比一个八,意思是说:我已经九十八岁了。

一年后，车辐在九十九岁上去世。接到他家人告哀，我和流沙河相对半晌无言。"人生天地间，忽如远行客"，老友九十九岁仙去，不算寿促了。流沙河戚戚，只叹道："又走了一个能说说话的人！"第二天有媒体电话采访，流沙河简单回顾与车辐的交往后说：

"他一辈子是个快活人，怀念他不要悲悲切切，我口撰一联敬献他老人家：神仙请去吃宵夜，王母叫来唱扬琴。"

几天后报载："据车辐先生本人遗愿，将遗体捐献四川医学院做科研教学用途。"一代文化达人，从此登大化随风而去。

世上有几人能如此死生漂亮！

惺惺相惜张紫葛

一九九七年初，一本名叫《心香泪酒祭吴宓》的书的出版，在文化界引起一阵不大不小的波澜。

当时我在四川人民出版社所辖的一个文史类杂志社上班，来稿作者中有一位叫张紫葛的，文章写得特别好，内容扎实，文笔精当老派，多是亲历亲见的回忆类文章。其中有写民国将领张治中的，有写一潦倒白俄在中国的逸事，等等。总之，他的文章质量上乘，编辑部每稿必用。对于这样的作者，编辑部是拟与其建立长期联系的。趁送样刊的机会，我登门拜望张先生。

一个天气晴暖的上午，我敲开了张紫葛在西南民族学院里的家门。门一开，一位戴眼镜的七八十岁的老人有些艰难地从椅子上站起来，瘸着腿双手向前摸索着向我迎来，嘴里连声说着："欢迎欢迎！"我相当吃惊，这才发现眼镜片后面闭合着的眼睛，完全没想到这作者是个盲人！随着以后与他交往的深入，我更知道了他十多年的牢狱生活，眼睛被打瞎的悲惨经历，这里暂且不表。

那天，我与张先生说完了工作上的事后，忍不住好奇地问他眼睛看不见怎样写稿。张先生叫人拿出一块不大的木板，放在膝上，木板上置一叠白纸，纸上压一与纸张同样大小的镂空铁格子，左手按住、右手拿一支圆珠笔在铁格里摸着书写。他说："我写完一篇作品,再让妻子温晓莉一张一张纸地为我誊写下来,再读与我听,核对一遍,再修改折腾三四遍,最后定稿。唉,恼人的是有时我一人在家写了十几张纸的文字,等晚上晓莉下班回来一看,发现纸上只有笔尖的划痕而无字迹,原来是圆珠笔没有墨了,我这个瞎子哪里得知!这样白做工的事都搞了好多回呢!"他轻描淡写地说,我心潮起伏地听,他为杂志社写的文章,竟如此艰难。眼前这位跛脚盲翁,怎不叫人肃然起敬。

时隔不久,我在报刊上读到大量关于《心香泪酒祭吴宓》一书的争论文章,质疑者认为此书写吴宓最后二十八年的人生经历中有许多细节不可靠,指斥作者作伪。而书的作者正是张紫葛。我赶紧上书店买一本来读。奥地利文艺理论家史雷格尔论及人与历史的关系时说:"在每一座墓碑下,都有一部断代史。"此论用于一代宿儒吴宓先生就更适合了。张紫葛与吴宓交往几十年,作为见证人在书中历述吴宓晚年际遇,兼及二十世纪五十年代以来西南师范学院一隅,知识分子在历次政治运动中的境况,其中当然也包括作者本人九死一生遭遇。

我是含着眼泪读完这本书的,也时常一段一段地读与流沙河听。书中的吴宓,一个只知书本学问,有些迂执和天真的民国旧式知识分子,在四十年代末政权鼎革后,五十年代起突然被卷入一系列排山倒海的政治运动。他无数次思想改造写检查过关,临渊履薄的战兢心态,上百次被批斗,摔断髌骨、独卧黑屋的惨状,列入"黑旗队"受凌辱的辛酸,被作者一支客观冷静的笔描述得淋漓尽致。我将其中一段记载"文革"中群众大会的文字读与流沙河听:"辱骂吼叫我也司空见惯,揪扯踢打虽然痛彻肌肤,久了也就多少习惯了些,'喷气式'确实极累,咬咬牙也能死命支撑过去。我最惊恐的莫过于开会之初,先将我置于会场左边不远处的角落,但听得会场震天动地雷鸣怒吼'把吴宓揪出来'。每闻那声,我就心胆俱裂……看,我这腿,就是这样断的。"

流沙河听后,淡淡地说道:"这些'辣子汤汤'我都尝过,几十年来不仅是我,受难的是知识人群体,凡经历过那场景的'老运动员'一读到这些就明白其真实性,这是编都编不出来的。至于有人质疑书中细节譬如某件事情发生的时间地点不准确,吴宓与陈寅恪交往中某个情节有出入,等等,这些指出来可以,但不必过分苛求,更不能以偏概全武断斥之作伪。正如古人所说,'小学而大遗,吾未见其明也'。因为此书毕竟不是档案记录,就是档案也不能百分之百正确。而此属纪实回忆类文,有小的错讹反而正常和真实。"

根据流沙河的这些意思,一星期后我写成两篇文章《我观〈心香泪酒祭吴宓〉之争议》《〈心香泪酒祭吴宓〉真伪之我见》刊发,文中特地引用上海文章大家何满子对该书的评价:"我认为此书的价值在于作者投入的感情、见解……细枝末节,毋庸苛责。"北京诗人、杂文家邵燕祥说的"作为读者,我得意忘'形',取其精神",以佐证我言不虚。

一九九七年七月的一天,我同流沙河到西南民族学院南门教师宿舍拜访张紫葛先生。因为有类似的人生遭遇,两位老先生虽第一次见面但无陌生感。张先生比流沙河年长十二岁,经历自然也要复杂得多,他说起民国时期在重庆当宋美龄的秘书,在新疆做将级教官的种种事情,以及五十年代后当"反革命"坐牢十五年的经历。他说:"我和一批政治重刑犯被关在一起,长期饥饿,高压折磨,挖煤、开矿、打石头各种苦役都干过,身边的人随时一串一串死去,蚂蚁虫豸不如!而我居然活下来了!直到现在都快八十岁了,一想起来自己都感到奇怪。唉,宋人陈与义的那一句'此身虽在堪惊'哪!"

流沙河说:"我们这种人,要有宁为狗活,不为狮死的准备!

这是我当'右派'受践踏时，读司马迁的《报任安书》的体会。不然谁来为历史作证？你的书出版，发出声音来就是胜利，就是在为时代、为历史作证。从司马迁的《史记》到朱子素的《扬州十日记》，中国知识分子历来就有这样的使命感。你把你经历的所知的写出来了，就从你肉身受的罪中突围了，灵魂升华了，也对得起自己的生命，对得起上帝！你的书肯定有价值，有人发点杂音有什么关系？相信读者会公正，历史会公正！"

张先生的著作还有《在宋美龄身边的日子》《在历史的夹缝中——忆张治中先生》《血域黄沙》《金凤李》《X个人和三个畜生》等，两三百万字吧。客厅墙上挂有一幅小篆，写的是他当年赠夫人温晓莉的诗句"恶浪千堆终是水，华章万古始流芳"。我心中敬佩张先生如许的壮士情怀，再看看这位全盲的老翁，铁板格上摸索书写的志向，非我等软弱者或一般人能想象！

流沙河夫妇与张紫葛（中）

自此以后，我俩与张紫葛及其妻子温晓莉成了朋友，算是"喻于义"的惺惺相惜吧。

二〇〇六年九月，八十六岁的张紫葛病危。我到医院看望，他已不能发声，只是紧紧拉住我的手不放。伤悲无语……沉默中我将胸前佩戴的十字架放在他手心，他双手攥紧挪至自己胸口，脸上慢慢绽出笑容——这是我最后见到他的场景，他的静默和笑容将长久定格于我的记忆。

一个月后张紫葛去世，我同流沙河到灵堂拜谒，流沙河献上手书的一副挽联：巨著永生良史远，强魂不灭楚天高。温晓莉臂缠黑纱心碎难言，流沙河握住她双手说道："张老先生一生曲折多难，但他幸运有三。一是熬完了黑暗的时代，二是遇见了你这样的贤妻，三是晚年写出了巨著多种。他的一生是有价值的！"

"他的著作，特别是《心香泪酒祭吴宓》《在宋美龄身边的日子》两本书，十多年来在海外、国内已重版多次了！"二〇一四年，他的遗孀温晓莉这样告诉我。

楚人张紫葛可含笑九泉！

读书明德龚夫子

大凡认识龚明德的人都知道他是书呆子，从外表到内里。流沙河一贯称呼他为"龚夫子"。正如孔乙己偷书喝绍酒吃茴香豆也是趣事一样，龚夫子大半辈子在他的书房"六场绝缘斋"里，也整出许多逸事来。

对于龚明德本人，我是未见其人先闻其名的，而且是坏名。一九九二年我和流沙河结婚以来，自然就和他的文友圈里人往还。流沙河在文界有虚名，来往客中别有怀抱的杂色人等亦不少。特别是他所在的那个作协、文联机关，有头衔的诗人、长脸面的作家一大堆，好多还是文化官僚，而其中真正有品有文的人是极少的。龚明德供职于出版社乃资深编辑，并且在现代文学研究方面已卓有成就，那些文化冒牌货自然入不了他的法眼。他称人家为"土著名人"，或干脆戳破纸灯笼，说"一帮加入分肥的家伙"！嘿，一竿子打一槽，如此乌鸦嘴不通人情世故，遭人白眼便是必然的咯。于是我在多个场合听到有人对他流言下药："龚明德的女人身居要职面目不清，他本人是告密的家伙。""他吹捧左派作家丁玲，到北京上门面谀得肉麻。"流沙河及其一帮文友，好多都曾是受过政治迫害的"右派分子"，并且对丁玲也是相当反感的，所以此类说法对龚明德是有杀伤力的。

而流沙河却对我说:"你去读一读他写的文章就知道了,花那样大的力气搞研究、考据史料、痴迷现代文学版本学的人定是个死脑筋,这种人哪有闲工夫去嚼是非、道琐碎。"又说,"他有本事,遭人忌恨,古人说'美女入室,恶女之仇'嘛!"后来我果然读到他研究丁玲的《太阳照在桑干河上》的系列文章,大概有五六篇,从作者的手稿、书的版本变迁到相关书信,七八万字的繁复辩难。我不喜欢丁玲这本得了斯大林文学奖的"名著",更不喜欢丁玲这个人。但常识告诉我,对一个作家和一本书的研究,出于历史背景、人事的多面复杂性了解,于研究对象说一点公正甚至温厚的话,和无原则的吹捧是大有区别的。不才这点眼力还是够的。

一九九六年夏天某日,我和流沙河第一次到玉林北街四十三号龚明德家中拜访。

他的书房"六场绝缘斋",在文化读书界有很响的名声,远超过他本人。

六场者:官场、商场、文场、情场、赌场、舞场。他自己写文说:"'六场'最初有所实指,后来泛指与书无关的场所。和六亲不认的'六'一个含义。……我的书房其实是一个避难所,雅一点就是业余做工室;如果没有书房,我早就自杀了。这绝不是危言耸听,知道我经历的人都会认同。书房给了我生命,给了我安慰,给了我自信,也给了我比我规规矩矩坐班薪水还要多的收入,否则我没法买那么多的书。……下班后,大门一关,便是深山了,这深山真有挖不完的宝,至于什么宝,读过我文章的人都知道。一想到我的书房,我整个人就生动起来,更不用说在里面读写了。"

说出这种话的人,你就知道他在世俗生活中不生动的时候,是如何呆板死相。这种避世之态,比鲁迅"缩进小楼成一统,管他春夏与秋冬"严重多了。哈哈,读书竟然读得"自绝于人民自绝于党！"在这个钱潮拍岸、欲海滔滔的时代，此人莫不是吃错了药，或是神经有毛病？

"六场绝缘斋"里到底有多少书，确切数字恐怕主人都说不清。据他自己说，光中国新文学方面，就有五六百位作家的全集、文集或选集，更有大量的文学理论、社会科学、中外历史、自然科学方面的书。一些新文学名家翻译的外国文学作品，原文版和重要译本，甚至"五四"时期到一九四九年相关的政治读物，那个时段大量报章杂志、文学期刊创刊号、名家签名本等等，都是他的搜存对象。有一次偶然和他说起我读到毛泽东的名篇《湖南农民运动考察报告》，前后内容差异不一。他马上说他有一套二十世纪四十年代解放区出版的《毛泽东选集》，那可是没有经过后来修饰的，是原版的！我找他借来一阅，果然有所获，于是学龚明德拿起放大镜审判文字，写了一篇《〈湖南农民运动考察报告〉两个版本考察》的文章来。

龚夫子当时供职于出版社，是只会认字，不会"创收"的编辑，房子住得差，薪水又低。所以他的几万册藏书大多从旧书地摊廉价买来。在成都工作二十多年来，每逢节假日，风雨不改，他骑一辆破自行车，身背一个又大又旧的书包从南门到北门，从东门到西门，全城书摊都搜刮一番。当地的书藏家、摊贩都认识龚老师，知道他的需求，好货都给他留着。如果你有幸与龚明德是邻居，那么你一定常常遇见他穿一身旧兮兮的衣服，和成都街巷中收荒匠别无二致，提着大捆小包的旧书，犹如黄金在抱。你看他眼睛在镜片后面放光，黑不溜秋的脸上布满贪官的表情，兴冲冲、情切切，大步流星在玉林北街奔来走去。如果你是他的朋友，那就更幸运了，你就有机会一登龚府"六场绝缘斋"，二睹他洋洋乎大观藏书的阵容！

我和流沙河登门访友那天很热。他家在顶层六楼，从狭窄的楼梯上去已是一身大汗。龚明德在门口迎接我们。进门来一股更热的带着潮气的热浪袭来。寒暄后坐定，我才发现这所谓一套三居室空间逼仄，暗灰的天花板、水泥地根本没有装修过。没有空调，没有洗衣机，甚至没有一台电扇。龚明德汗淋淋地自己摇一把蒲扇，也递给我一把，算是待客之道。他当时正在写一部新文学研究的书，和流沙河一见面就说这件事。他说："'五四'新文学的发生发展才几十年时间，但有关的作家、作品的研究史料出现大量的伪说、谬误，我就是要把这些问题弄清楚，这不但是一件很庄严的事情，而且需要十足的耐心甚至付出一生的光阴。我的库藏书够用一辈子了。"我这才发现，这室内几乎所有墙壁全被拆除，代之以书柜，居然也能撑起上面的梁木。不仅如此，室内不多的简陋家具间，见缝插针地竖立高矮不一的堆满书的书架，连卫生间里都有。真是，除了书，还是书！

龚明德霸占家中一切空间，做他的妻儿该是何等贤良和忍让。但龚明德给我们展示这些时一脸得色，指着墙上，不，应是柜上挂的一副陶潜的联语"相见无杂言，但道桑麻长"对我俩说："我的桑麻就是书！本来我就是农民嘛。"

回来的路上，流沙河对我说道："我所知的本地文化人中，出身于贫寒农家、真正的读书种子有两人，一个是云飞，另一个就是龚明德。他们好不容易在城市立住脚，没有利用贫穷出身和上面攀上血缘，更未钻进钱眼子陷入世俗鄙陋，始终对文化抱有一种理想情怀，这不容易得很哪！"

隔了两周，流沙河写了一副对联赠他："陪着斋中万卷，断了门外六场。"又为他的新著《新文学散札》作序文一篇，评价他的文学研究工作及历史价值意义。文中这样写道：

……考证工作原是一把解剖刀,刀锋过处,脓血出焉,常为讳疾者不喜,就拿明德先生论及的诗人老前辈汪静之《蕙的风》来说,便可弄得人下不了台。明明是周作人批改过,却要"弟冠兄戴"说成是鲁迅批改的。谁说此诗集不好,谁就是"封建遗少"。闻一多痛骂此诗集只配擦屁股,却装作未听见。被谑称为"摸屁股诗人"的章衣萍为此诗集抱不平,投入笔战,竟然只字不提。鲁迅为此说了两句帮腔的话,却拿来炫耀了六十年,借此猎誉。书呆跑来嗅嗅,一刀划开,细割精剔,真相大白,快哉快哉。

　　除了这类令我呼快哉的解剖,书中更多的是细微精密的探索,事如打捞沉船,所能发现的无非是一些断板残壁而已。你可以瞧不起,说琐碎了。然而,对治史者来说,不捞起这些断板残壁来,便不可能镶复船体,其重要可知矣。当兹钱潮拍岸之处,金梦迷魂之时,幸好天生一些书呆,不计功利,潜到海底去捞,忘却一己得失、四季炎凉。概自仓颉造字以来,这类书呆便代代有之了。我们应该感谢他们。

　　上月将杪,明德伉俪邀我和内子去参观他的"六场绝缘斋"。入斋不见书在哪里,怪哉。哈哈,原来万卷书藏在墙壁内。非也非也,所谓墙壁原来是书柜的伪装。赞赏之余,想起汉代鲁恭王拆毁孔子故居墙壁得古文藏书事,悟及书呆不分今古,所见略同,不禁大笑。

　　龚夫子还有许多不近人情的极端言行,使人讶异。试举例三四:

　　其一,他的一个长沙的书友,记载了这样一个场景:"再说那次在上海吧,我和他一道在城隍庙淘书,他走运,一下子就买了十多本民国版子。那份得意和高兴就别提了。第二天天还未亮,他就从床上爬起来。他把那些民国版子摊在床上,然后跪着,一本一本捧在鼻子底下,闻,一边闻还一边啧啧有声。我被他的啧啧声弄醒了,我睁眼一看到他那样子,我就想笑。那书在他眼中,简直比什么情人还要情人。他一页页地翻着,甚至想去舔、去吮吸。"

哎,真是"唯书有色,艳于西子",这书中的颜如玉不知美成什么样子!只是,当下社会中别人数钱数得唰唰地响,他躲在阴暗角落里数书页也闹得唰唰地响,还如此有脸自得。好笑!

其二,他所藏的书是其研究新文学的基础资料,出版的著作《新文学散札》《昨日书香》《文事谈旧》《书生清趣》《有些事要弄清楚》等,所用的史料几乎全来自藏书。因此库藏的每一本书于他都有用。他亲爱他的书到一个地步,不容许别人随便置喙。你如果轻轻问一句:"你最珍爱的书是哪一部?"或是:"这么多书你都读过吗?"不得了,龚夫子会对你吹胡子瞪眼,发作呆子匹夫之怒,让你回不过神来!他认为这种是不懂书不爱书不读书的人提的问题,并且说:"从此可以不让这类东西进我的书房了,它们(不要改为'他们')是书的'丧星',只该令其去当说空话的闲官,或做与书无关的稳稳当当赚钱的生意。我的书房已经十多年拒绝这样的'分子'进入了。"

其三,他在出版社当编辑,从他手中出的如《巴金书简》《董桥文录》《凌叔华文集》《周作人早年佚简笺注》等,皆是有品位的好书,读书界称他为"中国当代坚守高雅出版文化的优美出版家,有了他做书,读书界每年就能添几部优质读物"。可是,书好人好比不得钱好,当遍地英雄丧心病狂,掘金挖银的形势下,你编的书不"创收",在单位处境可想而知。所以在出版界混了许多年,龚

左起流沙河、龚明德、陈子善

夫子只落得一个可怜巴巴的中级职称，再是书呆子也会心生不满，于是脾气更加执拗，牢骚话随口而出，公然写文章称他亲爱的领导同志为"掌权的东西"。一个领导，亲自编了一本政治正确的书，得到同志们一致拥护。但龚明德用他鼻子一闻，五百度近视鹰隼眼一扫，错别字、病句子像虱子一样爬满页面，错误率大大超过出版规则允许的万分之一。他先生用红笔一挥一抹，将其勾画出来张贴在办公室的墙上……俗话说欺人欺上脸，是犯忌讳的事情，而这饭碗都被攥在别人手里的蠢东西，竟然欺"上"的脸！真让人服他的气了。

龚明德的"犯上"还不止这一件事。某次，出版社领导安排他责编一套研究专集。内容单薄、文字枯索、像王大娘裹脚布一样长的无趣文章看得他差点口吐白沫。他说这是他"当编辑以来接手的质量最差的一部书稿"，并向领导力陈问题，妄图以其螳臂之力，阻止此书出版。可出版这部书是上级部门直接下达的任务,其意义重大。何况作者是有名望的官高爵显的先生,这其中的利害得失与奥妙岂是你一个书呆能弄懂的吗?最后,此书印了几百册搁在仓库里睡觉。本来事情过了,也就算了。但隔了不久,龚明德在一个文学研讨会的休息时间偶遇作者本人,他竟然上前当面说:"您的书定数太少,是否请您这个大领导下令让自己单位出面买,凑够三千册最低开机数,不然影响我们出版社创收。"哈,他终于弄懂,也会说起钱来了!听完此语,此公气定神闲,晃了晃脑袋,一边甩手走路,一边对这不识相的小人物,用他平时做报告的腔调说出一番话来:"这本书是否出版,我本人不在乎,但这套中国当代作家研究专集是一个整体。我们四川的出版社不能因为这本书破坏了全国计划的实现,我们省不能影响全国规划……"

龚夫子蠢呆无语,半天才回过神来,终于领教了一记太极拳的推云手。

二〇〇〇年秋,我和流沙河同龚明德起兴相邀,畅游江南,半月内访南京、苏州、嘉兴、海宁、上海等地。一路上观三秋桂子、荷叶岸柳,那烟雨画楼的江山美景就不表了,我们重点参访的是博物馆、书院、名人故居等文化胜地。妙的是各地出来接待我们的都是龚明德在读书界的友人,南京的蔡玉洗、薛冰,苏州的王稼句,嘉兴的范笑我,上海的陈子善,皆是杰出的才俊,有成就的读书人。我和流沙河这才知道,别看龚夫子在成都文化界黑不溜秋、寂寂无闻,在人文渊薮的江南乃至全国读书界却胜友如云,名头面子却如此光鲜。我们沾他的光了。

返程的列车上,一路闲聊,其乐融融。流沙河说他的"六场绝缘斋"斋名不近情理,给人不食人间烟火、仙人飞升的印象,建议改为"明德读书堂",并说"明德"二字出自《大学》中"大学之

吴茂华与龚明德

道，在明明德，在亲民，在止于至善"一句。我说："原来如此，龚明德恐怕就是这个名字取好了。不然一个文盲农家的子弟，何以读书成痴、成才呢？"龚明德不禁回忆起儿时读书的状况说道："那时家境不好，我晚上读书做作业到半夜，父亲发觉堂屋灯光，高声骂人，你不给老子省点灯油钱，你那书里还读得出来粮食吃？连姑姑也责备我说，我们村里的会计、计工员都不缺了，你还读书有啥用嘛？"

回家不久，流沙河撰写一副八尺对联并"明德读书堂"匾额赠他。对联内容是："知耻为大勇，明德著高文。"附跋文："公元二千年秋钱塘江观潮之后返蜀车中，与明德放肆幻想将来他发了财，办一家图书馆惠我，学人天天开放，免费供应茶水、面包，名为'明德读书堂'，堂上大厅悬挂此联。回家后倏忽秋分过了。翌日展纸书其始末。"

虎洞喝茶看云飞

大概从九十年代中期起，每周日上午在我家有一茶聚例会。旧雨新知，老少友朋，几个"有聊"文人聚在一起喝茶谈天，无非说些身边文事见闻、社会人生，自然涉猎古今历史，论及政治经济。文人空谈，书生意气，无关于稻粱谋，图个高兴而已。云飞就是那时加入的。他几乎每次都迟到，差不多十一点门铃响，准是云飞从书摊淘书归，顺道前来。他每周坚持逛旧书摊，乐此不疲已有二十多年。其书房劈于屋顶，冬凉夏暖，几万册书壁立环伺，颇为壮观。他说："平生购书甚勤，好比小偷一日不偷手痒，大盗一日不抢就难过，贪官一日不贪就哈欠连天，嫖客一日不嫖就无法活。我以嗜美女、好书、美酒为绝大爱好。……有点夸张的人进了我屋子，哇！你这么多书啊？我说这并没什么，就像你走进一个屠夫的家，他家里到处摆满了亮晃晃的杀猪刀，总有几百把，你奇怪吗？"

云飞早年浩荡狂吟还留长发，浪漫得吓人。越过那种"青春狂犬病"（自况）生理期后，他的写作转向文史、社会时评类随笔、散文。他特别服膺于胡适先生有一分证据说一分话，理性十足地做学问的态度，要求自己从来不做那种隔山打牛空泛之谈，论说观点都要建立在事实材料的根据上，喜欢做细枝末节的个案研究。例如他写的《吴虞和他生活的民国时代》《从历史的偏旁进入成都》等书，其内容庞博丰厚，许多精彩的论述、细致入微的发掘皆建立在大量的笔记、方志、日记等素材的基础上。譬如新文化运动初期，大家都耳熟能详"吴虞这个只手打倒孔家店的老英雄"的说法。而云飞经过一番爬梳和考察，厘清了两个问题：第一，新文化运动著名口号是"打孔家店"，而非以后讹传广泛的"打倒孔家店"。第二，此语乃胡适首创，而非老英雄吴虞之说。它第一次出现在胡适为《吴虞文录》所作的序里。云飞这样的文章看似寻章摘句，但铁板钉钉地澄清了事实和问题，读来不由人不信服。而这些全赖于他书房庋藏。所以他不仅淘万卷杂书，其他如人物年谱、日记、笔记、书信、评论等素材，也都在他搜罗的彀中。流沙河说他淘书如村童断溪戽鱼，连小虾蟹都不放过。

作为自由主义文化人，他对两千年来摧残人性的专制制度深恶痛绝，冥心思索其形成的缘由，立志花十年时间，读完《二十四史》及诸多野史，以便钩稽出其间的告密史料，撰写一本《中国告密史》的书。为此他搜集的检举揭发诬告诽谤信、奏折、坦白书、悔过书、具保书、交心材料、间谍案例等已达百十件。这里面当然包括二十世纪五十年代后历次政治运动中关于检讨和告密的档案材料。他的朋友胡子作家说："杀父、夺妻、断财路、揭老底四大罪，做前三项，云飞没能力，于是借藏书之机坏人名声！"此乃劲道之言。

今天云飞进门刚入茶座，便从两大包书中翻检出一沓泛黄纸页，与诸位老先生传观。这是一九五七年反右运动时，成都佛教庙宇里的油印简报，上面载的是和尚尼姑互相揭发声讨谁谁的"右派"言论。在座的有几位先生都曾是老"右派分子"，熟悉当年这套把戏，可他们还是惊讶地啧啧出声："连红尘槛外的和尚尼姑都不能幸免于政治，沦陷于整人运动，可想天下何其黑暗滔滔。"流沙河微笑说："这有什么奇怪的？"然后讲起自己当年在家乡被管制时，"黑五类分子"学习班同学中就有一老一少尼姑,是被红卫兵批斗后赶出庙门的,无家无室处境极其狼狈。还记得小尼姑名叫释惠常。

云飞出生于一九六五年,"文革"发生时他才一岁,更别说一九五七年反右乃至之前的各种政治运动他都未曾经历。可他是有文化责任感的读书人,打捞沉船的碎片,还原历史真实场景,找出脓疮溃烂的症结点,以此儆尤当代后世。知识人的良知良能尽显于此。流沙河和喝茶的老先生们喜欢云飞,不仅因他读书多,有胆识,更因为他们将其视为隔代知己,因而交流互动无碍。云飞又鼓动在座几位经历过运动的老先生写出自己的回忆录。并举出本地张先痴写成的《格拉古轶事》,杨泽民写的《回眸一笑》,王建军编著的《五八劫》,曾伯炎写的《文革中江武斗纪实》等例子。他说,当自己的人生和历史的证人是文化人的天职,此举利在千秋,是值得世人尊敬的。我当即附和他说:"这不就是苏格拉底说的'未经省视的人生不值一过'的道理吗?我们虽渺微卑下,但小人物生命是有尊严的,其人生遭遇历史远比官方正史中的高头讲章更鲜活真实,更有价值,中国传统文化里浩如烟海的野史笔记正是这样产生于民间闾巷之间的。"

云飞剃光头,胡子拉碴,着一件土布对襟衫,形象忒像庙里的一个烧火小和尚,呷一口茶,兴起便发高论,说话悬河滔滔,粗声豪嗓,至高兴处哈哈大笑,裂帛震瓦,令人瞠目。有他在,这茶座气氛常被推向高潮。

流沙河有文说到这种交谊:

> 论年龄,我是他的两倍。年若不忘,怎样交呀,说是互相请益,亦有据焉。我说自己分不清入声,他就借给我一本线装书《入声考》。我从中归纳出入声口诀八段,大

受其益。我说自己不了解民主政治的现代理论著作,他就告诉我两本书,且概括其内容,启我眼界。其人旁通杂学,颖悟妙理,相与对谈,欢声彻户,甚是快活,真学友也。

后来我家从红星路搬到大慈寺路三十号文联作协大院,他更是每周日必来喝茶谈天,交往自然也更频密了。他的书房在夏热冬凉的顶楼,其几万卷书实在令人垂涎,我也曾浏览其间,借阅受惠。记得那本台湾版的汉娜·阿伦特著的《极权主义的本质》,我就是从他处发现、阅读后写成一篇书话文章的。

而同在一个大院里进出,大门内栽满两排冬青树的通道上、树影里,无论春秋冬夏,我和流沙河常常遇见他边走路边读书的身影,如痴如醉,旁若无人,时而读到会心处,一个人笑出声来。我想起他在博客上自况"每月读书十本左右"和"恋爱都不能使我上瘾,只有读书"的说辞,不禁同流沙河叹曰:"爱书情种,病入膏肓,已属不可救药哉!"

九十年代中后期起,他几乎每年都有文章集结成书。从文学随笔《庄子我说》《像唐诗一样生活》《尖锐的秋天:里尔克》《陷阱里的先锋:博尔赫斯》,到时政评论《阳光与玫瑰花的敌人》《通往比傻帝国》,到历史考据《从历史偏旁进入成都》,再到谈教育的专论《沉疴:中国教育的危机与批判》《给你爱的人以自由》,这些著作影响广泛。

云飞笔触所到,涉猎广泛,谈文论艺时博雅恣肆,洒脱天真,说社会批谬种则尖锐刚猛,气势若虹,突显其性情与价值趣味。他认为:"有知识不如有见识,有见识不如有胆识,有胆识不如有常识。我想贡献的是被大言眩眩遮蔽的常识。"他又说自己生在一个互相比傻,而不是比谁更聪明的大环境,身处一个互为祸害的地方。

因此必须从常识出发,揭示出现实的荒谬,中国人千百年来都坐在通往比傻帝国的列车上患斯德哥尔摩综合征而不自知。作为有知识文化训练的人,"如果不发声,别说有担当有良知这样的高要求,就是连做一个普通知识分子,大约也是不合格的。我的批评,并无一揽子想法,只是就事论事来批评,也不知批评后对这个社会有多少作用。但我相信日拱一卒,功不唐捐"。

他从九十年代末接触网络以来,利用相对广阔的写作空间,文思喷涌,淬砺奋发,写作产量奇高。除了一人办了一份"新闻周刊"不算,坚持每日一"博",历时七八年不衰。且这样的写作基本上是打义工,并无稿费银子进账的。试想如没有一种精神信念的支撑,谁又能做到呢?

流沙河说:"他是一粒金刚钻,从川东的深山里蹦跳起来,又被过境的龙卷风旋转成一只陀螺。要钻透的不是瓷器,而是中国。转速高,吱吱响,冒火花。……淘书勤,读书猛,腹笥既充盈,目光又透彻,发而为文,随手拾得刀枪斧锤,开腔便有奇呼怪啸,一路杀来,让壁上看官如我者拍掌叫好。"

二〇一一年,他本人及家庭经历一系列变故,他在文化追求上的方向渐转向教育、宗教等方面,而不变的是一颗切切初心。二〇一三年起,基督教会属下的查经班在云飞家中展开。二〇一四年,他十八岁的独生女儿受洗成为基督徒。基督的福音,上帝的大能突然临到云飞的生命和家庭。从一个知识分子的文化理想到宗教信仰的寻求,是中外许多杰出人物的道路。他的人生将会达到一个更高的高度。

二〇一六年夏天,云飞决志受洗,果断成为一名基督徒。那天四百多名教友参加他的受洗典礼,并听他娓娓讲述自己如何从一名追求自我实现的知识分子到服膺基督信仰的心路历程,以及灵魂的

流沙河与冉云飞

重生。从此，云飞成了我的教友兄弟。我经常在他家里查经班研习《圣经》，亲眼看见了他从嚣张凌厉的自我中心到谦卑柔和、关爱家人的变化。基督教信仰对人的心志、观念的改变是生命灵魂全方位的更新，像云飞这种"腹有诗书气自华"的知识人，让其认识到知识文化的局限，一改其大半生对此膜拜的态度是非常不容易的。可随着他对基督教信仰的深入了解、虔诚追求，他的价值观念发生了很大变化。宗教信仰的力量巨大，往往会彻底颠覆人的心。

从二〇一五年起，由云飞牵线介绍，流沙河在"腾讯·大家"讲《诗经》，讲座题目叫"诗经点醒"，将中国传统文化的典籍，将他个人一生的研读体会分享给普罗大众。流沙河对中国传统文化浸淫很深，读《诗经》又是他的"童子功"，加之他善于用浅白的口语、日常的生活经历进行现代解读，因而大受听众欢迎。《诗经》文字古奥，一般人阅读有诸多障碍，因而对此古代典籍仰之弥高，认为深不可测。于是有人写文章评论流沙河的讲解热情赞扬有余，理性分析不足。而云飞毕竟是读书内行，且有独立见解。二〇一六年十一月十一日，流沙河八十五周岁生日那天，云飞写文祝寿，他在文中列举了学术界关于《诗经》研究的多种著作中的不同观点后说道：

> 流沙河先生对自由民主有很深的向往，也有相应的理解，他对中国历来的政治制度多有批评。但他对中国文化的热爱，却是情见乎词。他在"《诗经》点醒"的讲座中，曾引用戴望舒的诗句"一切美丽的东西永远不会消失，它们像冰一样凝结，而有一天会像花一样盛开"来形容他对再多的秦火都不能使文化断绝的信心。他在讲《击鼓》一诗时曾说："为什么我们对历史，我们非常信仰它？就是因为如果没有《春秋》这本书，这场小小的战争也没有人会知道，你我也不知道，更不用说这场战争中间的小小的一点悲欢离合——就是一个士兵，他是同性恋，被这首诗记录下来了。"沙河先生将《燕燕》讲为女同性恋，视《击鼓》为男同性恋，都并非完全无据。但《击鼓》一讲下来，我就与他交流，说若将"死生契阔，与子成说。执子之手，与子偕老。于嗟阔兮，不我活兮。于嗟洵兮，不我信兮"，当作是悬拟之辞的话，那么这首诗讲成军中男同性恋，也许就不那么自洽。

> 不过由于当时分手匆匆，后来又没想起这事来，因此至今还没有与他有更为充分的交通。但问题在于，他的方法建立在《诗经》有很强写实性上，甚至可以推到"《诗经》现场"的地步，那么做悬拟之辞讲，可能会违背他的

这个方法。但问题在于,照沙河师的讲解,这场战争四国联军只包围了郑国五天,就因卫国的国王州吁被杀而结束。加上其他备战时间,这场战争的时间长度也可能短到对酝酿因环境而造成的同性恋,有一定难度。同时,我们又可反问,难道写实手法,就不可以用悬拟之辞来传达吗?或许这样的争执将会无解。我总是在想,沙河先生的解释是否也不小心受当今追新风潮影响所致呢?尽管他说此解来自对三国时期曹魏学者王肃的传承。因为很多时候,人所受影响来自于自己都未注意到的社会风尚之浸润。

沙河师曾出过一本《正体字回家——细说简化字失据》,其中不少说法,我都是认同的。但我也看到有朋友从文化效用与传播角度的批评,并非全无道理。不过有的批评中,往往夸大他观点中"文化守成"带来的危害,也有言过其实的成分。其实"正体字回家",这只不过是他作为学者、作家的一家之言,并非行政垄断下强硬推行的语文政策。不过,对于历史及文化采取一种信仰的态度,也是有危险的,因为文化只是人的一种作为。人作为一种有局限的动物,其任何作为都必须纳入无限的鉴察中,才能真正看得清楚。我们可以热爱一种文化或者多种文化,但无论如何这种东西并不值得"信仰"。否则,就会有把知识与文化当成偶像崇拜的嫌疑。

在流沙河生日的第二天,我将电脑上此文给流沙河读了,他说:"你告诉云飞,我感谢他的理解与商榷。我更愿意进行一场学术交谈,而不愿多人来给我'扎起'(捧场的意思)。"

山精木魅黄永玉

我知道黄永玉先生其人，不是从他二十个世纪七十年代戴罪的著名"黑画"——那睁一只眼闭一只眼的猫头鹰而来的。

这几十年以来，黄永玉的油画、国画、诗歌、散文创作甚丰，又重新名动天下，像他这种有天资异禀的艺术家，是不需要功夫之外的什么"事件"来为他添彩的。大树独立，岂可委身蓬蒿之中。

从一本刊物上面，我偶然看到他的一组诗意画。古人留下的清词丽句，被他灵动的画笔勾勒成图，色彩或绚丽或淡雅，透露出韵味十足的美，叫人流连低回而后击节惊喜。其中两幅尤为我爱。一幅画的是陆游那首哀婉的词《钗头凤》：沈园黛青色的粉墙，桃花点点，柳丝飘绿，池水波光粼粼，春风春色撩人。只是那画中的诗人，心中落寞，意绪难收，酡颜满面分腿坐在桥上，浓烈的酒愁已经压弯了春波绿水的伤心小桥头。画家用娇艳的色块涂抹成满园的春光丽景，对比人物心中幽暗深沉的痛苦，让你在对色彩的审美中一下子就进入陆游与唐婉的千古悲情之中。

另一幅画极其淡雅。画的是作者家乡凤凰古城那著名的"虹桥"卧波，古朴而静穆，桥下流水无声，岸边人寂草静，唯空中一盘冷月，将银光流泻如雪。画面上方题写宋代陈与义的《临江仙》中的名句："忆夕午桥桥上饮，座中尽是豪英。长沟流月去无声，杏花疏影里，吹笛到天明。"色彩与构图简淡，用笔寥寥，伤今悼古，若有一缕魂弥漫于画中。观画面久了，你甚至能听到那穿越亘古而来似有似无的笛声。画中有诗，画中有声，睹美移情若此，不能不是一种高妙的享受。我喜爱黄永玉的画，不仅爱其中透露出来的文人气息，更爱那独特夸张的构图，浓丽与淡雅并存的色彩，让观者始于目迷五色，而后生出静淡如水的感觉。

二○○二年黄永玉先生旅行经过成都，从酒店打来电话召我家先生流沙河，声称："此地熟人不多，认识的人仅兄尔，请来一叙。"流沙河遵命而去，晚上回家带回获赠的《水浒人物画册》一本。我和他在灯下翻开一页页观瞻，那画笔下的李逵、宋江、吴用的直到母夜叉孙二娘、没毛大虫牛二等，个个活脱生动，与人物有关的故事扑面而来。那江湖中人粗豪不羁、灵动狡黠的性格、神态，既从书中情节而来，更像当今市井中的原生态中国人。我说："古今人性相通，他这是以古人释今人嘛！"流沙河说："黄先生画人情世故于纸上，与他早年只身漂泊江湖有关。此老乃天地间一精怪！"

二○○八年秋天，接黄先生从北京万荷堂家中寄来书信一封，书法、画作各一幅，这使人惊喜过望。展开四尺画卷，见有宽袍大袖二士人，寒灯坐高馆，暗夜相向，老僧入定般的面部表情，冥思无言。唯有二人间一方小桌上，燃一盏灯火，打破了四周散发出来的浓阴重寒。画的上方，题有杜甫赠卫八处士句："今夕复何夕，共此灯烛光。"画面色调既冷寂又热烈，与画中人物于漠漠人世间冷暖相知的内心情感协调一致。我和流沙河不出声读图良久……我突然意识到：画中二人，喻指他自己与流沙河！再展尺牍，八十五岁的黄老充满感情地写道：

我在北京常常想你。只是失脱了地址。遇到四川来人，和你不识但知道你,只告诉我说:"没听说他死!"就算这混蛋话,也让我快活至今。你身体如此不堪,而能活得如此大方,这是一种不食人间烟火精灵式的活法。历尽艰辛,人鬼不分的生活(还存在怕不怕死的问题吗?),从动物学角度上,生命极限上来看,研究你,极有可能让一个科学家端回一个诺贝尔奖。

从茂华来信上知道你在搞古东西,我也略有所闻,是觉得可惜和不赞成的。我曾开玩笑地说过,画家不可不看书,但不可多看书,书看多了,有成为理论家的危险。你危险不危险我不晓得,但为你的散文和诗可惜是我的心情。或者也不尽然,出现一种世上绝无仅有的鬼声啾啾的理论又未尝不是一种奇观?

我觉得我的画不怎么样!就好像鲁迅讲丑角在台上高叫失火引得观众大笑一样,叫得越急,观众笑得越厉害。但我要靠它养活家人和另外的行当,只好陪着大家大笑而葬身喜剧之火中。你们喜欢我就画,并且念念有词:"放松!放松!莫紧张!"老实说,画画上,我的劳动态度算好的。一位反右后不知下落的亡友说过:"劳动若可以改造思想,牛老早成思想家了。"我只是劳动好,不甘心空耗光阴,怕对不住饭。

我从小也苦,漫长的苦,但不能和你比,和你比,就显得卑下。我那时候是由于抗战,跟广大的民族受苦,有民族自豪感陪着;和你的那种身受的东西不一样。

求主,求菩萨,求穆罕默德让你长命!过得人样一点!

其实黄永玉与流沙河交往并不多,那是在八十年代初全国第一届诗歌集颁奖会上，流沙河认识了这位画家诗人。二人都曾是以戴罪之身受政治磨难不死之人，自然气相投心相通。流沙河在回信中这样说到他与黄永玉的交谊：

永玉黄大哥：你总是使我吃惊，算来聆听謦欬仅有两次，使我吃惊却有四回。第一回是二十五年前领了奖章下台坐在堂厢，我问奖章上两个"V"拼成"W"是何意思？你说"W.C."。随口而出，脸不带笑。真是庙堂下的老怪物，专长解构神圣。第二回是拜读杂感一篇，你说一副手套是办十个人的学习班。四川话说这个老几（家伙的意思）的肚皮太滥了，只有山精木魅才想得出来，如此转弯入榖的比喻。第三次是前不久屏幕上见你在地上抱膝打滚，天哪，这样的文人我还是初次目睹，其放诞如阮咸的巢饮和龟饮。我一辈子从未有过如此不仪之举。第四次是前日下午，拜读四尺横幅《共此灯烛光》的巨画，惊讶不忘旧雨。都什么年代了啊，还这样看重友情！小老弟我的灵魂如撞钟轰轰回响许久，久耽人伪，殊不料黄大哥有此一杵撞来，要想不吃惊岂可得乎……

二〇〇八年十一月初，深秋的北京依然艳阳高挂，天气温暖。我从千里之外的蜀地来到京郊万荷堂黄先生府上。

公路边高高的灰砖墙后的深宅大院万荷堂，占地不小。瓦木结构的房屋高朗气派，并无雕梁画栋、飞檐斗拱的繁复装饰，却有自然朴素的典丽。院中遍植佳木卉草，摇曳出秋阳一片斑驳的光影。让人眼开的是草木间置放一座座形态各异的雕塑，这当然是黄先生的作品了，平添了庭院别样的趣味。

客厅名"老子居"！哈哈，好玩的名字。一个人关起门来在自己家里充"老子"，找点感觉，总是可以的吧！所以，当我在客厅里第一眼见到嘴里含着烟斗、瘦小精洁的老头步履稳健地从里屋走出来时，我知道，这就是那位放荡不羁的名士黄永玉先生了。寒暄过后，我奉上流沙河回赠的书和手书自撰对联一副："天命难知须率性，人生易老要开心。"黄先生一边赏读一边笑出声来，恐怕他心里在想：老子正是这样活过来的。

八十五岁高龄的黄先生思维敏捷，语言多机趣，聊起天来兴致颇高。他说："当今文化界中真正的读书人越来越少，炒得热闹的尽是假货，他们中间没有两个有本事的，而你家夫君不是。"接着又问起四川"五·一二"大地震，我顺便向他讲起网上流传的山东作协副主席王某某为地震填的一首《江城子》，描述被埋废墟中的死难民众听见上面首长的声音激动得"鬼"泪盈眶。其中有"总理唤，主席呼，党疼国爱，纵做鬼也幸福。……盼坟前，有屏幕，看奥运，齐欢呼！"的妙句，流传神州一时，差不多已达到"凡有井水处，皆歌'王'词"的地步。黄先生听后哈哈大笑骂曰："这算人话？简直太荒谬了！"然后他接着说："我也背一首诗与你听听。那年一位著名诗人，随作家代表团去法国出席一个中法文化交流的宴会，第一次吃到洋菜品'沙拉'，兴奋之余当场赋诗一首。'一只玻璃杯亮晶晶，盛有蔬菜绿油油，不炒、不煮也不焖，加上奶油，这就叫沙拉。'这八十多岁的黄老头只是对着我念，将此味如嚼蜡的弱智诗随口背诵得抑扬顿挫的。他还摇头晃脑的，却不笑。

天赋才人，黄永玉手中有两支笔，除画笔外，他的文笔也是自成一家的。诗歌、散文成就不凡，思路纵横、感性丰富、佻傥新鲜是其特点。他的《永玉六记》《沿着塞纳河到翡冷翠》《比我老的老头》等书里，妙言隽语机锋迭出，信手拈来叫人惊讶不止。"海是上帝造的，苦海是人造的。""婚姻就像鞋子，舒不舒服只有脚趾才知道。""要是劳动能改造思想，那牛就是最好的思想家。"……

　　读这些文字，除了让你跟着他聪明而外，还叫你知道：深刻并不需要华丽的词汇，简单的比喻，更让人心动。黄先生的文字修炼如此功夫，你叫他怎样看得起当下那些雷鸣的瓦缶？他对我说："我本来是画画的，写作并不是我的专项，但看到当今市场上流行的什么文化散文之类的东西，浅薄浮泛，言不及义，还有一种类似于翻译体的文字表述，疙里疙瘩就像外国人写的翻译过来的中文，难读得很！与其如此，还不如由我来写文。"听人说，黄永玉正着手写一部自传体的书，我想，那一定是一本值得期待的有趣的大书。

　　黄永玉其实是一位非常尊重学问、敬仰真正文化的人。他在广东读到一本写历史学家陈寅恪的书，其中说到陈寅恪生前留下遗愿，望死后能归葬庐山，以后他的家属当然无力完成此愿。黄先生读后，竟千方百计地找到书的作者，再通过作者找到陈家后人，经陈家人同意，由他出资在庐山买墓地，又经过多少曲折在庐山植物园风景区选址，找来一块大顽石凿洞放进一代宗师陈寅恪的傲骨而后封闭，半埋顽石落座而成。起初，有关部门请黄永玉题字以志，黄先生婉拒。他说："我乃一画画之人，与学界泰山北斗陈寅恪八竿子打不着，连他的书我也读不懂，有何资格在其墓石上题字？"可是后来，有经办人告诉说，拟请当红的季姓国学大师来题写。黄先生认为此大为不妥。原因无他，陈寅恪对知识分子"独立之精神，自由之思想"的教诲与勖勉，某人背离师道不能躬身践行。于是，此前谦让的黄永玉就当仁不让，由他自己来题写了。庐山植物园中，受尽迫害的陈寅恪魂归名岳。泉下有知，晓得为他买墓立碑，在上面大书他崇尚"独立之精神，自由之思想"的，是其素昧平生的一位画师，陈先生是会感慨万分的。

听黄先生天南海北地神聊是很有意思的。一个有着丰富人生历练的文化人，亦庄亦谐的旷达，佯狂佯狷立世做人，一切都了然于心。曾有记者在访谈中提到他乐观进取的精神、放荡不羁的生活态度，黄先生却严肃而诚实地回答道："剖开胸膛，尽是创伤。""我只是经得起打熬而已……"黄先生在自己的书中，曾引用塞林格尔的《麦田守望者》中的一句话："聪明的人为真理屈辱地活着，蠢人才为真理而牺牲自己。"难怪这八十五岁高龄的黄永玉在"老子居"里活得洒脱且顽健，真乃器度有容之人。

在黄先生慢条斯理吸斗烟的袅袅雾中，他又对我谈起老友丁聪、黄苗子，以及故去了的郁风等人。他说："黄苗子曾问我，像你这样思想的人，当年为什么没有当'右派分子'？我回答他：'我懂事呀！'其实年轻时我是左派，拥护共产党的理想。五十年代初，我从香港回到北京，当时正轰轰烈烈搞一系列政治运动，我才逐渐醒悟到我其实并不了解他们，当然也就不信任那些人。一九五七年反右倾运动时我在中央工艺美术学院教书，上面叫鸣放提意见，我就不说话，实在被逼表态，就说些校园里树长虫

黄永玉在老子居　李辉摄

没人管什么的，就此蒙混过去。另外当时我也看重美院当教师这个饭碗。要是戴上'右派'帽子像你家流沙河一样就惨了，虽然后来会平反，但这个二十多年的'帽龄'太长了，何况，'帽龄'又比不得'党龄'，有何用处呢？嘿嘿，那些年搞政治运动整人，就是专门调动人性中的私欲和邪恶为动力的……"

黄先生款款一席话，"只有一枝梧叶，不知多少秋声！"

时至中午，感主人盛情，陪黄先生在万荷堂共进午餐。进了餐室，意外迎接人的是一片鸟声喧哗。餐桌背后的空间，或站在杆上，或跳跃于笼中的是颜色鲜艳、大小不一的各种鸟儿，脆音啁啾，煞是好听。原来黄先生每日进餐，是由鸟语佐食，难怪有好胃口啊。

窗外不远便是一池绿水的万荷塘，绕塘曲廊的尽头有一精致楼台，名曰"历历楼"。此秋寒季节，虽无荷叶田田，但浮萍下却有红鱼点点。塘里几只懒散游动的鸭鹅，院子里蜷伏晒太阳的数条大狗，一派自然生态，村墟住户人家的味道。万荷堂的秋景使人眼目舒坦，让我遐想，似徘徊于古旧的凤凰小城人家，又若走进黄先生的唐诗宋词的诗意画境中。

下午两点多钟向黄先生告辞，他叫人取出一本文化艺术出版社出版的《黄永玉八十》大型画册置于书案，翻开扉页笔走龙蛇，题上"阿河、茂华正　黄永玉二〇〇八年十一月六日于万荷叶堂"。题毕，正要递给我，突然发现"万荷堂"写成"万荷叶堂"，呵呵一笑说道："老糊涂了！"再用笔潇洒一勾，将"叶"字圈去。我恭敬接过，心中惊喜万分。

这本画册，至今摆在流沙河书房，为其书房增色不少。

劳改犯张先痴

流沙河天性不喜酬酢，自己过生日不摆宴设酒，更少有为别人贺寿。在我记忆中，几乎就没有这样的应酬和虚应故事。但张先痴的八十大寿宴，他去贺寿了。这要从张先痴乃何许人说起。

我和流沙河第一次见到张先痴是在大慈寺茶馆里，与茶友同来一老先生，坐在我身旁。但见他白发苍颜，双目瞽茫，说话神情冷峻，态度不卑不亢，言谈举止尤显一股人生苍凉。他说："我是极右分子，十八年重刑劳改犯。"说话间，递过一本他的自传，书名有些怪，叫《格拉古逸事》。封面一帧照片上高墙铁网，黑牢深深，我知道又遇上一位血泪冤狱还魂者了。

世人说"人生无常"，指的是命运偶然不可知。但张先痴的人生遭遇却具有铁定的必然性，属于非如此不可的命中注定。他的厄运开始于一九五一年镇反，十七岁的少年在路边亲眼看见曾任国民党中央委员的父亲被绑缚刑场。四目相对，一闪而过……人伦血缘，骨肉相连，无法形容此场景中人心碎滴血的惨景。而这当过公子哥儿的年轻人，偏偏是誓与反动家庭划清界限的革命青年。此时他正在人民解放军里当一名士兵，无论如何也不会料到这将是他以后二十三年苦难命运的第一环。

四年后，张先痴的"反动"出身、贱民身份，导致他被清出军队要害部门倒也罢了。待到一九五七年，二十三岁的他大祸临头，因被划为"右派"而被劳教，丢下新婚一年的妻子和初生婴儿，进入劳教营，开始那看不到尽头的苦难生涯。孤苦绝望的处境，生命的挣扎，在劳教的第三个年头上，这年轻囚徒不顾一切开始逃亡。当时正值三年严重困难时期，一个无户口、无粮票、无单位证明的人怎样活命呢？偌大的中国，岂有他分寸容身之地？结果可想而知，张先痴逃到天津投奔难友的哥哥被出卖，被公安抓回四川再判重刑劳改十八年。

监狱里生不如死的岁月，是饥饿、侮辱、恐吓、绝望、恐惧，家常便饭一样充斥于十八年的日子。寒来暑往，日落月升，点点滴滴填满那难熬的每一天。幸运的是，张先痴从血水泪水的炼狱里熬出来了，不疯不傻还算健康，在古稀之年，眼睛半盲的情况下，写出了这一本黑牢纪事，一本当代中国的《古拉格群岛》，以他的生命为文本，为二十世纪下半叶的中国社会历史做了见证。

这本书从头至尾我细细读完，读一段讲一段给流沙河听。他是过来人，更是深知其中的黑暗与苦难，常常是四目同时涌起泪水难禁。郑板桥有词云："难道天公，还箝恨口，不许长吁一两声？"张先痴的这本书，终使他长啸一声！真正冲出罗网的自由灵魂，完成了他的自我救赎。难怪我和流沙河第一次见到他就对他有了深刻印象：风霜老练、豁达爽朗。口口声称自己为"劳改犯"的不羁，让你一下子还真看不出这是一个遭遇过大难的人。后来我们成了朋友，喝茶谈天常聚一起。记得一次在茶馆，他说起昔年大山里劳改时，和难友偷偷在外面打野食，难得地大吃一顿饱饭的事情后，突然冒出一句："想起那些日子，还是有些幸福感的！"此话着实让我大吃一惊，不解！回来我讲与流沙河听，流沙河说："这是真话，遭过难的人有别样的人生体会，哪怕苦如黄连，都是他独有的青春岁月。"后来流沙河特地写了一幅字"涸辙犹欢"送他，赞他这条不死的鱼。

二〇一二年三月三日，天气和暖。我和流沙河到新都为张先痴贺八十大寿。十一点到达郊区一酒店，见来客中白发衰颜居多，约有二百人，我估计有一大半都曾是其狱友。十二点多入席，张先痴致辞欢迎，然后邀请流沙河讲几句话。流沙河说："各位朋友，年长的是我的哥哥，年轻的是我的弟弟，我感谢大家，看得起我这个老朋友张兄。我这个老朋友既不是官员，也没有钱，还有这么多朋友来给他扎（挺的意思）起，我都感到骄傲。我只想给张兄说这么几句话，别看我们这些人没有什么成就，我们这些人一定不能够轻看我们自己，把我们摆到社会上，我们是微不足道的小物；把我们摆到历史上，我们是可以作为见证人的。我和张兄一样，曾经见过所谓旧社会，所谓黑暗，我们见过，所谓国民党的统治，我们见过，我们知道真相。我和张兄还有共同的一点，曾经都是革命青年，一颗心都给了党。还有我和张兄，共同经历了那一场暴风雨，只是我天性软弱，我的处境比张兄好得多，没有弄进去被关过。但是所受的各种折磨，使我们看见了各种嘴脸，看见了各种真实，这个是我们最宝贵的财富。张兄不枉自吃了那么多年的苦，留下两部著作给历史做证明，宣布我们无罪！宣布我们是好人，宣布人间只要人不死，真相无法掩盖！所以，张兄好好生活吧。今天来了这么多朋友，祝各位朋友前途光明，生活愉快。"

洋人马悦然

瑞典人马悦然在中国文学界知名度极高，因他是唯一懂汉语的诺贝尔文学奖终身评委。自二十世纪八十年代以来，体制内的为数不少的作家，写了两本小说的，出版了几本诗集的，也不管作品有无人来读，诗和文是优是劣，反正自我感觉良好，觉得大中华文学是时候打出国门，向诺贝尔文学奖进军了。邀约一帮人自夸签名呼吁的，写文章献谀的，骂娘的，抓耳搔腮的，皆有之。于是汉学家马悦然被负重任，似乎中国人是否得诺贝尔文学奖在于老马的一念之间。

流沙河与马悦然相识于一九八八年在上海金山召开的一次国际作家会议上。流沙河用文言朗读论文《三柱论》，引起马悦然及港台作家的兴趣和注意。而国内衮衮诸公发言，凡涉及诺贝尔文学奖的，多有愤懑怨尤之辞，枪炮剑矢对准马悦然齐发。流沙河后来在与马悦然的通信中说到此场景："观其俨然'发动群众进行斗争'之势，予甚羞之。拿不到奖就骂，哪讲半点中华礼仪，还是什么学者。比嗟来之食更下作，那是闹来之奖，有何脸面。幸好没有闹成功，免得羞死人。矢集之下，先生上台发言，轻言细语，一一解释。我见先生低头说理之时，满脸绯红。非于理有亏也，实为闹奖者感到羞耻也。洵谦谦之儒者，'骤然临之而不惊，无故加之而不怒'，吾于斯会识先生之涵养矣。"

那次会后在宾馆，马悦然先生特地邀请流沙河认识他成都籍的太太陈宁祖女士。交谈中得知，陈女士出身川中诗书之家，与流沙河同龄仅长几个月，二十世纪四十年代末就读于东马棚街省女中，流沙河就读于省男中，相隔几条街而已。马悦然先生亦是那段时间前后认识并获得陈女士芳心的，原来他是成都人的女婿。三人说起成都的华西坝、东马棚等，如温青春旧梦，欢声笑语甚是快活。

马悦然一九四八年秋天到成都考察研究四川方言，住在华西坝。一个机缘使他认识了画家吴一峰夫妇并让他们成为好友。吴一峰住西郊"一峰草堂"，马悦然常常到吴家观画谈艺，并留下吃吴家夫人做的家常川菜。直到两年后他被迫离开中国，到车站送别的也是吴氏夫妇。其间结下的深厚情谊，使马悦然五十七年后到成都参加吴一峰纪念会时动情难忘。

使他想不到的是，吴一峰竟然也是流沙河的朋友，而且是"右派"难友。流沙河在与马悦然的通信中说道："在这篇《岁末日记》里，我还读到国画家吴一峰一九四九年十二月圣诞平安夜在成都华西坝马悦然寓所共进晚餐，留宿夜话的记载。悦然先生，你可能不知悉八年之后他同我一样也当了'右派'，和我一起拉车运煤运米，和我一起每日清扫女厕所，后来又一起入深山背铁矿，夜间锯柴作打油诗。这和气的吴大哥先吟两句云'风卷油灯夜色哀，难禁睡意频频来'，我接续两句云'刀光斧影锯声里，大柴纷纷变小柴'。二十世纪九十年代他寿终，到仙家白玉楼作画去了。"

吴一峰的画作一部分留在浙江平湖老家的纪念馆里，另一大部分被其弟子刘欣收藏。二〇〇七年十一月三十日，刘欣先生在成都美术展览馆举行"吴一峰百年诞辰暨画展"活动，之前通过流沙河邀请马悦然先生光临参加，先生欣然同意。那天下午两点半，我和

左起流沙河、马悦然、车辐

流沙河到达展览馆,见观众、记者人头蜂拥,场面甚是热闹。从万里北欧飞来的马悦然已先到,旁边是他后来续弦的夫人陈女士。马先生八十老翁,雪发童颜,欧人的高大身材,穿一件银灰色中式对襟衫,老而帅也。他正和坐在轮椅上的文化老人车辐先生交谈,见流沙河进来即亲热握手互道问候。

　　展览会开始,马悦然剪彩。接着他发言,回顾五十多年前他和吴一峰一家的交往,历数细节,感人肺腑。他说道:"……我到中国来以前当然看过很多瑞典博物馆所藏的中国古代的山水画。成都画廊所展出的吴一峰先生的画,让我懂得中国古代绘画的传统还有很强的生命力。通过吴一峰的画,我爱上了我那时还没有去过的峨眉山。一峰比我大十七岁。我生下来的甲子年,也就是一九二四年,一峰考入上海美专。一九三二年,我开始读小学的那年,一峰跟黄宾虹先生到四川来。从此后,四川就成为他的第二个故乡。

"一峰把我看作他的弟弟。他让我把他看作亲爱的大哥,是我的骄傲。

"一峰的老友流沙河在给《一峰草堂师友书札》写的序言里,提到他们两个在反右运动遭强迫劳动时候的情形。流沙河那时非常难过,可是一峰绝无怨气,任何苦役,莫不愉快从事。流沙河认为一峰想向上司讨好,图个早日摘'右派分子'的高帽子回家去。不是,一峰说这是'君子自重'。我不知道一峰在'文革'时代的遭遇是怎么样,但是我相信他在那可怕的时代保持了他的'君子自重'的观念。

"一峰是一位真正的君子,一位乐观的君子。我记得的一峰脸上总带着笑容。俗语说得对,'仁者乐山',一峰的品格非常善良。"

第二天下午三点半,受主人刘欣邀请,我与流沙河往杜甫草堂再陪马悦然夫妇,一起游览后在诗书院内雅间话旧。其间马悦然说到一些老成都事,问现在还有无在茶铺里讲评书的人。座间有人说有李某某。我和沙河皆告知马悦然,他说的那种讲《三国》《水浒》《西游记》的说书人没有了,而那位李某人所谓散打评书只能算是"扯烂谭",俗不可耐。五点多钟,杜甫草堂主人请马悦然、流沙河题字留念。马悦然写的英文,意为杜甫是中国伟大的诗人,在草堂的游览很美妙很荣幸。流沙河题:"与兄相见大悦然。"事毕,从里间出来又观瞻字画,我及流沙河与马悦然夫妇在吴一峰巨幅山水画前合影留念。

为樊建川写序

樊建川不是文场中人,而是商海中人,和流沙河两厢不搭界,可流沙河却愿意与之结缘。

二〇一二年初,樊建川托人送来一本自己的口述自传稿,请流沙河为之作序。考虑到流沙河目力不济,阅读起来吃力,他提出让我越俎代庖先细读一遍全文,然后标出重点章节、提纲挈领讲读给流沙河听,让其把握住要旨精神后再为之造文。我虽不敏,但欣然从命,读完这本《大馆奴》全文。

二十世纪九十年代初,樊建川辞官下海,如今已有二十多年时间。在此期间,他的房地产公司及博物馆产业做得风生水起,特别是坐落在成都大邑安仁镇的"建川博物馆聚落"大大小小三十几座陈列馆,名扬海内外,已成著名旅游景点。他极具特点、气势磅礴的收藏,以及博物馆聚落的建成堪称奇人做奇事,难怪有人写文章称其为一座"妄想式的博物馆,孤独而真实地出现在我们的视野里"。

一个房地产老板、民营企业家,将二十多年公司积累的资本,万金一掷,投入现代文物收藏与博物馆建设,成就规模矗立当世。千秋之后,百代更替,后人要了解二十世纪中国社会的这段历史,他的博物馆就是丰碑,此不可不谓厥功甚伟。其间付出的辛劳且不论,仅是那非常人所想的胆识和气魄,就叫人不能不额手钦佩。说他是商人老板当然不假，但其气质、敢上九天揽月般的人生追求和梦想，更像一个大手笔的诗人。

二十世纪八十年代后期九十年代初，随着市场经济的兴起，国内文物收藏之风大盛。历代的书画、瓷器、古籍、名人手迹、匾额，林林总总真真假假的东西都是收藏界渴求的宝物，转手赚钱的工具。而樊建川别具只眼，他看准的是现当代文物，别人眼里不要的杂物、"破烂"。殊不知这正是吾国老子说的"人取其先，我取其后，受天下之垢"的狡黠，以退为进，反而着人先鞭，高人一招。这让人不能不称道他作为商人的赚钱本能和目光精明，还考虑得深远。而这些杂七杂八的东西，被整理分类，陈列于他后来建成的博物馆里，缤纷宏博、气象万千，成了非常有意思的藏品。

从九十年代初起，他常常穿一身旧兮兮的牛仔服，逛遍全国各地的文物市场、大小地摊，收集抗战、"文革"、反右、三年困难时期以及知青上山下乡等各种物品。士兵钢盔、刀剑、水壶、军服、画册、宣传品、报纸、日记、书信、像章、标牌、照片、遗书、检讨书、抄家收据、枪毙人的布告……刚开始是他肩扛手提、满头大汗从市场上一捆一箱地收买，后来是成批量用集装箱运回来，最多的时候，竟然一年有三百个集装箱。

某次他在北方农村收集"文革"时期的镜面，找人开一辆小卡车装满新镜子，一边开一边在车上用喇叭喊话："乡亲们，好消息好消息！现在四川来了一个特傻特傻的傻瓜，准备用新镜子换你们的老镜子，还要补点钱！"——那次一下子就来了五万多面镜子。

大体量的收藏勿论其他，仅是"文革"藏品，放在库房里的就有：手写资料二三十吨，书信三四十万封，日记一万五到两万本，像章百万枚，票证百万份，瓷器五万多件，镜子五万多面，生活影集上万本，宣传画十几万张，老报纸、小报上百吨，电影拷贝近万个……如此规模搞收藏的国内外恐无第二人,狂热分子樊老板使人惊悚!全国许多城市都有他的收藏联络站,现代文物市场的兴起有他的功劳。

他说:"别人一看见这些东西头都大了,我看见这些就感到无比幸福。时间证明,这些是更有价值的藏品,这些实物是历史的细节,保留下来是对社会、国家有用的。"

而中国历史研究,从来是从文献到文献,进行资料诠释印证。沈从文先生从二十世纪五十年代起著成《中国古代服饰研究》,以及他后来提倡的《诗经》《楚辞》和唐诗都应做"名物新证",讲究的就是这种"以物证史"的科学方法。想不到樊建川以一民间收藏家,竟实践而成,一个普通人以如此奇妙的方式走进了研究现当代历史的路径。

我和流沙河第一次到樊建川设在成都北门的"建川房地产公司"是在二十世纪九十年代后期,那时他还未建立博物馆,他的部分收藏品陈列在办公室旁边的一个大屋子里。那次我们看的主要是"文革"时期的瓷器、陶器。记得他拿起一只褐色土陶泡菜坛子,上面烧制有"斗私批修"四个字,对流沙河说道:"你看在'文革'时期,老百姓在家里泡菜,心里时刻都要'狠斗私字一闪念',还要批判修正主义,累人不累人啊!"然后又讲起他在父亲一个老战友家里发现这只泡菜坛子的经过……每件藏品,无论大小,背后都有其或隐或显的故事,这也是樊建川及其他收藏者沉迷其中的缘由和乐趣。

听樊建川讲他的"宝贝"事,不但觉得内容新奇迭出,更收获一种激情体验。他不停地拿起、放下,一件又一款,千般万条说不完,脸放光,喉咙响,说话速度快得像机关枪、连珠炮,大容量地轰炸你的头脑,使人眼花缭乱,感官思维应接不暇。而他自己的那份沉醉、那幸福投入的神情像是在显摆他怀中的幺儿,或是初恋的美女情人。你不能不被他这人所感动。

流沙河说樊建川是性情中人,从官场中退出来做生意搞收藏是得其所哉。流沙河虽欣赏他痴顽执着的精神,但听他说拟建博物馆群的宏大计划时却十分惊异,并慎重地对他说:"博物馆是公益事业,投资巨大,收益很小,这是我一个外行都懂的常识。且博物馆主要是政府投资,此国内外通例,而让你一个民营公司来承担其经济风险,恐难以持久,这不是摊子铺得太大,蛇吞大象的事吗?"

但樊建川当时已是箭在弦上,并且天生就是那种"知其不可为而为之"的拼命三郎。一个大战风车的堂吉诃德,出现在一个沉闷凡俗的世界,自有一种石破天惊的美感,还是随他"任性"一回吧!

时隔不久,流沙河陪同北京来的几位老作家第二次到樊建川处,地点还是那间大屋子,参观其藏品,主要是抗战、"文革"时期的瓷器。作家们在一件"斗鸭瓶"的瓷器前停下来,围聚一起欣赏起来。此瓶质地一般,说不上出自哪个窑什么的,反正就是"文革"年代一只普通家用花瓶。瓶上绘制的图案是一只鸭子因偷吃了生产队的公粮,被革命群众抓住挂在树枝批斗——实际上批斗鸭子的主人。上面书写"私迷心窍,放出鸭来吃公粮,这种思想不改造,到底要走哪条道"。作家们都是"文革"疯狂时期的过来人,见此触景生情议论纷纷。机敏的樊建川赶紧叫人拿来笔墨,请诸位将想法写在瓶上。流沙河写:"做人也太难了。"邵燕祥写:"为鸭也大不易。"舒乙写:"一出可笑可悲的闹剧。"林斤澜写:"打鸭子上吊。"陈建功写:"谁人不鸭。"那天诸位作家谈兴大发,说的皆是历史话题。临别,樊建川叫人预备纸笔,流沙河提笔以记:"节值端午,聚会樊家。"公推建功拟句:"倾囊不悔记一痛,剖胆应可鉴万年。"

从此，此瓶被放在他办公桌上，后来陆续又有文人加入。张贤亮写："笑出眼泪。"冯骥才写："别笑，这是真实。"周梅森写："混账历史。"魏明伦写："一人得道，鸡鸭遭殃。"邓贤写："我如其鸭。"文化名人的随意挥写，使他这只宝贝瓶子更有文化历史价值了。

他的博物馆聚落建成后，我和流沙河陪同文化人朋友多次到那里去参观。那矗立在五百多亩园林里的三十多座博物馆，从建筑外观到里面的丰富藏品确实令人震撼。成都老文化人九十岁高龄的车辐先生，坐在轮椅上参观后对樊建川竖起拇指说道："你是妖精！"他建馆之初，商界的朋友就认为此举必定拖垮企业而破产，称他为"樊哈儿"（傻子之意）。如今他又得一"妖精"的美称。

我们最感兴趣的当然是"文革"馆和抗战系列馆。每次参观都有不同的收获和感受。记得一次参观"不屈抗俘馆"，樊建川全程陪同讲解。一进门，狭窄弯曲的铁板路径，黑灰色粗糙的铁板墙壁，上面密密挂满了被日军俘虏的我方战士照片，那样多的无名的亡灵，显现出来的不屈、痛苦、恐惧难言的姿态和眼神，一下子就把人的心揪住。黯淡的光线、阴郁的监狱气氛，将人带进了战争年代的恐怖和狰狞。

在一幅照片前我们停下脚步来，樊建川指着照片上的人对流沙河讲起背后的故事：这是第一次长沙会战中，被日军俘虏的一名叫季万方的小战士，他只有十岁，日军随军记者留下了他的影像。赤裸的双脚，几乎破成碎片的军服，斜挎在身上的子弹袋、搪瓷缸、水壶沉重地压在他小小的身子上，而他面对日军拍照，却站得笔直，满脸的仇恨和不屈，显出一名中国战士的凛然正气。

樊建川告诉我们说他在整理观看这些抗战俘虏的资料时，经常头伏在桌上写不下去。他说道："有次看到一张照片，蒙蒙阴雨中

流沙河与樊建川

一群战俘打着白旗站在那儿，那白旗是日本人强迫他们打的，有的裹着毛毯，有的裹着大衣，凄风冷雨，很是失魂落魄的样子。但是，他们是中国人的战士啊，他们没有躲在后方，他们上战场了，他们技不如人嘛，火力不如人嘛，兵力不如人嘛，战斗力不如人嘛，当了俘虏嘛。当时我有一种冲动，特别想跟他们站在一起，接受那种屈辱，甚至被日本人枪杀……我觉得我就应该跟他们站在一起，去面对凄风冷雨！"

参观中流沙河和我不能不为之动容，为受难的抗战俘虏，也为馆主樊建川的人道情怀、良知大爱所感动。

二〇〇三年，流沙河写《老成都——芙蓉秋梦》，出版社提出需配以历史老照片，以达到图文并茂的效果。我努力在力所能及的范围内八方搜集老成都的图片，累人累心却斩获不大。猛然想起樊建川，马上电话联系他，他果不负期望，我和流沙河赶紧到他处寻图。樊建川叫人搬出几十本老照片集，他和我俩一起，一本本影集、一张张照片地翻看,一边聊天"显宝",一边考究、翻拍,一些反映民国时代老成都的建筑风貌、家庭生活场景、妇女服饰的照片被选出,正合流沙河的叙述所需。那天我们如获至宝,收获颇丰,可谓得来全靠细功夫。

想起来流沙河与樊建川的交往时间亦不短了。两个年龄、经历、气质完全相异的人能相知相敬是缘分,平时来往并非频密,说是"君子之接如水"而非"小人之接如醴"不为过吧!所以,二〇一二年樊建川自传《大馆奴》将出版,流沙河欣然为之作序:

> 百岁老神仙,成都老记者,爱讲笑话的车辐先生,坐轮椅看完了建川博物馆群,非常激动,指着樊建川说:"你是妖精!"旧时蓉城,人怪异谓之妖,物怪异谓之精。妖精之称,实有赞美之意,并非《聊斋志异》里的妖精。怪异,是说他从未见过像他这样的房地产商人,半生拼搏,冒风险赚的钱,拿去倾箧投入只赔不赚的博物馆事业。今日钱财投光不说,他日馆群还要裸献公家。献完不说,本人死后还要遗体剥皮,绷成鼓,放置博物馆,赚敲打钱,用以补贴博物馆开销。这不是怪之又怪,怪天下之大怪了吗?幸好樊太太明理,不留遗产,馆群裸献,她想了一天半,点头签字同意。同时,幸好樊太太重情,遗体剥皮,敲鼓赚钱,她坚决不签字。我支持樊太太。像樊建川这样"唯物"到了入魔的境地,堪称双料妖精,不足为法。
>
> 我认识樊建川已近二十年了。犹记初次做客到他公司总部(是在人民北路),已闻知他想办博物馆。当时认为此乃异想天开,不合"在商言商"之道。过几年又接去另一处参观,见他真的办起来了。听他畅谈宏伟规划,我总

存疑三分。直到后来安仁镇公馆群被他囊括，办成一系列博物馆，我才惊服这奇男子。但我虽外行也明白，这是个无底洞，任你金山银海，也填不满。所以，惊服是惊服，绝不敢说半句鼓励妖精的话。

我放下笔，冥想古代圣贤。孔孟和老庄，这两顶帽子，现今很时髦，可惜樊建川戴不上。看他办博物馆立志救世，"为人太多，自为太少"，很像庄子书中的尹文子。至于粗茶淡饭，布衣素服"日夜不休，以自苦为极"又很像墨子。而其"生勤死薄"（薄到准备绷鼓），正是墨子的苦行啊。庄子评曰："以此自行，固不爱己。以此教人，恐不爱人。其道太觳。"太觳就是太艰苦，太不滋润，太妖精作怪了。

前些年有朋友对我说："樊建川本来是官场中人，办博物馆可能是想捞名声，以后再回去当大官。"官场内外这类事例确实也有，但我凭多次接触印象，深知他绝非这类人。吾国中原黄土深厚，蕴藏哲理，宜有儒道两家之外，墨家一脉精神延续下来，而见之于某人如建川者。

论这建川，人是好人。读者不妨取法其生之勤，扬弃其道之觳吧。

流沙河　二〇一二年四月二十七日于大慈寺路

为大律师颁奖

　　张思之，自二十世纪八九十年代以来在中国法律界被称为"中国最伟大律师"——一个为弱势说话，为异端、敏感人物而辩护的律师。且不说之前那场对"四人帮"的审判，他被指派为江青的辩护律师承担的历史重任，而后来在他的职业生涯中，看看他为之辩护的名单：李作鹏、高瑜等等，哪一件不是具有高度政治敏感性的案子！在一个法制有待健全的国家里，一介匹夫平民，做一名有良心一有担当的律师，是何等艰难。但他是一个不可救药的理想主义者，真正的知识分子，一个屡战屡败、屡败屡战的勇者。用他自己的话来说是一个"一生都未胜诉的失败者"。

　　二〇〇一年，张思之出版了《我的辩词与梦想》，这部反映他二十年律师生涯的著作为他赢得了北京汉语研究所授予的"当代汉语贡献奖"。颁奖词说："张思之的存在，表明了通往自由的旅途中，不仅要做叛徒的吊客，还要做异端的辩护。"且书中美文堪称典范，"极大地丰富和改变了汉语的精神内涵"。

　　何以如此？那是他八十多年的人生追求和文化修为。在一篇回忆文章中，张思之曾讲起他在中学课堂上听国文老师诵读李清照的《声声慢》，那寻寻觅觅、凄凄惨惨戚戚的感受，人性深处的脉动，用优雅的语言层层递进、细腻地表述出来，让十七岁的张思之为之入迷。从此对诗词、美文的热爱，伴随了他一生。

所以，他日后的律师生涯中，那一篇篇为弱势当事人辩护的讼词，不仅仅是法理的、逻辑的，更是气势磅礴、文采斐然的，从而具有审美的张力，读来让人感动莫名：激发你的正气，搅动你的悲悯，追求至高天道，服膺真理与对人性的体贴融为一体。这哪里是讼词案牍之文，分明是一篇篇用生命和灵魂抒写的梦想之曲。他是律师、知识分子，本质上更是诗人。

他说："切莫认为律师从事个案维权纯属技艺范畴。须知维护个人权利，就是为全体公民维权，也正是为国家的光明前程维权，意义重大。……试看中国律师现状，幸与不幸，已被推至维护人权的最前沿，承担着保障人的自由与尊严，推进民主进程，构建公民社会的责无旁贷的重任。"这便是他的文字透露出来的一个律师的境界和梦想，一个知识分子人道主义的情怀。

欣喜的是我和流沙河蒙他赐书一本。翻开白色封面，扉页的背面是一片繁星闪烁的夜空的美丽深蓝色，纯白色书名"我的辩词与梦想"七个小字谦卑地印于其间。多么好的创意，让人联想起康德的名言："有两样东西值得我们终身仰望，一是我们头上的星空，二是我们心中高尚的道德律！"立心天地，立命生民。我想，心灵美丽有使命感的人，为什么都这样喜欢仰望星空呢？

读这些文字，我不由自主地想起流沙河和我第一次见到张思之的情形。一九九九年秋天，先是北京邵燕祥先生打来电话说他的朋友张思之到成都，拟与流沙河见面。几天后，我与流沙河如约到南门外"谭鱼头酒店"拜会张先生。到达大堂，一瘦高老先生迎出来，双手紧紧握住流沙河的手。他白发如霜，骨相清癯，行动敏捷，一点也看不出有七十多岁高龄的老态。引起我特别注意的是皱纹满布的脸上那一双精光澄澈的眼睛，和他说话，他专注地看着你，睿智、

流沙河夫妇与张思之（中）一九九九年初识见面

坦诚的神情自然流露，人格、灵魂、气质自然显现。后来随着了解的深入，我越来越明白在他几十年律师生涯中，那些他为之辩护的弱势当事人为什么那样爱戴他。

那天说些什么我忘了。只记得临别合影，张思之居中，将我与流沙河左右拥抱，欢快非常。

张思之住北京，和他的律师团队常年鞍马劳顿，奔波于全国各地工作。除了那次为冉云飞的案子来成都外，他和流沙河很少相聚见面，更多是神交心通而已。他办的许多为弱势抗争、震动国内的大案如"大兴安岭火案""曹海鑫杀人案""聂树斌杀人案""吴英集资诈骗案"的详情，都是我从媒体上看到并及时读与流沙河知道的。流沙河一边听一边感慨："这个老黄忠啊，横刀立马又上阵冲出去了，也不管环境是否险恶，不顾自己有多大岁数了！"流沙河与北京邵燕祥在电话里交谈，顺便也请燕祥劝劝他顾及自己老迈之躯,邵先生回答:"没有办法的,他先生入世太深。穷年忧黎元,叹息肠内热。"张思之这种人岂可"出世"而作散淡之状?他混迹红尘不屑为一己之利,赤心忧怀的是匹夫小民。

二〇一三年三月三十日,民间公益组织"公和基金会"在成都金沙剧场为获得二〇一二年度公益人物奖的五位人士颁奖。之前主持人野夫在电话里邀流沙河为获奖人张思之颁奖,流沙河惶恐地在电话里嚷:"我一个成都文人,哪有资格为大律师颁奖?折煞我也!"可对方说:"成都友人中只有你与张思之年龄相若,事情定了,非你无他。"

当天下午,我和流沙河到达金沙剧场略迟。会场几百人坐满,台上王康先生正激情讲演,记得题目是《俄国十二月党人和他们的妻子》。讲毕,以朗诵诗句结束。此次得奖五人,皆为默行公益、成绩突出且不为主流媒体所宣传的民间人士。

张思之的推选词由毛喻原先生撰写,显现在舞台正中屏幕上:"一个耄耋之年的长者,按国家的标准已退休近三十年的老人,却还在为中国的法制建设操心操劳,为法律的正义呕心沥血。众人鲜知著名的'孙志刚案''邓玉娇案'有他的心血,有他的助力。他接手的案子大都是政治性的,须知在如此国格之下,这是何等抵牾、棘手。尽管他出庭辩护的案子十打九输,但他一如既往,虽败犹荣。张思之先生用他一生的言行,主要是行,给更年轻的人做出了榜样,不愧为中国律师界的良心。"

八十六岁的张思之最后上台,步履轻快,状貌儒雅,由八十二岁的流沙河将获奖证书郑重颁发给他。二位老友激动,长时间握手,互道期许保重。灯光下两顶白发如冠冕耀眼灿烂,笑颜盛开成了两朵寿菊,场面十分震撼。台下四百多名观众全体起立鼓掌祝贺致敬,欢快之声回响礼堂。

二〇一六年春节前夕，张思之荣获由法国总统颁发的法兰西军团指挥官勋章，该奖系法国最高荣誉，由拿破仑创立。此等荣誉由西方人颁发给遥远东方的一个中国人，这是何等殊荣！而在他的家国，有人竟将他视为另类。云泥之判，是谁在颠倒错乱？流沙河和我赶紧打电话祝贺张思之，也想就此安慰一下病中的他。电话那头张思之声音低小，语气淡定，对获奖事三言两语带过，只

流沙河与张思之在颁奖礼上

说"十分想念你俩"一类的友情絮语。

通话毕，想起三个多月前，我在北京崇文门寓所里见到他的情景：下午时分，一间不大的客厅，一缕深秋的阳光从窗户斜射进来，微黄有暖意，无声地撒在室内。在一把靠椅上，他就坐在那儿，身穿一件雪白的羽绒服薄外套，和一头整齐后梳的白发相辉映，脸上甚至看不出病容，只有衰弱的平静，微笑的面容，一双老眼葆有一抹深醇慈祥的辉光。交谈中，他语言短少且吃力，心里却清晰敞亮。我心里一阵阵酸楚，想起他平生鏖战沙场，法庭上曾为多少人的冤屈拍案而起、雄辩滔滔……唉，长使英雄泪满襟哪！

想起《圣经》有言："那美好的仗我已经打过了，当跑的路我已经跑尽了，所信的道我已经守住了。"大律师张思之此生无愧矣！

京城傍晚来临，屋内光影斑驳。眼前这位垂垂老人，就像一只

折翅的仙鹤,栖息依偎于湖岸巢边,凝望着天边同伴渐行渐远的影子默而无言……

准备离开的时候,我不禁紧紧地拥抱住他的双肩。

烟霞客周德华

常有人说流沙河清高,不扎堆官场商场混社会。流沙河本人不承认,他说:"我是体制中人,拿他们的钱,吃他们的饭,还得过他们的奖,算得上什么清高?"浊世滔滔,炎炎红尘,真正散淡之人难得见到几个!但乐山国画家周德华恐怕算得上一位。

周德华号一壶山人,一袭布衣,一张画板,一辆越野车,常年浪迹于川南嘉峨山水之间。空山古道、碧水危岩、餐风饮露、意在烟霞,他将一腔清凉情怀化作笔下画卷纸上江山,烂漫而天真。他自述其书画风格,唯崇尚并研习八大山人之冷逸孤高、金冬心之渊默深沉,识积于胸次,漫尔草草有感而发,不经意中务求笔墨见其心性,乃力现中国传统文人书画的精气神。

二〇一一年八月,天气溽热难耐,我同流沙河及三五文友相邀到洪雅炳灵镇避暑。车到柳江小镇,一壶山人已在此等候,由他带路至炳灵雅女湖边一农户家中消歇。我坐他车中一路闲谈。我说:"此同行中有一朋友是省报副刊主编,正好负责一个介绍评赏书画的栏目,你的书画如此大气雅丽,还需世人知赏,何不趁机出示几幅,托此人登载报刊,一展容颜!"孰料一壶山人淡淡一笑,轻声慢语回答:"不必劳心费力了,我多年习诗弄书画自得而快乐,除了同道,几乎不与相关组织、协会等打交道,已经习惯了,如今又何必叨扰别人呢？"一席话，反倒使我耳热，自惭俗气良久。

二〇一五年十二月，一壶在手机微信上发一通知，当月十九日将在成都"诗婢家"美术展馆举行"字画心印——水一方学人书画作品展"，邀请书画同道及同好前往观赏。我注意到此请柬邀约的是"诸位"而非个体，包括流沙河这样的文化名人也未被单独发请柬。其实他与流沙河是多年的朋友。我将此告知流沙河，他说："一壶这人潇洒且极有尊严，他的展览我们当然要去。"

十九日上午，我同流沙河乘车到琴台路"诗婢家"美术展馆，一壶带领其学生站立门前恭迎。三百多平方米的展馆敞亮雅致，水一方学人代表人物一壶、江罗四等十六人的书画作品缤纷罗列。来宾三百多位，皆为文化界名人，记得有画家彭先诚，书家刘云泉，作家岱峻、伍立杨等。开幕式简短，约二十多分钟，流沙河发言祝贺，从历史地理方面讲述乐山这一人文厚土的独特风格及文脉流布渊源。他说："为乐山人站台，是值得的。"仪式结束后一壶告诉我说："沙河老师十几年前就为我站过一次台，我怎能忘记呢？"他指的是二十世纪九十年代他出版的第一部诗集《峨眉山诗稿》，流沙河为之写的序言：

> 一壶先生原非隐士，唯上班于峨眉山中，爱自然美，适一己之天性之所适，暂忘城市烦嚣，类古隐士而已。日常所接触者，无非峰壑云雨瀑，更有梅兰松风茶，往往入诗入画，洗人眼目。余红尘中人也，兴衰贵贱身历既多，白眼青睐面受不少，偶读先生之峨嵋山诗稿，暗自惊讶，悲我天性久已忘佚，叹我尘缘至今未断，仅能临窗做山林之白日梦耳。古人诗云："逢人总说休官去，林下何曾见一人。"非我辈之写照也欤？日前云泉嘱写几句，不揣浅陋，乃附骥焉。

文事篇

捧场不遂

一九九九年十月某天下午，流沙河有事出门。我一人在家中杂读，突然间门铃响起，谨慎起见，我先从窥视孔里望去，见一中年男性军人双腿笔直，左手托大盖军帽，右手举至额下，对闭着的门敬礼。怪哉！哪有人未见到，先就行礼来摆起的？我乃平民妇道人家，没见过这隆重阵势，不免心中惶惑，赶紧开门请进来。他叫谢某祥，军区干休所所长，爱好写诗，今送上诗集请流沙河方家哂评。我请他留下大著，礼貌送客。随手翻了翻这本精装诗集，看目录就知道属紧随潮流一派，文字内容尽是一些浪漫主义宏大叙事，如"长江啊我的母亲""黄河，我的父亲"一类。流沙河回来，我依嘱转交与他，并不发表一个字的感想。他也翻读了，也不发表一个字的观感。

几天后谢所长打来电话，邀请流沙河出席他诗集的作品讨论会，说是由省作协及军区文宣部门召开，将十分隆重。流沙河以身体不好婉拒。对方不甘，电话里纠缠半天，索二百字评论文章。流沙河亦婉拒。放下电话，流沙河说："所谓研讨会，实为捧场。有偿献谀，甚可羞也。"

送礼不成

江西南昌进贤县有一制作毛笔的农耕笔庄，主人邹农耕乃制笔世家子弟，勤奋创业之余好学思进，自创办文化小刊《鱼素》《文笔》，且文章典雅古朴，甚佳。他和流沙河交往二十多年，算是文友了。流沙河为其笔庄题字多桩，嘉勉其志。农耕遂镌刻于店堂门楣，增其文色不少。

后来江西、安徽陆续有人上门向流沙河索字，皆称是邹农耕的亲戚。流沙河一一满足其要求。某日，农耕打来电话问候，我顺便说起他家表兄弟来过的事，他听后大惊，连说："我没有表哥表弟，你俩上当了！"流沙河一笑置之而后罢。

二〇〇〇年秋，一个骤雨初歇的下午，有人咚咚敲门。我应声开门，见一中年男人自称纸厂厂长，腋下夹一卷宣纸及包装精美的毛笔盒子，口口声声要赠送流沙河供其"挥毫"。我赶紧推辞，敬谢不敏。来人不依，站门前不走，笑脸强送礼，弄得两人拉来扭去，甚是难堪。见我如此不识抬举，此人突然变脸发怒，斥曰："怪了，去年我来都不像这样子！"我无奈，只好关门大吉。后来想起此人面貌，依稀去年"表兄"模样。

棋　子

二〇〇一年六月底，本地教师李某来电话，说是要带领本地一大型超市几名员工到家里拜访流沙河。我应声开门，见李老师一张开花笑脸，身后有二位陌生人各提红绿礼品盒一大堆。跨进屋来，李老师说："我们学校和红旗超市配合上级部门搞一大型文化活动，让学生参加'长在红旗下'的征文活动。主办方定意邀请流沙河出面领衔，以表丹心。"李老师神态殷殷，盼流沙河首肯。一时看不出流沙河心里想法，我只是顾左右而言他，对来人说些"天气闷热，要下雨"等废话。

屋里气氛有些尴尬……我说："请教一下，这征文和超市生意好坏有关联吗？和流沙河的文学创作又何干呢？"李老师说："两者还是有点内在联系的！"他嘴里哼哼哈哈的，将眉毛胡子搅作一团，再次央告于流沙河，一副乞米下锅、打躬作揖的苦脸相。似乎此事不成，就要饿死个人来摆起！

流沙河还是深沉稳重不表态。于是我这个站在旁边的浅人，血涌脑门制怒不成，纵声指斥来人："看看现在社会上还有几个有操守的干净文人，都要被你们糟蹋完了！这样的戏找别人唱去，难道非要给这老头鼻子上涂几道白粉你们才罢休！今天不恭敬了，我送客！"

晚上，我收拾客厅座椅，发现椅垫下被那几人藏留一信封，内有此活动正式请帖及人民币若干。唉，竟然有如此不堪、拽住不放，将恶俗进行到底的人！我将此递与流沙河说道："这就是你好面子期期艾艾不开口峻拒的后果！我不管了，剩下事情请你自便。"隔了一会儿，我听见他打电话和李姓教师，正式退回请帖及那几张不大不小的钱。

  我以为此事总算了结。殊不知几天后，当地报载此次大型文化活动盛况，政商意义重大，本地著名人士出席。排在评委第一名的竟然是流沙河，第二名是作家某某，还有红旗超市的闻人某某等人。流沙河看后一笑，对我说道："我晓得了，原来是这位作家差派李老师来的，李老师是其忠友马前卒。此位作家有意参加这类活动，需要我这样的人携手，当遮羞布而已！我看这回倒不一定是上面的意思，如是，上面会直接通知作协和我本人的。"

改武侯祠"攻心"联

　　成都武侯祠供奉诸葛亮的大殿里挂有清人赵藩写的一副名联："能攻心则反侧自消,从古知兵非好战;不审势即宽严皆误,后来治蜀要深思。"二〇〇二年是此联问世一百周年,因它内涵丰富,涉及历史典故甚多,历来有不同的解释和争论。武侯祠是年十二月专为此举办综艺晚会,邀请文界人士纪念切磋。

　　戏剧作家魏明伦参加晚会后感慨良多,他对"攻心"二字心有不安,回家后思忖再三,写出新联:"靠攻心则王霸皆伪诈,从古牧民依旧制;能审势即德赛俱佳,后来治国要新思。"他说原联固然甚佳,有其历史意义及艺术水平,但我们现代人更应用平视的角度,发现它仍然是"帝王术""辅王术"的部分,是驾驭、统治老百姓的方法,把对方至于被控制的地位。这和现代民主精神是相背的。

　　魏的新改联在报纸上发表出来后,引起争论,赞同和抨击者皆很多。而骂他狂妄的人要多一些。

　　流沙河在报上看到此消息,赶紧打电话与魏明伦说:"你改旧联的新联语好,是现代民主思想。不知你是否知道,一九五八年最反右倾运动之后,这副'攻心'对联,被'上面'赏识,而你新联的意思恰相反。"魏明伦在那头回答,声音大得吓人:"我怎么不知道呢？赵藩的这副对联其实并不为大多数人所知，正是被赏识后才炒得有名的。以至于'文革'期间，周恩来召见即将调往四川上任的刘兴元时，特别嘱咐他让其到武侯祠研读此联，总理智慧深得其味嘛。"

电话毕，流沙河意犹未尽，第二天提笔写下一篇短文《牧民之术已过时了——也谈武侯祠"攻心"联》。文中回顾了"攻心"联的历史人物、背景后，他说道：

"诸葛亮也好，赵藩也好，都是那个时代的聪明人。他们的智慧都有其局限，皆超不出牧民之术。我们尊敬他们，但我们不是牛羊。我不会有一个字骂他们，我也不要求他们突破其时代局限（我不会这样幼稚）。但是我认为，他们的垂训不适合于今天。我们今天，从上到下都明白了，贫穷不是社会主义，要普遍富起来，才能安定团结。连乡村里的共产党员都知道带领农民生财致富，而不再去鸡蛋里挑骨头，追查什么反动思想、打击之、分化之、瓦解之。攻心战只能对着罪犯打。至于宽严，更不能随便用。国有宪法，刑有刑法，法不能随"势"而变，岂可随便宽严。魏明伦说此联"仍是帝王术"，我赞同。对联挂在公众场所，应当容许批评。在下技痒，也来妄改如下：'能富民则反侧自消，从古安邦须饱肚；不遵宪即宽严皆误，后来治国要当心。'"

卧疾诗一首

人都要生病，谁也不是金刚不坏身。但我最怕流沙河生病。本来他就体弱多病，而不管大病小恙他一概坚拒上医院求医，无论家人怎样劝说，他毫不理会。就像坚持一种伟大理想，或一脸原则的革命者一样冥顽不化，那种油盐不进颠顶硬顶的样子绝非平常循循儒者的谦恭随和的态度。他的方法就是在家拖延，乱吃点单方药，直到病情严重，使人又急又气。二十多年来我没少受此折磨。

二〇〇三年四月中旬，他多年的胃疾复发。疼痛畏寒，一天进食不到二两，瘦弱身躯连走路都飘忽。我温言劝他到医院看病，说得口干舌燥，他自巍然不动。就此病情延宕十多天。五月五日晨餐，我冲上一小杯牛奶让他喝下，哪知他才喝了一半突然腹部猛烈疼痛。他捂住下腹，大叫一声"牛奶有毒"，急走入卧室，砰的一声关上房门反锁，倒在床上"哎哟"连天呻吟不止。我惊惧万分、手脚无措，央求开门不理，捶门越急，他在里边叫声越高，急得我全身里衣裤皆被汗湿透……

待把他送到东大街四医院急诊病房住下，已是下午时分。经过医生应急处理，他疼痛稍缓，只是腹胀如鼓，低烧不止。三天后，医生确诊为肠梗阻引起肠套叠疼痛。又经一周的系列检查治疗，病情大为缓解，终无性命之忧了。病房静卧，窗外细雨飒飒、树影摇

摇。七十二岁老弱之躯,经此折腾,对人生悲喜曲折似更有所思悟,倚枕握笔成《满江红·卧疾反省》一首:

　　医院楼高,窗窥我,弯弯眉月。输液线,悬瓶系腕,深宵未绝。鼻管穿咽探到胃,抽空肚里肮脏屑。症状凶,膨胀似新坟,肠撕裂。　命真苦,霜欺蝶。丝已染,焉能洁。恨平生尽写,宣传文学。早岁蛙声歌桀纣,中年狗皮卖膏药。谢苍天,赐我绞肠痧,排污血。

后来长沙钟叔河先生在刊物上读到此诗中"早岁蛙声歌桀纣,中年狗皮卖膏药"句,大呼道:"这简直尽写了吾辈心中所欲言!"

甲申祭

二〇〇四年秋天某日，暖阳当照。我和流沙河与本地文友十多人在商业场楼顶花园茶聚。在座的有云飞、陈墨等。陈墨乃民间人士，生存艰难却好文有才，有著作《何必集》《鸡鸣集》等问世。他和一帮文友自办一份文学刊物《野草》，在上面写诗论文，抒发人生，三十多年来持之以恒，实为不易。最近两期，委托我组稿当责编，本人甚觉与有荣焉，看重他们的就是民间的身份和那种理想主义的情怀。

这天流沙河说："今年又是甲申年。三百六十年前的甲申年，魔王张献忠在成都建立大西王朝，屠戮川人，尸骨盈野、十室九空。一九四四年，大文豪郭沫若写出著名的《甲申三百年祭》，肯定其农民造反阶级斗争的伟大意义，深得毛泽东的心曲。"座中有人插话，说前几天本地电视台播放的文化节目中，一个什么专家在上面称张献忠如何英雄，对其残暴杀人的史实一笔带过，语焉不详。流沙河接着说："张献忠就是三百多年前的恐怖分子！明清两代的正史野史对此记载繁多，川人至今口耳相传不断，连妇孺都知道他的七杀碑口诀，你们也可就此题材做做文章嘛！"此提议得到在座文友的附和赞同，陈墨当场拍板，出一期《张献忠屠蜀三百六十年纪念专辑》。

一个多月后，专辑印成。我当责编，先睹为快。目录中除了主编陈墨的两篇文章及原《野草》作者的文章外，新增了流沙河、云飞等人的文章。我翻查《蜀难叙略》等书，也赶写了一篇《张献忠杀人"有道"？》之文凑数。历史考证，再现劫难，殷鉴不远，知古察今，二十多篇文章蔚为大观。陈墨兴冲冲开着一辆旧面包车来，将第一批次的样刊递给我，欣慰地说："我们《野草》，越来越有分量了。"

包　装

　　流沙河在文化界有虚名,社会上经常有人以各种名义找上门来向他讨教。据我从旁观察多年得出的结论,说是讨教,十之八九是希望借光包装,极少有真想听批评意见的谦谦君子。二〇〇五年某天,有酒业成功人士王某,携带上一幅他的书画作品上门求见,并奉上价格不菲的礼物派克钢笔一支。

　　流沙河习毛笔字,对书法优劣高下还可略说一二。但对于绘事,不管是油画国画都并无多大兴趣,他自己也声称外行。但上门来的王某不管这些,说了许多"您老泰山北斗,一通百通"的话,又称将办个人书画展览,务必请先生一观云云,而后底气十足地徐徐展开卷轴画面于桌上。灯光下,此公书画实在不敢恭维,但见画面张扬漫漶、狂野气质毕现,应属不得法一路。而画的上方有各级官员题字伟赞,称八大山人、米芾再现什么的。我正担心流沙河该如何应对是好,他却应允为此人的作品"写几句话",嘱咐明日派员来取。

　　第二天,待对方人来,他吩咐我交信纸一张。我观上面写道:

　　……然其丹青风格,虽有可取之处,终难蠲除野气,随意挥洒过度,画面失却明洁亮简,令我迟疑,难以措辞。叵耐二三官员,题词妄赞,或有捧场之意,而无切磋之心。

王君乃明白人，择言而听，予所望也。

我连同昨日送来的钢笔并信一封，郑重交与来人。

二战情结

　　流沙河很在乎他的一张照片,是二十世纪八十年代中期他访问菲律宾"麦金利堡"二战美军坟场照的。他将其挂在书房沙发上方的显著位置,使人进门就瞧见。镶在镜框里的长三十多厘米宽十五厘米的照片用广角镜头摄成。一片密集整齐排列的白色十字架坟场,占地几万平方米,一万七千多个年轻鲜活的生命寂然无声。天地空阔,夕阳泛金;树影摇绿,枝叶簌簌。任何人不要说到现场,仅是看到照片都会生出惊心动魄的悲壮。十字架群前,流沙河身穿白衬衣站在此地摄下一瞬,脸上刻满了肃穆、伤悼之情。

　　我多次听他讲起在菲律宾的这次经历,三言两语不够详细,只说感受很深。二〇〇五年八月二十七日,他在市图书馆一次纪念抗战六十周年的讲座上,详细介绍了菲律宾的美军墓园,以及他所知道的二战期间美国人对中国的帮助和付出的牺牲。这篇讲演被整理成文《中国唯一最好的朋友是美国》,先是刊发在互联网上,后来广州《随笔》来约稿,说是作家白桦郑重推荐,刊载于该杂志,而此文被读者广泛知道更多地还是借助于网络。除了那篇使他罹祸的《草木篇》,此是他几百万文字中影响最大、刊布最广的一篇文章。

　　……我要告诉大家,美国人是我们最好的朋友,中国人在全世界最好的朋友是美国人。一九〇〇年八国联军进入北京，第二年的"庚子赔款"所有的八个列强，其中只有两个国家拿到这个钱没有动，一是英国，二是美国。后来英国以钢材等货物的方式又退给我们了，美国是以补贴"庚款留学生"和兴办大学的方式退还。我告诉你们，抗战期间山西有个"铭贤学院"迁到我的家乡来。这个学校是和美国欧柏林大学挂了钩的，欧柏林大学有个山西基金会"就是美国用民间筹款设立的。山西基金会的钱用来资助兴办铭贤学院，二十世纪二十年代创办就是用的这个钱。后来抗日战争了，学校辗转数千里搬到我们家乡。我们家乡最大的一个姓曾的地主，主动把本族三个寨子腾空，全部借给这个学院。这个学院就这样一直办下来。政权改制后它就变成了"山西农学院"和"山西工学院"，然后跟美国交恶后每年的这个钱就没有了。那头也没做任何解释。我们这头说："我们革命国家，谁要你帝国主义的臭钱。"就这样，新中国成立以后这个钱就断了。

到了改革开放初期，欧柏林大学的"山西基金会"派了一个工作人员，一个二十七岁的小伙子到中国大陆来，找到中国政府。问他有什么事情，他说，你们国家从前有个铭贤学院还在不在？大家就告诉他这个铭贤学院从中华人民共和国成立后就迁回了山西，在它基础上办了一个"山西工学院"和"山西农学院"。然后这小伙子就去找，找到里面一些老的教师，果然证明这是事实。考察后他就走了，也没说什么话。过了一段时间美国方面就正式派代表来，说是要接触我们铭贤学院，现今是山西工学院和山西农学院的人。我们这头就把党委书记、院长及有关方面人员派到美国去。但是对方一接触发现没有一个是真正原来铭贤学院的人。人家"山西基金会"说你们来的都是官员，我们要见原来铭贤学院的人。怎么办？最后才想起山西农学院有个"右派分子"老教授是原来铭贤学院的，于是把这个扫厕所的教授老头儿找来，说让他假装我们这个代表团，他走在前面。结果人家还认得他。我们这才知道，那头的钱一分未动。但由于不明原因，未能拨来。问题将来总会解决。八国联军中没有一个国家像美国这样用庚款培养中国的人才。其中最恶劣的有两个：一个是日本，日本把我们赔的钱都拿去制造武器再来打我们；第二个就是俄国，极其无耻贪婪。

抗日战争爆发时我刚进小学，到我进初中的时候抗战已进入最后阶段，也是最艰难的时期。我十三岁那年曾经与其他同学一起去美军的军用机场，跟所有大人一样参加劳动；一样吃的是糙米饭，米汤是红颜色有气味的；一样是八个人一堆，只有一小碗不见油花的盐拌萝卜丝。就这样修了一个星期机场。我们这些娃儿是怎样想的呢？——再不出力国家就要亡了。因为从小老师就跟我们讲：一定不能当亡国奴！当了亡国奴就要像朝鲜人那样，见到日本人来了就要立正鞠躬，日本人要骑马还要当垫背让日本人踩着上马。这就是亡国奴！因此我们从小就知道要爱自己的国家。当时我们爱国从来没说过"爱国主义"这几个字。你要知道，爱祖国爱故乡发乎人情，并非主义学说。"爱国"成了"主义"就是一种学说，一种学说是不含任何情感的。

后来这个机场修起了。我当学生时亲眼看见这些美国飞行员从我家院子上空飞过，去轰炸东京，轰炸日本的钢铁城市八幡，有B-29，P-51（野马式战斗机），还有一种叫"黑寡妇"的战斗机。往往是早上看见一架架B-29编队飞走，下午回来时都已经是打散了的。我亲眼看见过有些回来的轰炸机，四个螺旋桨有三个都不转了，就靠一个螺旋桨飞回来；还有的翅膀上被高射炮打穿的洞有桌子那么大，透过洞看得见蓝天。小时候看见这些飞行员只觉得他们很英勇，却不知道他们中间还有很多人早已葬身太平洋鱼腹之中了。这些就是我们的朋友啊，死在这里啦！这些死让我无法释怀。

……到了二十世纪八十年代我年纪很大了，也可以出国了，这种记忆仍然在起作用。我两次随中国作家代表团出访，一次作为团员，一次是团长。作为团长那回是到菲律宾。去之前我就知道马尼拉南郊有个美军墓园，在太平洋战争中美军牺牲的七万人，有一万七千零七百多人埋葬在这里。……那天下午我真是感慨良多。我从来没见过那么大的墓园，更让我惊奇的是下面的情况。首先是所有墓碑一律只有四项内容：姓名、籍贯、部队番号、牺牲年月。起先我很纳闷，这里埋葬的军人中既有将军，又有其下不同军衔的士兵和普通士兵，怎么没有一点反映？后来一想才恍然大悟——别人认为将军也好，元帅也好，士兵也好，都是活着时候的一个身份，他死了在上帝面前就是一个普通人了，就没有这些区别了。这是鄙人受的第一个教育。其次是不分军阶，所有墓都修得一模一样，占地面积也就那么一点——他们那个不叫坟，中国式的坟是要鼓起来的，而它是平的，上面是一个十字架墓碑。别人不仅活着的时候要平等,死了都要平等。还有在墓园前面刻了很多标语,都是黑色大理石填金,它的英文翻译出来就是"主啊,在我们和强大敌人搏斗最艰难的时候,是你鼓舞我们勇往直前""上帝啊,你从太平洋海底把他们的灵魂带回去吧""主啊,原谅我们的软弱,多亏你的支持我们才坚持到最后英勇牺牲"等等。里面没有一个字提到美国总统罗斯福,虽然罗斯福那么伟大;没有一个字提到民主党、共和党。这是不是就是说他们迷信神灵呢?不是的,因为在这里"主"是一个符号,意味着平等——我们所有人死后在上帝面前都是一样的。因此无论你对"主"对上帝怎样崇拜,都不会造成个人崇拜、领袖崇拜。这就是别人的文化制度之所在。然后到了整个墓园的中心区,有一座灰色水泥方塔,三面都是光的,只有一面刻有浮雕,没有任何文字。这浮雕也令我十分惊诧。因为按照我们的想法,它的内容应该是歌颂这些牺牲了的美国将士,但一看却让我感到惊奇。它刻的是一个半裸的小伙子双手持剑,这样竖剑握着,边上有一些树林——哦,我一下子明白了,这是圣乔治。所有欧洲人都知道的民间传说里斩恶龙、救爱人的圣乔治。这是用圣乔治这个形象代表全体牺牲的美国将士。而且圣乔治脸上没有一点胜利的喜悦,完全是面临大搏斗的紧张,两手紧握宝剑,双目凝视着远方画面外正在扑来的恶龙。这形象一下打动了我。再一看,圣乔治上方各有一个少女,穿着古希腊长裙——是自由女神(一个叫自由,一个叫解放),意思说他们这样英勇战斗是为了自由和解放。在自由女神的更上方,还有一个妇女,半身像,我一看就懂了——她一手拿天平,一手持权杖,这个女子是正义女神。哦,战斗是为了自由,自由是为了什么呢?为了正义。她这个正义女神一手拿天平——要有平等,一手拿权杖——要有民权、人权。正义女神上面还有没有?还有。还有就不是神啦,是一个普通的美国妇女怀抱一个婴儿,那个美国妇女是"祖国",那个婴儿就是"祖国的未来"。一个妇女护着婴儿就是整个立意,而圣乔治这古代英雄却在最底一层,没有任何文字说明,但我却深受教益。

……离开时偌大的墓园只有我和我的菲律宾朋友,在黄昏的夕照之下依依不舍。最后我去看那里的二战大地图,比这个墙还高。其中有一张图,地图上画的是中国内陆,从四川画了一个红色箭头,越过整个中国、越过黄海直插东京——这画的就是我修过的广汉机场,从那里五百架 B-29 去轰炸日本八蕃的示意图!看到这张图我一下泪洒衣襟,因为我修过它的跑道,这跟我有关。

十年后的二〇一五年,抗战七十周年纪念时记者采访流沙河,提起此文在网上反响经久不息的状况,然后又说也有人因他说美国人好而定他罪名为"汉奸"。流沙河笑答:"他说他的,我说我的嘛!"

大钱不挣，况小钱乎

成都市政工程建设中，蜿蜒穿流于市区的沙河改造工程还是搞得不错的。市民有口皆碑。二〇〇六年竣工后，流沙河听命为之撰写了一篇骈体文《沙河赋》，从生态文化的角度为之张目。

一月下旬，该工程建设公司又来电话，说是再请流沙河书写一篇沙河改造工程过程的描述总结文章，并出价三万元。流沙河回答："此属工作总结应用类文章，和文学无关联，本人不适合写，恕难从命。"

几天后，某画院院长田某打来电话，游说同一件事情，只不过与工程公司所说细节有异。院长电话里对流沙河说："我俩合作把此活儿接下来，怎么样？对方给的稿酬不低，您老可得一万！"

这厢流沙河笑吟吟，回答得干脆："我不写，不合适。"又对我说，"这道数学题好幼稚，3-2=1。"

与吴冠中遥相呼应

很长一段时间，社会上有一流行说法，将中国人称为"龙的传人"，借一位台湾歌手的演唱流行开来。上面搞宣传的，认为此说能增强民族凝聚力，替代有些意识形态上的说法，于是有意识地从文化、商业、民俗等各方面推崇原始图腾龙。

二〇〇六年左右，流沙河应邀在上海《文汇报》的副刊《笔会》上写专栏文章，内容大都是中国传统文化中一些博物识性类的东西。关于龙，他写了《说龙五篇》《再说龙》等六篇文。洋洋洒洒几千字，从远古恐龙说到夏朝的龙图腾，庄周笔下、《史记》上面说的龙，被称"祖龙"的秦始皇，洋人的圣乔治屠龙，一直到中国几千年皇权政治金銮殿里的天子龙，将一条虚无的龙逆龙鳞细细剐一遍。最后他在文中说道："从秦始皇嬴政到宣统皇帝溥仪，真龙天子出了一条又一条。他们的尊容叫龙颜，朝服叫龙衮，宫殿叫龙楼，车驾叫龙驭……子子孙孙叫龙种。'龙的传人'是他们，不是平头百姓。这些年皇帝戏日夜看，看得人昏聩了，于是自我代入角色，觉得自己也是龙种。也不想想谁'传'什么给你了，你'传'什么给谁了。都什么年代了，还做这样的梦。"

二〇〇七年四月六日，大画家吴冠中在《笔会》上发文《何物为龙》，回应流沙河的"龙"文，并称读后感到心中舒畅。他以一个艺术家的审美直觉,反感龙崇拜。他在文中说道:"我对龙的恶感,主要是其丑与霸。它不真不善不美。为吓唬老百姓,有鳄鱼的凶残、鹰的爪子、鹿的角、蛇的狡猾,再遍体装满甲壳,凸出双眼,似乎集强劲于一身了,帝王们就选这样的大凶大恶之模样来保卫自己,象征自己。"

　　流沙河读后大快,赶紧荐读于我。"君子善善而恶恶",二人气息相通却从未谋面。遗憾。

改名人对联

二〇〇八年一月二十五日，天阴欲雪。闲来无事，闭门览书。见四川楹联学会的一本刊物上载有作家贾某某家门口贴的对联："文明之系系于此，人才之出出于兹。"卧房联："天时地利人和，福满名盛寿高。"不知是贾作家自撰呢，还是别人谀献，反正贴在家门上就败人胃口。我将此荐与流沙河，他读后笑曰："且不说内容狂妄、无知，就是对对子都不合规矩，前面那副两个于字要不得，此和兹也是一个字。后面那副更不合平仄，连起码的文字游戏规矩都没弄懂，好多人都误以为旧体诗或对联就是押韵的顺口溜。此子居然还敢说文明（不知是中华文明还是世界文明）系他一身？这种人是超天才。依他的口气，我来把后面这副改一改，使之合规矩。'天时地利人和，女美钱多命大。'这样说还直接一些，过这种日子，神仙一样安逸，舒服得很。"

为百年后作文

四川省方志馆叶红女士常做客我家。二〇〇八年四月她说起一文化项目策划，拟邀请流沙河及多位文化名人从社会文化、历史发展的角度，作一篇未来百年愿景的文字，表达当代人的向往追求，一百年后展览，或有其特别意义。此由方志馆收藏。流沙河作四言诗一篇交付叶红，笑曰："我这人老旧，说的尽是保守话。"

拟百年愿景

新诗习旧，旧学翻新。传存匠艺，保留农村。社会自治，剪裁衙门。街绝机车，鞋装滑轮。昼无霾瘴，夜有繁星。烟停酒禁，水蓝天青。阵雁书空，群鸦返城。机会均等，富强国民。室藏千卷，寿逾百龄。内外安谧，洲洋太平。

二〇〇八年春

哪敢"论道"

二〇〇八年九月,"五一二"汶川大地震刚过去四个月时间,本地官方媒体托 云飞转来一封信,说是十月拟在都江堰举行一场大型文化活动。以水为主题,将杭州大运河、都江堰连接,请流沙河作文并书刻碑为志,内容还要加上大地震后当地人如何在党领导下精神振奋抗灾的内容。然后在都江堰鱼嘴,面对浩荡岷江开论坛"鱼嘴论道",邀请的名流有北京的于某、上海的余某某等。我将此信告知他,他说:"就说我身体不适,坚决不去!"又说,"地震后不多久,成都某官商集团邀请余光中来,为成都宽窄巷子开街剪彩,也名为抗灾。余光中在电话里告诉我,'地震死了那么多无辜的人,豆腐渣校舍倒塌压死学生娃娃,我不能无耻到麻木不仁的地步,不去!而现在他们要我去参加的这个活动,我同样不能无耻,我自己还要这张老脸!"

我将原话告知云飞,云飞赞同并转来他回答媒体朋友的信:

"某某兄:近好。我将你们的策划活动传与先生,他下午就给我做了回答,说自己身体不佳,近来摒却俗务,专心在家中读点书写点东西,以勿扰为盼云云。不好意思,我并没竭力说服先生(我实在找不出理由),只是询问和传达,所以辜负兄台请托盛意。我理解兄台你身在江湖的处境,不过在弟看来,现在到处充满灾难的中国（四川尤盛），此种活动实无举行之必要。匆此祝秋安！云飞拜启"

两天后南京的杂文家吴非到我家，晚上宴请他。我将此事讲与吴非听，他说："当然不能去，沙老如和于某、余某某坐在一起，岂不丢我辈的脸！"

与官人谈诗

二〇〇九年七月一日晚上，流沙河被草堂诗书画院友人邀请，说是某前高官在那里看见他写的对联，一时兴起想见他，谈谈诗词什么的。依照流沙河一贯的德行，他是不愿见官爷的，我也多次听他在电话中推辞这类事情，如前不久北京来的文化高官。至于此公，与他更无任何交集。但他此次竟然答应赴约了，两个多小时后才回来，脸色不好，闷声不言。

怪哉！是欣然乐意吗？显然不是。是惶惶被迫吗？也不至于。那为啥前倨而后恭呢？你又不是苏秦的嫂子"喜季子多金"！至于谈诗何如，我问都不想问他。为此我三天黑脸不与他说话。

后来我将此事讲与他的"右派"友人听，对方说："唉，我们这些被整过几十年的人，心理上都有奴隶恐惧的创伤，跟随一生！"但此话我不敢苟同！快八十岁的人了，风雨一生，还怕他们吃了你不成？

作新歌

二〇一一年二月二日,旧历大年三十。流沙河早饭后端坐在沙发上读书,用铅笔在纸上写下一段歌词递与我,如下:

天高高,海滔滔,晨星东方照。自由人,民主国,华夏山河笑。讲礼义,知廉耻,唤醒我同胞。爱民众,睦友邦,和平行大道。

贺周有光茶寿

语言文字学家、经济学家周有光先生高年德劭，誉满天下。二〇一三年一月十三日是他一百零八岁生日，北京知识分子友人为他举行贺茶寿暨新启蒙座谈会。流沙河与周先生没有私交，但读过他的《朝闻道集》，佩服其年过期颐，仍心系于国运民瘼；尤为服膺他关于从世界文明发展的走向趋势来看当今中国社会变革的见解，称其为思想家的胆识和魅力。一月五日，恭敬书写"幽树晚多花"三尺条幅，并祝贺信一封，快递到北京。

有光伯伯座下：

晚辈小你二十七岁，理应称你伯伯。今日我在家中北窗之下，提前为伯伯贺寿了。

一百零八在中国人是个神秘数字，自古已然。文斗用之，是三十六计加七十二变。造反用之，是三十六天罡地煞。文斗，伯伯不屑。造反，伯伯不会。我替伯伯设想，一百零八在你应是双料'五四'，即两个'五四'叠加。此话怎讲？前一个'五四'送来民主，绕以炫目之光，哪知被什么主义一点拨，竟成了酷烈的专制。"眼睛一眨，老母鸡变鸭"的魔术。伯伯你们那一辈及我们这些晚辈，都亲眼见过了，亲身尝过了。那是什么民主，连波尔布特都自称"民主柬埔寨"。不过冷静反思，那个民主并非全无是处，仍可视为引桥。今天要的这个民主，应是前一个民主的叠加，引桥的延长，完善的民主，坚固的大桥。周伯伯，你这几年的文章，已经引领更多的晚辈，晚辈的晚辈，走上民主的大桥了。

这个叠加的民主，是缴了学费，吸取了教训的民主，是"自由为体，民主为用"的民主，是建设公民社会的民主，是回到常识的民主。善良的目的规定了其程序是渐进的，其手段是温和的，其方法是简易的，其主义是常识的。周伯伯，你的文章了不得。你用最精最少的资料数据，讲清了苏联垮台和非垮不可的道理。你用最浅显的道理，讲清了民主的好处。你是常识大师，最能唤醒愚顽。老天爷眷顾我中国，所以赐你高寿一百零八，让你继续宣讲常识，为国鸣铎为民启蒙。

你是当今中华第一个老。周伯伯，晚辈向你致敬了。

流沙河敬禀

二〇一三年一月五日

弟子有礼

王谦毅先生参与家中周日茶聚大概始于二〇一四年。他仪态文雅，说话柔声，从不抢人的话头，是一个抱朴守素的读书人。言谈中只觉他知识面甚广，尤重条理逻辑，后来才知他早年是北师大学数学的。理科生旁逸人文，光景趣味就是不一样。流沙河每月在图书馆开讲庄子、《诗经》、唐诗等传统文化内容，听众甚多。王谦毅每次必听，且将录音记录整理成文稿，以备日后出版。他说，听一遍再书写一遍，这样的学习机会乃本人求之不得啊！二〇一四年初冬，他提出正式拜师于流沙河的请求，得到流沙河首肯。

二〇一五年元月二十五日，在七八位文友的见证下，于家中客厅举行简短拜师礼。流沙河神情蔼然，端坐首位，王谦毅恭谨端肃，行弟子礼后有一段"拜师剖白"：

去年年底，我在病中得王建军电话，被告知沙老愿意接纳我做一个及门弟子。喜出望外之际，本想躬行一个隆重拜师之礼，但沙老一再强调要简易自然，所以改成现在这个仪式。在壮岁年华的尾巴上，能到沙老门下拜师求学，欣喜之际感慨良多，惶为梳理谨陈其三：一是备感荣幸，二是忐忑不安，三是引以自勉。以沙老之德高望重，学识渊博墙宇崇敬，得为弟子，荣幸之感自不待言。所不安者是深知自己根基浮浅、起步太迟，过去又多有旁骛。即使从现在起守定笃实，也不敢轻言造诣和作为，深恐一生庸碌有辱师尊。所以我只能将沙老的嘉纳看作是对自己的一个鞭策、一次勉励。从今以后，庄敬向学、静定乐学，以白鹿学规之"五序三要"、新亚院规之"两个最高"为座右铭，并谨记本月十六号晚上沙老的嘱咐："以散淡之心，行诚笃之学，探汉字之谜，匡文化之弊。不妄期成就，也决不率由枯落。"

今日拜师，谨此自励。敬请老师、师母和在场各位长辈、友人襄正督责，使我不懈前行。

自叹荒唐《草木篇》

流沙河晚年很少谈起那篇使他罹祸二十年的《草木篇》。有好些熟人上门请求他自书此诗为收藏，他都拒绝了。二〇一五年十月某日，德阳尤君登门，展示一八尺中堂上书《草木篇》全诗，左边特留下空白，请流沙河作跋文。流沙河应允，挥毫如下："华年抛我而去，欢乐悲伤都成残灰冷烬，徒供后人作谈资话柄耳。蒙光辉君不弃，污损纸墨挥毫作字，字字活泼跳动竟使拙诗振奋精神。奈何老朽不可复雕，且罢且罢，八十又四了。流沙河跋。"

写完邀我观赏，又读一遍《草木篇》。我说："你这篇二十多岁写的诗，其实很幼稚嘛！怎么就触动太岁的神经了，将此定为'大毒草'？"流沙河回答说："不但幼稚而且浅薄。一九七九年它又被收入《重放的鲜花》一书时，我就说过，鲜不鲜，很难说。说它们是花，我看不太像。看来看去，既不悦目，闻来闻去，也不悦鼻，没法提供美的享受。它是水，它是烟，狼粪的点燃，绝不是花，瓶插的、盆栽的、园植的、野生的，它都不是。它不可能使人娱而忘忧，只会使人思而忘嬉。把它定为'大毒草'当然不对，把它说成如何优秀也言过其实。其实当时上面知道此诗并不'反'，遭到反感的是诗中表现出来的知识分子不驯服的精神，被称之为'翘尾巴'。特别是那首写白杨的。'她／一柄绿光闪闪的长剑／孤零零地立在平原／高指蓝天／也许／一场暴风会把它连根拔去／但／纵然死了吧／她的腰也不肯向谁弯一弯。'加上《草木篇》全诗短浅，篇幅又小，比起那些民主党派人士写的所谓进攻党的长篇大论的文章更适合用作典型，印刷发至全国供批判，方便至极。当时报纸上甚至明言对知识分子要'诱敌深入，聚而歼之'，他们选中此诗就是利用心理。所以，从某种意义上说，我因《草木篇》而遭罪，却又替当时的反右倾运动立了大功劳。唉，老了才知人生荒谬啊！"

和魏明伦律诗

魏明伦发来短信，说刚进入二〇一六年，想光阴倏忽，蓦然而惊的是明年就是反右运动七十周年！心中百感而戚戚，此生不能释怀，成《五七祭》七律诗一首："椿萱打子恩如山，没齿难忘五七年。瓜蔓连抄桃李劫，网罗先布鸟禽冤。当初错划百千万，今日保留一二三。九个指头须细数，滔滔血债几时还？"流沙河读后默想片刻，即口诵一联回复："沉思往事如荒草，还忆前身是落花。"待我手机将发又说道，"告诉魏兄，那是一场内讧！"

一个多星期后，魏明伦打来电话，坚决不同意"内讧"二字，说受尽冤屈苦难的"右派分子"们，怎能接受此说法？为此，我特登魏府门，与之详释。

魏府居市中心长富花园，二十六层顶楼。魏先生开门，我赞其华宅巍巍，他却哈哈笑言道："以后再有运动搞事情，我这里跳楼方便！"

魏明伦今年七十有六，精神健旺。六十年前他才十六岁，一个唱川戏的娃娃演员就被搅进流沙河的草木公案，虽未被正式划为"右派分子"，但打入另册下放农村好多年。一九五七年上半年，流沙河的诗《草木篇》事发，受到省文联机关及报纸刊物猛烈批判。在这千夫所指的当口，与流沙河素无瓜葛的魏明伦写了一篇短文《鸣后之鸣》署笔名"魏峨",寄到上海《文汇报》拟发表。他在文章中说:"我认为,流沙河的这种个人主义的孤高离群的情绪,是四川省文联内部的教条主义、宗派主义一手培养出来的。从发言中我们明白了省文联的教条主义、宗派主义发展得多么猖狂,也明白流沙河在省文联的处境。很明显,因为不识时务,更没有媚态,所以经常被暴雨袭击、挨棍子、受围剿,政治生命被威胁,创作权利被限制下,我们不难理解流沙河为什么会产生个人主义、孤高离群的情绪,更不难理解他为什么会写《草木篇》。……如果不把教条主义、宗派主义迅速消灭,今后将会出现雨后春笋似的做个人欣赏的《草木篇》。"

不知利害的魏明伦,当年就是一个"易胆大"!照他自己的话就是"用春蚓秋虫之字,童声奶气之文",以少年人的天真和正直为他人鸣不平,也不管水有多深,一脚就掺和进来。"我当年十六岁,乳臭未干,懂什么政治!这哪里是什么教条主义、宗派主义的问题嘛,一场反右大运动的开场引子,你我小百姓咋知道呢?"——魏明伦指着这篇六十年前的文章有些激动地告诉我。而《文汇报》当时已不敢发表此文,只是将此寄给原单位领导,让其教育作者。从此,这篇原稿进入魏明伦的档案,成为一把达摩克利斯之剑,以备随时收拾他之需。几十年中,他始终不明白自己受此物之累。我和他仔细查看这纸页发黄、字迹模糊的原稿,不禁感慨万分。

正唏嘘处,不料魏先生突然又得意起来,对我大声说道:"本篇确系魏某人杂文起点之真迹,历史证据!"

片语篇

文学与文字

一九九七年五月十八日,晚饭后在锦江河边散步,水岸惠风和畅,细柳依依。闲谈中流沙河忆起八十年代他在北京饭店陪九叶诗人王辛笛吃饭的事情,宴毕见诗人拿出一手提盒子,将剩下菜肴装进去盖上,动作表情十分自然朴素。

我顺便说起四十年代九叶派、七月派的革命诗歌理论与一九四九年后提倡的工农兵诗歌的传承关系。接着流沙河说:"五十年代初他们培养了包括本人在内的一批文人,是服从当时的政治宣传需要。这些人的文学才能素养远不如九叶派、七月派的诗人,一九五七年后这批人中有许多人挨整当'右派'后,他们又培养一批工农诗人,其质量就更差了。弄文学的人成了纯粹的工具,只能是一蟹不如一蟹了。"

一九九八年四月二十五日午饭后,我说:"听北京邵燕祥说过,在当今作家群里,你算是读书多的一位。你自己怎样看?"

流沙河说:"我读书杂,特别是当'右派'后将我弄到图书馆干杂务,晚上就住在里面的那个时候。但说得上真正钻研过的还是不多,《诗经》《史记》《九歌》《庄子》《说文解字》和余光中的诗。《旧约》也通读过,不过那是一种精神文化上的需要,想在当时的正统文化体系之外,寻找另外一种文化认同。我自己拙,比起学富五车的人差得远。这几十年里文坛培养了一大批低文化作家,如周围的什么专家、著名诗人等,才把我烘托得有学识的。矮子里充高子,不亦悲乎!"

九十年代中期,本地孙姓诗人联合商家召开诗会。有人在会上谈起台湾余光中,以及台湾诗歌的成就,对大陆的影响。孙诗人恼然,脸上作色曰:"什么台湾诗人了不起,我看十个台湾诗人都当不得一个大陆的诗人!"众愕然。流沙河说:"一以当十,打架肯定赢!"

广东《南方周末》报纸,某期刊载马悦然谈诺贝尔文学奖的严格评选程序。他说一个叫什么"全美中国作家协会"的组织(国人闻所未闻,其头目乃在美开餐馆的文青),曾提名中国的一个部长作家逐诺贝尔奖时道:"没有用!"还有台湾李敖炒作自己的《北京法源寺》获得诺奖提名,自己将书直接寄到评委会。对此马悦然说:"绝无可能!我告诉流沙河,本地小报还登载一'特大喜讯','这个全美中国作家协会还提名成都的罗清和、罗先贵二人为诺奖候选人'!"——哈哈,好事还要成双。

流沙河说:"这些统可称为乞丐们对诺奖的意淫。"

一段时间,余秋雨和有关余秋雨的议论在文坛上闹腾得紧。学者谢泳的一篇文章《换个角度看余秋雨》见解独到。他说余秋雨是时代的产物,走的是类似于当年李希凡、蓝翎"两个小人物"的道路,并说余是不幸的,是缺乏信仰和时代达成妥协的人。流沙河读后说道:"这等于说一个有为青年的坏子,不幸生在一个贼娃子的家庭,跳出来谈何容易!自五十年代以来,没有一个真正的学术环境,不可能产生真正意义上的学者、文学家。这就是我一再贬我自己的缘由,这点许多人没有认识到,我意识到了。"

在一本期刊上读到本地一张姓作家谈《红楼梦》的文章,其牵强附会处多，不出"索隐派"之右。荐与流沙河读后，他说："我年轻时也迷过'红学'。从社会学、哲学、历史学的角度谈《红楼梦》都容易，无非从概念的需要出发到书中间选择材料，集合起来就成。唯有从文学的角度来谈，说出其文学艺术的妙处来，就非高手不可了。这既要看一个人艺术感受力的高下，又需一定人生历练才行。我反对那种把一部丰富的文学作品肢解成一堆概念的做法，那是可悲的。"

读二〇〇一年十月二十九日《新民晚报》上所载的作家无名氏回上海大学的讲话，高度评价其作品《北极风情画》《塔里的女人》为海派文学的代表作，其人乃海派作家代表人物。放下报纸，流沙河感慨说道："我青少年时期受宣传影响，认为无名氏是反动、黄色的下流文人，根本连作家都称不上。而五十多年后才大梦初醒。可见我这半辈子都生活在宣传话语的阴影下，人都老了，才知其荒谬！"

二〇〇三年春天某日下午读到刊物上一篇文章，其中北京学者张中行说鲁迅若长寿活到一九四九年后，鼎革易代之后能如何呢，仍写《自由谈》吗？他表示怀疑。广东作家鄢烈山则认为不能怀疑鲁迅的节操及信念。流沙河放下书对我说："鲁迅会做顺民！严酷的政治环境使然。国民政府时期文人处境自由度是有的，并非危险重重，那时的写文章叫阵的成本要低得多。"

二〇〇三年十月六日下午读报，一篇文章介绍邢小群的《丁玲和文学研究所的兴衰》，说到二十世纪五十年代文研所学员文化结构单一，课程安排以革命作家为主，而胡适、沈从文、张爱玲等基本无缘。所以学员视野狭窄、文化局促、思想局促。工农身份的学员中，错别字连篇的不在少数。流沙河笑说："那是他们培养文化作家的摇篮，我是第三期学员，一个高中生，就算是高水平的了。惭愧啊！"

自二十世纪八十年代以来，流沙河读书作文之余凭兴趣不时也写写字，或赠或卖，不一而定，在小范围有一些影响。二〇〇六年十一月，武汉《书法报》记者兰干武先生采访他相关问题。

记者："您是诗人，也写诗论。我曾拜读过您的《隔海说诗》，对台湾十二家诗人的评论很精彩，印象特深。近年有听说您对书法有兴趣，本报还发表过您的自书联。能谈谈您的艺术经历吗？"

流沙河："千万不要说我是书法家，我只是一个文人，不是书法家，不过在小时候习过字。一九八〇年后有这个爱好，被人看见了，就向我索字。"

记者："您的书作，大部分写的是自作诗和对子，作为文学的文学——诗歌对于提高文学修养是很重要的。现在经常有人讨论书法艺术和文化素养的关系，您怎么看这个问题？"

流沙河："讨论这个问题，容易流入一种"文字游戏"。毋庸置疑，文人书画是引导着东晋以后书画发展潮流的一个方面。但是要把这个问题说得很具体，那就说不出来了。我知道实际上有人满腹诗书，但写的字就是不好看。

"书法是一种很奇妙的艺术，评论书法的好坏全凭视觉印象。因此一个字写得不好的人也不能觉察出什么样的字好看或不好看。对书法要有感觉，还要觉得有趣味，判断字写得是否和谐，有没有新体例，这是比较虚的、玄的，因为不可能规定得很具体。

"我觉得弘扬书法艺术，取决于书写对象。如果书写的对象是带有文化蕴藏的精华，那么将书法技巧与文化底蕴两相契合，就可以达到一个新的艺术高度。反过来说，如果把古时的小篆拿来写现代白话文，就会让人觉得别扭，不自然。因为白话文发展得不够充分。谈到书法艺术，从字里行间可以看出人的修养。无论是楷书、行书还是草书，都有一定的规矩，不可乱来。就是草书也必须得这样，革新可以，但得遵循起码的要求，必须要有一定的章法，这个就叫修养。"

记者:"沙河先生现在与书法家往来得多不多?"

流沙河:"很少有往来。我与刘云泉没退休的时候,办公室挨得很近,我经常办完自己的事后就到他那儿去,和他交谈,他也很快活。我有些不懂的地方就向他请教,他有不懂的地方也请教我。有时他作了一副对联,觉得没把握,也拿给我看看,西人是很好的朋友、文友。那时我一个人一个小办公室,办公桌用来写文章、写诗,另一张方桌,专练大字。刘云泉常从我窗前经过,后来他告诉我,每天只看到我做两件事,一是我盘腿坐着写稿子,看稿子,改稿子;二是我在小方桌那里练大字。"

广东的《南都周刊》记者采访流沙河,提起他被选上中学语文课本的两首诗《就是那一只蟋蟀》《理想》,说因此他在八十年代也是明星诗人之一,问他如何评价自己的诗。他回答:"名声一度很大,但我很清醒。尤其是读过余光中的诗后,我说算了算了,我不写了,再怎么写也写不出那样的好诗来。我的致命伤我清楚,我这人头脑过分条理化、逻辑化,感性不足,好诗需要的奇思妙想我没有。所以我的诗是骨头,没有肉。"

记者又问:"二十世纪九十年代之后你就不写诗了,主要原因是什么?"

流沙河:"我早期写诗,到一九五七年之后基本上就停了。进入七十年代末,我又开始写了,我的绝大部分诗,我跟你说,都是宣传。我把太多的热情放到宣传里边去了,我想要用诗歌宣传很多东西。进入八十年代以后,我就拼命地宣传'新时期',我一回想起当时的情景,觉得自己有很高的宣传热情。这些诗可以拿到现场朗诵,有现场效应。但是从长远来说,人们觉得你搞的很多都不是诗了。因此,我觉得我这样歌功颂德,宣传做得太多了。一九九〇年,我万分悔恨,我说我这一辈子都还在错,我就赌咒发誓离开诗歌了,我去搞我自己热爱的事情。我不写诗，实际上有很大的自我谴责的成分。"

广州李怀宇二〇〇六年十一月十三日来家中采访，提起流沙河写的《庄子现代版》于文化界有影响的事情，问他："怎么萌发写此书的念头？"

流沙河回答："我突然想起，我迄今为止写的东西，一本都留不下来。可能有一篇东西会以某种形式流传下来，就是将来的人写历史，写到某一个注释，有一句说是引自流沙河的《锯齿啮痕录》。就是这个也不是作为作品，而是作为资料让人家证实哪年哪月哪个'右派'做的事。我做的事就像长江水过了，我认为留得下来的东西就是，我本身没有这个本事，我是一个小人物，可是我牵到一个伟大作家的裤脚，我只有一尺高，可是我牵到他的裤脚，可以混进文化圈子，这个巨人就是庄子。除此以外，我留不下什么东西了。长远的将来，还会有很多人读《庄子》，而《庄子》的原文又是那样难，那么我在这里加工了，便于将来的人接受，这样就算牵了庄子的裤脚。"

重庆成都一群诗人喜欢写只有两三句的"微型诗"，以为微言大义深不可测。诗人余薇野写的两首诗，其一：美国，你美吗？呸！其二：养了一盆君子兰，你就君子了吗？流沙河笑曰："这样写诗也太容易了，随即发挥念出'余薇野，你野吗？'此一首。我叫余勋坦，就写'余勋坦，你坦白吗？'此二首。又想起好友名叫曾伯炎，说再来一首'曾伯炎，你发炎吗？'依此类推还可写许多。"

南京大学景凯旋来我家，中午一起吃一碗素面后聊天。景老师问流沙河对一九四九年后现当代文学的看法，流沙河说："革命文学应当从三十年代'左联'时期算起，一脉相承下来都无多大价值，就算有些语言文字技巧不错的，但因内容虚假、配合宣传也一样失去真实性。譬如我五十年代写的诗，当时得到称赞，现在看来无非就是语言技巧婉转一些，歌颂巧妙一点，当时我是一个典型的御用文人。"景老师笑。

大慈寺茶聚，我说北大有孔博士对章诒和写的《往事并不如烟》不以为然，认为章伯钧、罗隆基那些"大右派"知识分子不知好歹，共产党给么好的待遇还反党，他们的生活趣味在骨子里流露出资产阶级的优越感和情调。流沙河说："孔的评论是庸俗社会学批评方式而不是文学批评。我以为此书写得好，价值在于文学与历史两方面。但如按政治角色来要求他们就有些不好说了，当年正是这些左倾知识分子的推助，瓦解了政府，而后那些人又充当花瓶，此事在书中无多大反映。从此意义上说，他们后来遭遇倒霉活该！这种活该，也包括我自己。"

晚间看电视，荧屏上节目主持人说话散文腔十足，叫人肉麻得紧。流沙河说："我弄了一辈子文化，最厌恶的有四种文体，一是社论体，二是抒情散文作状，三是先锋诗，四是当下人写的赋体文。"

乐山有一民间团体"文友沙龙"邀请流沙河做一次关于汉字的讲座活动。二〇一一年十月二十二日，流沙河如期至乐山，做讲座，会老友周纲后，与当地的石念文先生有一对话。

石念文："关于您的身份称谓，媒体上有过多种提法，您更认同哪一种？"

流沙河："我准确的身份是'成都文人'。我是成都人，现在不属于任何单位，不能再说'某某作协名誉副主席'，如果这样说，那就很不'名誉'了。偶尔讲讲课、写几个字、写几篇文章，叫个文人足够了，还想咋个呢？成都文人有好几万呢，我只是这几万人中的一分子。我觉得'成都文人'还像个身份。

"我最怕人家叫我'著名诗人'，很可笑的。二十世纪八十年代初,这个'著名'是个等级名号,我和周纲被称为'著名诗人'。我最怕戴这种大帽子。如今'著名''一级'也不时兴了,改称'大师'了。变个脸也叫大师,街头画个糖画也叫大师。总想把自己弄得比别人高些,有啥意思。"

石念文:"您什么时候开始研究古文字?"

流沙河:"中学时,我就喜欢文字学。一九五七年后,不能再写作了,只能读书。开始读《庄子》《诗经》,后来读《文字蒙求》《说文解字》。对甲骨文啦钟鼎文啦,很有兴趣。那时我在文联机关农场劳动,还帮忙看守一个旧书库。晚上没事做,就把研究古文字的书籍找出来看,包括'甲骨四堂'郭沫若、董作宾、罗振玉、王国维的著作。他们是古文字的权威,都是我的老师。我从他们的著作里,得到了很多教益。和这些大家比,我也有自己的优势。他们一辈子在书斋里做学问,很少有过劳动实践。我有幸到社会底层,什么活都干过,包括杀猪我都会。在长期的劳动生活中,我有了一些新发现。"

石念文:"有什么新发现呢,能举个例子吗?"

流沙河:"比如'尺'字,《说文解字》把它分为'尸'和'乁',说了半天没说清楚。我在乡下拉大锯,丈量木板的尺寸时,不是用尺子,而是用手,拇指和食指叉开为一卡,刚好五寸;今天的五寸,相当于周代或战国的一尺。湖广土话,把'吃饭'说成是'qia'饭,这下我就有了新发现。所谓'尺'字,并非文字专家所讲,是'尸'和'乁'组成的合体字,而是一个象形字,像用手比量之形,那一撇一捺,便是伸开的拇指和食指。这便是从生活中得来的启示。"

石念文:"做学问是很枯燥的事情,研究文字应该更枯燥吧?"

流沙河:"我做事情讲究趣味,把研究文字当作公安破案一样。

在我眼中，每一个待解的字，就是一个待破的案件；我的角色就是'文字侦探'，所以做起来很快活，不觉得枯燥。我每天晚上有一个节目必看，就是中央台的《天网》，我看他们怎样破案，然后用于研究文字。我研究汉字，就是娱乐自己。以前写过一副对联'偶有文章娱小我，独无兴趣见大人'。做学问是娱乐，写文章也是娱乐，不要弄得那么神圣。我写的东西，你们不必认真去读，只需放在厕所里，上厕所时读上一段，娱乐一下，就够了。"

石念文："读您的文章，感到轻松愉悦，有时还会会心一笑。这种简洁明了的文风是如何形成的？"

流沙河："我写文章多用短句，下笔前会在心里默念一次，觉得明白晓畅了才写到纸上。这种习惯，主要得益于文言文修养。我想用最少的文字，表达最丰富的意思，力求准确简练。我读中学时，语文教材全是文言文，老师要求全部背诵，给了我极大好处。虽然我写的是白话文，但用的是文言造句方法。中国最古老的散文集《尚书》里有一句话，只有十个字：'有惟求旧，器非求旧，惟新。'如果用白话文翻译出来，要写一长段。还有'天视自我民视，天听自我民听'。百姓看见的就是老天看见的，老天听闻的就是百姓听闻的——民意即天意。文言句法，既简练又准确，我的文章正得益于此。"

二〇一二年二月下旬，北京《新京报》记者电话采访流沙河。

记者："您的《流沙河诗话》打通了古诗和现代诗，但您的审美观却是传统的。我看到一些别的诗歌评论者和诗人，他们评论诗歌的语言和审美观，跟您大有区别。为什么您会坚持传统的诗歌审美观？"

流沙河："这和我一生所受的教育分不开，因为从少年时代读《诗经》起，我就习惯了一种有韵味的、美丽的、有想象力的作品。我自己现在老了，还能背诵从《诗经》以来的很多作品，而且热爱它们。因为这些诗歌，滋养我的灵魂，数十年来我就无法改了，因此就已经形成一种保守主义的诗歌观。"

记者："您已经出了两本和庄子有关的书《庄子现代版》和《庄子闲吹》，您特别豁达的个性和庄子是不是有直接的关系？"

流沙河："我在写《庄子现代版》的时候，仿照他这种便于宣传、便于课堂诵读的风格。我把它用我自己习惯的、浅显的、口语性、大众化的语言文字表达出来，希望它能有所用于今日。一方面有真实的《庄子》，二方面我还希望，《庄子》的声音到现代社会还有振聋发聩的作用。"

记者："庄子嘲笑儒家，您是否同样如此？"

流沙河："没有。我在内心深处觉得，《庄子》那样把儒家嘲笑一顿是非常痛快的。但是我自己的生活方式和习惯，还是受儒家的影响。"

记者："您的《Y先生语录》亦庄亦谐，和庄子之间有没有内在联系？"

流沙河："有。就是有一些事物到我们面前来，我们怎么去解说它，我不自觉地运用了先秦诸子，也包括了庄子在内的先贤的一些智慧。不过这些都不是有意的，由于已经形成了自己人格的一个部分，实际上用了它而自己不觉得。"

记者："您说自己愿意做一个职业的读书人，这和以前做诗人的区别在哪里？"

流沙河："我这个人虽然对许多事情丧失了兴趣，但是非常奇怪，我对阅读有高得很的兴趣，每天非要阅读不可。要写什么东西，有时还提不起兴趣，所以想来想去，就给自己开玩笑，就说做一个职业读书人。职业读书人这个概念本身就是很可笑的。毕竟我每月还能从皇粮中领一份，还可以平平安安过日子，在这个时候，我最大的兴趣还是阅读。读起书来，我就觉得心里快活，时间就过得快，一个上午一晃就没有了。还有，我不善交际，我交的朋友面都非常窄，都是一些几十年的老友。其他活动我一概推光。除了图书馆的讲座以外，其他活动都不去。所以，对于我来说，选择读书作为一个爱好，实际上都还是一个无能力的表现，因为我做不了什么事。"

二〇一二年夏天某日，浙江《诗江南》杂志的蔡辉先生电话采访流沙河，就当代诗歌的一些问题与他探讨。

记者："二十世纪八十年代，以'朦胧诗'为代表的新诗影响广泛，为何今天已成绝响？"

流沙河："我一点也不反对朦胧诗，所谓'朦胧诗'，是一个表现出来的样式，它的前提依然是要有浓厚的诗性，在这一点上，古今并无二致。但二十世纪八十年代的问题是，大家把诗的位置搞错了，许多人连文章都写不好，却去写诗，也成了诗人。诗本来是文学体裁中的最高阶段，可从二十世纪四十年代以后，它却被当作是文学入门，这固然能配合宣传，可不需要宣传时，这些诗也就死亡了。"

记者："中国有漫长的诗歌史，可为什么后来的白话诗却长期走不出困境呢？"

流沙河："从历史上看，几乎所有统治者都没有要求诗人来帮助宣传，皇帝没这么要求过，帝制灭亡后，更没有谁这样要求过，所以古诗中有很多精品。但白话诗却生不逢时，后来因为这样那样的误解，诗人被当作宣传员，诗歌被当作宣传品，导致作品内涵低下、手法拙劣、趣味不足，成了完全的功利主义，这样的诗当然短命。当我们的社会转头向经济目标飞奔时，这些宣传品自然就成了废纸，诗人也就被时代抛弃了。这是白话诗一直没走出困境的原因。"

记者："应该怎样写白话诗呢？"

流沙河："诗应该有稳定的立场、恒定的内容。古往今来，最优秀的作品，都是瞬时产生的，而思想挂帅的诗，很难留下来。"

记者："但今天新的困境是，人人都不再读诗、写诗了，很多年轻人在问诗歌还有存在的必要吗，您怎么看？"

流沙河："诗对于人生来说，实在是太有存在的必要了，否则一辈一辈人就会沉入无知中，成为彻底的功利主义者。今天有很多年轻人失去了艺术想象力，他们理解不了诗的趣味，这是一种灵魂上的残废，他们需要诗的陶冶，这样他们的人格才能健全起来。一个社会必须有诗的教育，这在短期看，可能没有效果，但从长期看，却至关重要。因为一个毫无趣味的人就会被物质化，就会成为市侩，走向拜金主义。一个民族要有想象力、优美的趣味，不能只有精密的计算能力，今天的年轻人的计算能力比我强多了，可他们趣味浅薄，还不足我的十分之一。这说明我们的社会和教育制度出了问题，应该深入检讨。"

记者："您认为问题出在哪里？"

流沙河："因为像我这样的意见，经常会被认为是书生的愚蠢之论，在管理者看来，诗歌教育产生不了GDP，所以没价值。但我要说，不能忽略精神的GDP，没精神的GDP，物质的GDP是无法维持太久的。"

上海有记者采访流沙河。

记者："您是以写新诗著名的诗人，而现在推辞一切与新诗相关的活动，可否理解为您对当下新诗持保留态度？"

流沙河："我对新诗有不同的意见，如果参加活动，我不讲出来是违心，讲出来让大家不高兴，不如不参加。现在的新诗不耐读，因为缺乏秩序。一切美好的诗歌都是有秩序的。秩序包括两个方面，一是语言，一是意象。语言要通顺、简单、准确、明了，讲究韵脚，句子念起来有节奏感，有音乐性。实现意象的秩序更为艰难，优秀的诗人可以把常见的意象组合在一起,给人新鲜感、震撼感。"

记者:"现代诗歌的日趋没落,是否和这种秩序的缺失有关?"

流沙河:"我至今不相信,中国的诗歌能够把传统抛开,另外形成一种叫'诗'的东西。我们还是要把传统继承过来,然后糅合现代的观念、认识,这样中国的现代诗歌才有前途。我曾经读到过一个打工诗人的诗《如果有可能,明天带你去旅行》,我注意到,他很讲究韵脚,念起来有节奏感。虽然他写的是现在的生活,比如他在外面打工的苦,他的太太在遥远的村庄守着的苦,但他的诗严格押到韵脚,有古风。他没有受过专业训练,这应该是他灵魂里头的东西,一种作为中国人的本能。但类似的好诗太少。我看到更多的是一些松松垮垮、没有节奏、难以上口、无法朗诵的诗。废弃了中国古典诗歌高密度、高比重的文字,是一种失败。"

《诗经现场》出版,新浪网记者采访流沙河时问:"您多年前声明封笔不写诗了,与当今诗界绝缘。而您的这本书出版,是否有食言之嫌呢?"他回答:"现代诗歌与《诗经》都沾一个诗字,但是风马牛不相及。拿英文来说,前者是some of blank verses,后者是the poets。所以我不同意你说我食言了。我不弄现代诗歌,是因为我老了,聪明了。我写这本《诗经现场》,是因为三千年前的诗人在那一头呼唤我。《豳风·七月》我背诵时想哭。不是悲伤,是流温热的泪,如流浪者回到梦中的家园。但愿读了《诗经现场》的人说,三千年前,原来并不遥远。"

电视台热播中学生古典诗词背诵比赛,其间四川某教育导报就诗歌教育的问题采访流沙河。

《导报》:"老师如何引导学生进行古诗词学习?"

流沙河:"诗词的学习根本不是老师如何灌输的问题,只要编好一个好的课本,老师教的时候尽情尽理,学生不仅要懂得,还要感悟,这样自然给学生打下基础,让他们少年以后自己晓得去钻研。我后来对中国古典诗歌的热爱就在那个时候打下基础,基础不是自己读了很多诗歌,而是我对诗歌中的格律、音韵之美的特殊感受,从而引起对诗词的兴趣,就这么简单。所以古诗词教育一定要引起学生主动的兴趣,培养他的感悟能力,今后他们自己晓得去热爱。"

导报:"儿童古诗词启蒙应该选择哪些内容?"

流沙河:"学生一开始还是多读唐诗中最浅显易懂的内容,要有音韵、格律、辞藻之美,老师要想办法引导学生去读这些。比如《声律启蒙》,我当学生时就能背好多段,背的时候觉得很好听,但并不懂其中的典故和含义。好多小娃娃都是先感受再懂道理,感受和懂是两回事,懂是能够说出来,感受说不出来。等老了,慢慢咀嚼,就会明白。又比如《百家姓》,根本没有任何意思,但读起来朗朗上口,娃娃自然喜欢。"

导报:"您对当下语文教学怎样看?"

流沙河:"对于如今的语文教学,我觉得一些教师把白话文分析得神秘化、琐碎化、技术化,很容易导致学生厌恶。活生生一篇文章被解剖成很多段落,把它当作是在下棋,每一步都有讲究,越讲越没有趣味。很多白话文的作者在写的时候有随意性,不必求解。如果再求甚解,你想,文字是非常感性的,这样才使人爱,如果没有了这种功能,学生怎么会喜欢呢?为什么古代有很多诗我们很爱,就是因为它们一下子把我们打动了,缺少了这个就不行。"

二〇一六年底,北京陈明远电话告知,某出版社将再版一本二十世纪八十年代初很有影响的诗集《七家诗选》,以纪念中国新诗诞生一百周年。其中流沙河的多首诗入选。如今重版意义重大,请流沙河写文一篇谈谈新诗。他说,要他写就只能说他为什么离开新诗:"二十个世纪四十年代,我读高中,学写新诗,动因是倾慕革命。进入五十年代,我写新诗,歌颂革命。那时,头脑简单嘴巴甜,所以拙诗被人看好。多谢一九五七年翻了船,水中挣扎二十年,方得爬上岸来。惊魂稍定,技痒难熬,又写起新诗来。其间多有谀颂之词,遂得走红。直到八十年代结束,良心有愧,逃离新诗,复我少时爱好,研读古典文学。此后愈迷愈深,重新发现这些尘封的旧籍才是我的灵魂安栖之所。在这里找到了真快乐,找到了大自在。回头看看旧作,自愧不好意思。偶然读些时贤诗作,我心竟如古井,不起半圈涟漪。若再细细恭读,便觉既无义又无趣。这时候终于承认,要不是我绝无诗才,要不是那些新诗出了问题。想起从前读徐志摩、戴望舒、闻一多、艾青、余光中、绿原,多么激动,还很惊讶,为何他们的许多金句,至今我老了尚能背诵出来啊?我怎能指责新诗不好呢?人贵自知,我明白了青少年时想做诗人之谬。现今自我打回原形,心安理得做我的'老夫子'好了。"

出版《白鱼解字》后,他意犹未尽,又写出一本《正体字回家》表述对汉字简化的非议。二〇一五年初大成网记者采访流沙河问:"您提倡回归正体字,最大出发点是什么呢?"他回答:"因为正体字的每一个字,都有道理可讲,而简化字毫无道理!我以'羅'字为例,从篆文来看是可以拆开讲解的,上面是网,下面左边是丝,右边是鸟。意为一只正在飞的鸟,落进了丝织的网里。所以,我们说'天羅地網'。另外,造这个字是因为原始人中有一个部落专门用网捕鸟,这一职业就变成了他们的姓。字的起源,也能顺带讲出来。

"如果是简化字'罗'拆分出的'四''夕',老师教学生也只能说:'同学们,罗就是姓氏。'真正关于文字背后的历史和文化就断了。所有正体字背后,都包含着历史、文化,包含着生活方式,包含着'The way we were'(我们曾经这样生活)。

"中国人的灵魂就在汉字里,这是祖宗留给我们的精神财产,是一种寻根文化，使得每一个中国人的记忆都还保留着：我是从哪里来。所以，我坚决反对使用罗马字母拼音！

"什么叫爱国？爱你的文化，爱你的文字，爱你的历史。为什么一说起汉字我就这么激动？因为我爱国。哪怕我当年在'文革'中被打成右派。还有，因我在一篇讲话中说美国人是我们的朋友，被人在网上攻击成汉奸，实际上我比他们都爱国，我捍卫汉字。

"我花这么多精力去研究推广它，我就是爱国。现在很多人的爱国方式是肤浅的，动辄就把日本人、美国人骂一顿，你了不了解历史？究竟哪一个国家侵占我们的领土最多？是俄国！这算哪门子爱国，简直是害国。一说起祖国的古文字，我能够掉下眼泪，有这样的'汉奸'吗？像我这样的人很少了。'My tears are falling down！'"

大概从二〇〇九年起，流沙河开始写作有关文字研究的书，迄今为止已出版了《流沙河认字》《文字侦探》《白鱼解字》《正体字回家》等排印本、手稿本共五本。其中甘苦自知，因为他自己喜欢，所以也就不计辛劳而怡然自得。他的作息时间很固定，早晨七点多起床，早餐后就进入书房，一直工作到中午十二点多，午餐后休息两个小时，再继续做到下午六点左右方结束。每天工作时间七至八小时。这样的强度对一个年老体衰有眼疾的人来说还是太大了一点。我在旁边对他说："你的最后一点视力就要葬送在这本书上！"他要么不理，要么回答："就是要赶在眼瞎前写完！"到了吃饭时间，除了早餐他是主动端碗外，午饭晚饭要靠我反复大声地喊，像喊大河对门的渡船那样艰难。家中平常就我和他两人，声音小了不搭理，声音大了又像吵架。

这种文字研究需要有深厚的传统文化的底子，小学的训练是国学入门的基础。而一般人包括文化人对此都很陌生。我一直以为语言文字就是交流工具，对其源流、演变过程的考察太烦琐，对一般人来说意义不大，不就是对其进行技术分析吗，这和现实生活或人的灵魂情感离得太远。见流沙河如此痴迷于此，我十分不解。做这些，不能凭空想象，需查大量书籍资料。见他戴起花镜再加放大镜，弓起背，趴在字体比蚂蚁还小的书上查资料，既耗体力视力又耗精力，多次想劝他停笔，但又深知不可能。他弄了一辈子文化，不写你叫他咋办？

但他的确有一种使命感，对汉字有一种发自内心的热爱。他认为每一个汉字，从古人创造出来到使用的过程中，都包含了丰富的社会文化信息，体现古人的生活方式、思维方式，汉字中有民族文化的密码和灵魂。而随意简化汉字，就抹掉了这些内容，割断了古今，丢失了宝贵的文化资源，是令人痛心的。他说，如简化字一直使用下去，再有两代人的时间，中国人哪怕是研究者，都不认识繁体字的古代典籍了，一个民族如此，还谈什么继承传统文化呢？说起这些，他就激动，痛心疾首地要骂一番，又说："我是等不到那一天了，但我坚信正体字有一天要恢复！"

二〇一四年七月八日晚上将就寝，流沙河进卧房坐下，郑重说道："我有几句话对你说，我俩结婚二十三年了，我也到了风烛残年的时候。我读了写了一辈子的书，最看重刚写完的这一本《正体字回家》。文字学是国粹，但后来几乎被湮灭。北大的裘锡圭是他们培养的最后一个研究古文字的专家，后来离开，听说到了香港大学。二十世纪五十年代实行简化字后，文字学更成冷门无用的东西。我一九五七年当'右派'后钻研文字学，读的是董作宾的学生李孝定编的一部甲骨文字典，此书极有用，这次写书，又把陈梦家著的《殷墟卜辞综述》重读。这是在对中国文字传统研究的基础上再结合自己几十年诸多生活观察、农业生产实践等因素，写出我自己对文字的感悟思考。我相信这对简化字是否定和挑战，我是第一人。这样做不是为了个人的名和利，是为正体字回归，中国文化的回归。这就是我应该完成的一件大事。今后或许会有人出来骂我，无所谓！文化生态正常时，有后来的学者会感谢我。"

二〇一六年三月底，流沙河病中。弟子石地来，流沙河与他说因晚上失眠，想起"国学"一词有两种解释："一是据《周礼》上说，国学，是国子入学。国子，乃贵族子弟，这里的'学'，不是学问，而是动词'入学'。此意思一直延续到清代，所以设有'国子监'这样的大学堂。二是有清以降，西学东渐。为与西学区别，胡适等新文化运动中的学者将中国传统文化中的优秀部分、经史子集称为'国故'。这里才开始有'中国'的意思。但当时从未有人将低等级的《三字经》《弟子规》《女儿经》等称为国学。直到现在民间还有国医、国手一类说法，这里的'国'就是'高级'的意思，和国家其实无关。"

腾讯是一家有影响的网站，其《大家》栏目标榜"思想流经之地"，广泛邀请文化名家在上面开专栏讲座。流沙河从二〇一五年底开始，在此讲《诗经点醒》。主持人意犹未尽，二〇一六年十月十二日在家中又对他做一次专访。

《大家》："您怎样看如今的国学热？"

流沙河："我们谈一件事，必须循名责实，先把什么叫'国学'弄清楚，免得乱说。"

（一）国学，从培养贵族子弟到讲经史子集

"国学"两个字最初见于《周礼》。"国"是指"国子"，什么叫国子呢？贵族子弟，贵族子弟就叫国子。那么这些贵族子弟，要给他们办一个学校，他们出来才能继承父业，这是由公家办的，名叫国学。民间办学，古代早就有了，那是私塾。

最初的国学就是指的专教国子的，除了教经书、计算、战争（就是骑和射）、音乐、体育之外，还要管他们的行为，所以国学里面设有保和傅，保是保育员，傅就是政治辅导员，那么除了这些还有老师，因为它是公家办的，培养他们自己的接班人。这个最初就叫国学。

这个国学的概念使用了很长时间，到了明清两代的时候，各个县的文庙里面也办得有学，也叫国学。县上办的国学是怎样的呢？并不是学生一天到晚就在那儿学习，而是他们读书时还是在自己的私塾里面，有些有钱人自己家中就有私塾，有些家中没有私塾的就附到有私塾的人家去读。

一个月只有两次，你到县上这个国学来，这里有专门的国学老师，要求你们把上次布置的功课交来，还要交每月一篇的作文，都交到文庙里面来，这个就叫国学。来一天，也不过几十个学生，老师批改他们的作文，给他们讲要怎么做，题目要怎么破，八股文要怎样写，等等。

我们家是三百年前从苏北泰州乡下迁到这边来的。迁来第一代是农民，第二代有两个儿子，一个儿子继续当农民，还有一个儿子就到县城文庙里面去读了书，取得秀才资格，所以我们家留下的族谱第二代的大儿子底下有"国学"两个字。

清代县上的文庙办的这个国学，学生初一、十五要到，除了讲授作业之外，老师还要管教学生的行为，比如老师知道学生还去赌博的，就会说再有一次就要开除了，但是管也只有这一天。所以一直到清代，我们那么一个偏僻的小县城仍然把文庙办的学校叫国学。

但这是民间，学术界早已经不是这样了。从乾嘉时候起，学术界就已经把小学当成国学，所谓小学就是文字学、训诂学、音韵学，说这个就叫国学。当初将这些提出作为国学，是因为这是任何一个读书人起码的门槛，必须要进这个门槛，读书应该从这里开始。只有取得这三门学科的常识以后，才能够在老师的辅导之下去攻读中国古代典籍。我现在学的这一套，就是国学。

（二）从国学到国文

清朝完了，进入民国以后，就把"国学"这个名字废除了。按照胡适说的叫国故，所谓国故就是中国旧有的，经、史、子、集四部全都叫国故。胡适提出整理国故，意思是说我们用现代人的新观点，再用现代的标点符号，把古代的典籍重新加以整理。但也有的人不这样，还是把这个叫作国学。

成都有座尊经书院，它的前身是锦江书院，清末民初尊经书院改成了通省大学堂，不再讲国学了。但民国过了几年以后，就发现这样也有缺陷——进入民国以后，学生学的基本上都是新的学科，这些学科最初也学得很好，但渐渐发现还是需要专门培育一些老夫子，这些老夫子今后做教师、编辑，专门去处理文言文。

所以后来就又办了一个四川国学院，就在原来的尊经书院那个地方。我进高中的时候，那个国学院还办起的，国学院水平低，只相当于高中，初中毕业的如果文言文特别好，就可以去考国学院。国学院那个时候很倒霉，全校只有两百多个学生，因为大家觉得学那些东西没有什么用。而国学院的办学方针也就是这样的，我不要有什么用，我就是要培养一点老夫子，不然今后这些古代典籍断了怎么办？

这个国学院是公办的，公家花了力量的，就是专门培育钻研古文、古代经籍的人。从清代倒推上去，《古文辞类纂》《明儒学案》，一直推到宋代的朱熹、陆象山、王阳明他们的一些学说，这些国学院都逼仄。显然它很倒霉。但现在回想起来还是需要一点的，比如有些出版社专门出古文的就需要这样的专业人才。你看现在的出版社，只要涉及古文的都是错误连篇，因为没有专业人才。

所以那个时候的国学实际上是这个意思。

我上学那时候，国民政府审定的教科书有五种，随任课教师选，但审定的教科书不管哪一种都选了大量的古文。这五种教科书，被认为思想最先进的是叶圣陶、宋云彬他们编的《开明国文讲义》，他们的观念新得多，能把《三国演义》里面的文字选进去，也把《水浒传》中武松打虎那段很生动的文字描写选进去，另外还有《诗经》、古诗、古词等等。我上学时，都是读这些，从小学起就能背，《春夜宴桃李园序》《桃花源记》《五柳先生传》，教科书上都有，没有把这些叫作国学。把这些叫作什么呢？国文！把小学学的叫国语，因为主要是白话文，中间很少有诗，有的都是唐诗宋词，所以叫国语。一上高中，学的全部就是国文，拿到我们今天来说这就是国学了，经、史、子、集全都选了。那个时候国民政府和一般的学者、老师还有我们,从不认为那个叫国学。你要知道"学"是一种学说,是专门一个学科,是带有研究性质的。国学不是一个学科,国学就是"文",在我们那个时候叫"国文"。

(三)二十世纪九十年代开始的国学并不能被称之为"学"

所不同者,他们在九十年代以后提出的国学,其内涵和我们上学那个时候学的国文根本就没有差别,还赶不上我们那时所读的那样广泛,因为这只是一种文,不是一种学。学国文就是学中国的古文,是把它作为我们今后进入学术研究的一个必要准备。古文本身并不成为一个学科,数学能够成为学科,化学能够成为学科,物理学能够成为学科,所以它们都叫"学"。

将其称为"国学",没有具体内涵,又不是汉学。实际上,我们根本就不必要求学生把这当成像化学、物理那样,而是要把它当成"文",叫国文。原来的名字"国文"是取得很好的,这个不是国民党取的,国民党根本不管这些事,这是那个时候学界的看法,自然形成的,这种课叫"国文"。现在取一个名字叫"国学",但这个"学"完全没有规范,具体指的是什么?这根本不是一种学术,不能够单独成为"学",而且对学生也不必要求这样高,只要求他学这种文,先学国语后学国文。至于建国后取名叫语文,我也赞成:白话叫语,文言叫文。那么我们可以就把它叫作国文或者语文,语文就不用单独再设一科了。

(四)旧的一套面对现代世界是没有用的

现在的国学院,多半和文无关,都是教人的道德、品行、修养，落实在这个方面，就是去学点古文，也说要学儒雅，哪个说古文就一定要儒雅呢？你看科学家、植物学家竺可桢的古文作得那么好，桥梁学家茅以升写的古文也非常漂亮。所以不是说学古文，就可以学得儒雅，就可以应对进退，何必要这样？很多人就是很爽性的，我不来你那一套，但是我很有文化内涵，你说的中国的这些典籍遗产我全部都有，而且我能够发现它的美、它的价值就够了。

现在单独弄一个"国学"，还不如我们当学生时候学得深，而且还要浅得多，当然这也是因为我们把文言抛弃了很多年，现在突然要重新开始学习，稍微深点大家就都不懂了。在这个时候，要把国学变成一种思想就更不行了，因为这个只是国文，是让学生学会文字，不是专门关于道德修养的。关于道德修养的课程应该包括公民课，什么叫现代社会，什么叫选举制度，开会要怎样开，这才是起码的。我们读小学时，公民课本上就有怎样开会，什么叫共和，什么叫民主，什么叫选举，什么叫选举权、被选举权，然后什么叫法律，什么叫原告、被告……这个是公民常识，不是学了就喊你去做官，而是你作为一个公民起码应该知道的。

现在把一些很古老的对学生的要求提出来，像《弟子规》那种，说实话，迄今为止我一句都没有读过，不但我没有读过，跟我同一个时代读书的人也都没有读过。只读《百家姓》，然后就是《三字经》，然后《千家诗》，然后《千字文》，叫"三百千千"。现在弄来完全是开历史的倒车，而且也不想想这是否有效，也不看看当下整个社会文化生活成了什么形态。把《弟子规》这套拿去给小娃娃当作国学硬灌下去,他们是否能够接受?早就无法接受这个了。我们小时候还在旧社会,那时候风气很紧,也很闭塞,新文化也很少,都已经不接受那一套了,连教师也不教那一套了。

我举一个例子,在旧社会有很多关于军阀韩复榘的笑话,世人嘲笑他野蛮。但韩复榘在济南办的中学全部是新学,他自己还参加过科举,是秀才,但他就要办新学,而不是教旧的一套。可见,那个时候的军阀都有这种起码的常识,就是中国的旧一套虽然不能废除,但是万万不可认为它们能够振兴中国,绝不可能!我这样热爱传统文化,也一点都不相信它们能够振兴中华!

现代世界是什么样的世界,面临怎样的局面,国外那些人的观念——人家早已经走很远了,就连一个军阀在七八十年前都晓得,自己秀才那一套是不能拿来教学生了,因为不能应对社会的变化了。清末鸦片战争特别是甲午战争以后,中国的读书人就都明白了这个道理。在成都,哪怕那些五老七贤也一样懂这个道理,说我们教的这些你们好好学,但还有那么多学科你们同样要好好学。都没有想到要把自己的东西拿去规范学生的纪律,提高学生的道德。

我们上学那时候的教科书里国文基本都属于文学欣赏,没有多少是服务于政策的,就连抗日战争那么艰难,课本里仍然还选有李华的《吊古战场文》,只是那时国民政府是不是觉得这些还是暂时不要教给学生,因为抗日战争这么艰难。但是教科书要选,还是要允许人家选,实际上学生学这个也不是光学思想,还要学它的文字表达,写古战场的环境写得如何阴森恐怖、鬼哭狼嚎，"尸填巨港之岸，血满长城之窟"，看了你就晓得，就说这些文章写得那么好，首先还是学文章。对于学生来说，不是要他还没有学会起码的掌握能力，就去弄得那么深沉。

现在的国学，学的是好多已经被历史检验过的不足以救中国的东西，也没有特别大的害处，只是放在这儿不合适，碍事，没有什么用。不要去迷信，说靠那个就可以振兴中华，世界天下一家。我们必须要认同人家的价值观，而且要和国外多进行文化交流。就像余光中说的两个结合：一个做文章、学文化，古今结合，既要学现代的文，也要学古代的文；第二个结合，中外结合，中国的、外国的。这两个结合都非常需要。

所以真正的出路是往前面走，不是往后面看。因为之前几十年都没有搞过，现在搞得有些人满意，有些人不满意，恐怕也是正常状况，也可以这样实验下去。但是我本人认为这些实验古人都早已经做过了，有些实验还在清代末年就做过了，所以我们应该有历史观念，用不着重新又来一套。

所谓国学我只谈这一点。

二〇一六年十月日，谭楷、杨枫等人来家里，请流沙河说说他与《科幻世界》（前身为《科学文艺》）交往的历史。流沙河说，这件事情都是因为谭楷而起的嘛！

谭楷早年写诗，后来写报告文学、纪实文学为其所长，也是流沙河和我多年的老朋友。九十年代初我和流沙河从认识到结婚，他是最早的知情人。流沙河喜欢他，常在我面前说："谭楷这人勤奋且品质纯正，与之交往几十年，我信得过他。"谭楷从《科幻世界》主编位置上退休，至今笔耕不休，成果斐然。

流沙河说："《科学文艺》从二十世纪七十年代末杨潇、谭楷他们创办以来，我和他们的关系就很密切。当时我经常到他们那边去，因为我也是一个《科学文艺》的爱好者。我这个人从年轻时就有一个愿望，希望把科学常识普及，但是用什么办法普及？如果是用很简单的办法就很难收到效果，因为科学知识和原则都相当抽象、枯燥。谭楷他们办《科学文艺》是想把科学和文学结合起来，是想通过文学的样式普及科学常识，直到现在我都认为这个任务是非常神圣的，是有意义的，对中国这个国家更是如此。这是非常有必要的，除了普及科学知识以外，《科学文艺》还可以使科学圈以外的人受到启发，因为哪怕你不从事科学研究，《科学文艺》也可以丰富你的头脑，增加你的科学常识，还激发了你的想象力。

"我曾经跟谭楷说过，没有想象力，是灵魂的残废！所以我和谭楷关系好，不仅是个人关系好，还有共同的志趣。他所从事的很多事情，都能引起我的共鸣。想当初我经常到他们编辑部去，我记得曾经有一次，也是在八十年代末，他们编辑部要招收编辑，他们就商量请我出题。我只出了一道题——我写了一篇文章，上面有一百个错误，全部是科学常识的错误，这一篇文章写得相当长，考试的卷子都有两三张。这些错误你能改，改一处就一分，这样也好打分。当时我是很认真的，我不认为是在给谭楷帮忙，应该是我爱好他们这个。

"另外就个人来说，我和谭楷的交情也更深。在我还不认识他，连名字都还没有听过的时候，一九七八年，我在家乡调到县文化馆工作。有一回我下了班回去，我的母亲就说：'你快来看，有个叫谭楷的人写了你们原来那个单位。'然后我就看写的是'布后街2号'（原《星星诗刊》编辑部所在地），从那以后我就知道他了，那个时候我们连面都没有见过。后来回来之后他在红旗剧院楼上住，我几乎每个星期天都到他们那里去，我们都没有摆其他什么龙门阵，谭楷摆的都是科学界的新动态，偶尔他也写一些诗。我就很喜欢听他谈科学界新的动态，国外科学界新的发现。我本来对物理学和天文学就很有兴趣，所以有时候也附和着他谈，特别是我曾经非常迷信过飞碟，Unidentified Flying Object（不明飞行物）。我也在《科学文艺》上发过一篇文章，还写过一篇科幻小说，两篇都是在他们那里发表的。有一篇写的是飞碟和农村小孩的关系，还有一篇是鬼镜，镜子里面有鬼出现。

"这些都是受了我在五十年代读的苏联科幻小说的影响，因为我读过很多苏联科幻小说。除了这个，在十二生肖里面，他属羊，我也属羊，羊就是没有什么进攻性，我比他大一轮。谭楷为人呢，那个时候我就笑他，他就是一个社会工作者，因为一天到晚都在帮别人的忙。

"所以我就看出了，他当时对《科学文艺》非常投入，我碰到他，他谈的都是我们编辑部又做了啥，准备做啥，甚至他们有什么活动也把我叫去，我也乐意参加。谭楷就在这个时候努力地工作，但也许由于这一年他的工作做得太超前了一点，后来就惹了麻烦，就被要求检讨。他就想不通：我全部精力都投到这里面，怎么我还要检讨？我当时就劝他，这些事情还要退一步看，于是有个星期天我就在他人民南路的家中，把《庄子》的一段原文背给他听，一句一句给他解释：'一受其成形，不亡以待尽。与物相刃相靡，其行尽如驰而莫之能止，不亦悲乎！终身役役而不见其成功，苶然疲役而不知其所归。'这段话是说累得脸上都没有表情了，都还做不完,一天到晚跑来跑去,连自己都不知道要回到哪里,不由人了,'可不哀邪',这个事情想来还是很悲哀的。'人谓之不死,奚益!'人到了这个时候活着就没有意思了,还不如死了算了,活得这么麻烦,既要检讨又要痛苦还想不通。'其形化,其心与之然,可不谓大哀乎?人之生也,固若是芒乎?其我独芒,而人亦有不芒者乎?'

"谭楷并没有读过这些,但是他悟性高,马上就晓得了。我认为《庄子》的好处就是安慰失败者,我认为我和他都是失败者,不是什么成功人士。我们这些人永远不可能有什么成功。他付出了那么多精力,还要被弄去做检讨,不是非常失败是什么?这些话就是安慰我们的。我之所以研究《庄子》,到处讲课,后来还写过《庄子现代版》,也跟这个有关系,就是退后一步。因为谭楷那个时候应该是碰钉子、最想不通的时候,所以作为朋友我现在看到几十年前给他写的这个条幅,很感慨,这个就是朋友之道,彼此安慰、鼓舞。

"我从来没跟他说,谭楷,要去告状,要去跟他们斗争,因为我属羊,他也属羊,天生不适合这个,斗不来任何狠,就是退后一步就算了。到九十年代了,他就弄得更加痛苦,我说谭楷你弄清楚,你是在这儿打工,你不是主人,虽然是你创办的,但你都不是主人,我们来了都要去的,他就想得通。"

谭楷:"一九九二年后,《科幻世界》情况好一些。你来看看这两样东西,一是蔡志忠为我画的一幅画,二是你当年为我写的一幅字。"

流沙河:"我跟你说,蔡志忠先生也给我画过画,他还到家中来过,画了一条河,这一个就是蔡志忠先生,我跟他摆过龙门阵,他只读过初中,他真是漫画天才。所以那个时候谭楷把他带来,摆龙门阵,好像还一起吃过饭。那个时候呢,谭楷,我告诉你,正是我和吴茂华刚刚认识有一个多月,原来面都没见过,刚刚认识,你

流沙河与谭楷

都不晓得这个真相。"

  谭楷："我记得从德国回来过后,你拿照片给我看过。"

  流沙河："所以当初看到蔡志忠的画就觉得好有趣,哎呀,我非常欣赏。我说这个好啊。画上的人坐的这个蒲团就是个飞碟,你看他眼睛已经闭合,灵魂已经飞出太空,他有一种解脱的状态,这个所谓禅就是一瞬间的自得其乐,一瞬间的醒悟。上面题词'身居红尘世界之中,梦入圆融自在之境,蒲团坐成飞碟,灵魂遨游太空,此即禅也'。"

  谭楷："其实此即科幻也,后来《科幻世界》开始走上辉煌,我就要退休,进入二十一世纪了。还有,你给我人生极大的鼓励就是这副手书对联,我在屋头挂了两天,我儿子说'老爸你在自我表扬'。我都有点不好意思,你也记不清了是不是?"

流沙河："'为淡泊人创焜煌业，临沧浪水观灿烂星。'《孟子》里说过'沧浪之水清兮，可以濯吾缨。沧浪之水浊兮，可以濯吾足'。谭楷这一生的确是淡泊明志的人，他的心头怎么想的，我清清楚楚。我发现我认识的好多朋友最后目的都是去当官，谭楷不是。如果他要去，不晓得有多少机会，他没有，为人淡泊，创焜煌业，当时全国只有两家科幻杂志，太不容易了。"

性　情

　　山西作家西戎，二十世纪五十年代对青年流沙河有知遇之恩，使其到老常叨念不忘，叹自己没有抓紧时间去山西探望恩师。八十年代中，一次在北京开会，他偶遇山西作家燕治国，一听到对方是山西作家，立刻拦住对方，说："我叫流沙河，西戎是我的恩师，请你代问西戎老师好，我这里给他鞠躬了。"说着，便弯腰深深鞠了一躬。而燕治国面对流沙河又是晚辈，顿时手足无措，连忙说："我也是西戎的学生，我代西戎老师给您还礼了。"这一老一少两个陌生人相互行礼如仪。

　　"言忠信，行笃敬"，士之古风存焉。而那受礼人远在天边。

　　一九九四年十月十九日，结婚两周年纪念日。我俩到外面照了一张合影，回家后我蒸了一碗流沙河爱吃的粉蒸肉，两样小菜和汤为晚饭菜肴。饭后同看电视台放映的美国枪战片，片名忘了，内容惊险、激烈。流沙河仰靠沙发感慨地说："我平生三大满足愉快，蒸肉、枪战片、和你结婚！"我听后哈哈大笑，回敬他一句："你这三样东西一点儿都不形而上！"

　　某日回想起一九五七年当"右派"挨整时，流沙河惊异于平时相处甚好或来往平淡之同事，在批斗会上突然面目狰狞、指面戳脊地批判，甚至激动得身体发抖的情形。他说："那时我才知道别人有多恨我！才想起当时文联党支书李累曾多次提醒我，流沙河你不知道你有多遭人嫉恨吗？"我说："文场是名利场，你当时二十多岁就春风得意当然遭嫉妒，政治运动一来该你挨刀。"

流沙河叹曰："我这人，于书本上事有兴趣津津乐道，于世故不精通，人情不练达。而对于政治，昧于权术操作方面的政治，懂文化人之政治。"

二〇〇三年六月十九日，湖北电视台《往事》栏目编辑王晓清采访流沙河。流沙河说："有两点我事先声明，一是与前妻过去的婚姻不谈及，别人现处富贵人家，其丈夫是省级官员，不要影响别人的家庭关系；二是对我的过去挨整遭打击，我现在认为是报应，五十年代初我是信徒和积极分子，批胡风就很有劲，后来我当'右派'被整，同样是活该。"

成都一房地产官商，伙同本地媒体炒作成都周边地区乃"东方伊甸园"，说真正的伊甸园在川西。电视上出现当地三五作家无知附和的行为。流沙河笑曰："《圣经》上早在几千年前就清楚记载，伊甸园在中东的两河流域，他们居然连常识都不要。最早是找我这张老脸当托儿，被我拒绝。社会上到处是杀抢盗骗，恶质化的环境，还好意思说什么伊甸园！"

流沙河的《书鱼知小》一书里，尽是一些博物识性、知识考据一类文章。山东年轻网友祁白水，在《书鱼知小》里读到《花椒古称椒花》一文，得知流沙河说花椒不开花，即以他们沂蒙山区花椒要开花来纠谬，让冉云飞将纠错的信转达给流沙河。收得此信的第二天，流沙河即回信如下：

祁白水先生：谢谢你的指正。我刚查了《辞海》，得知花椒真是要开花的。我未观察到庭院的花椒树开花，导致我的错误。世间万事皆学问，疏忽大意不得。在我，这是教训，以后将写文纠正之。

　　　　　流沙河　二〇〇四年十月二十四日在成都

　　某日，作协机关秘书处打来电话，称北京客人中国作协金某某来蓉，上级为重视。金提出要来家看望流沙河。他本人接电话说："我是退休人员，请你们推推，我不愿意见。"

　　作协机关萧大姐电话说北京某部长作家要到成都谒艾芜墓，她受人委托拟请流沙河陪同。他当即拒绝，对我说："我不擅长与这类人打交道！"

　　二〇〇六年春节前夕，作协通知，请流沙河去开春节专家团拜会。他说："我不去，一次也不参加。我一个高中生够不着专家的资格！有些作家更不够，不愿意和那些'街头上揩鼻涕的小混混'坐在一起。"（"揩鼻涕"是余光中的用语）

　　大慈寺茶聚，有人说起某作家头衔一串，一级作家的称呼印在名片第一行。流沙河笑曰："自己哄自己。一级不值钱，我这个一级就不值。现在作家都要争当一级，因为二级听起来有点像二奶，不好听。"众人哗笑。

　　某日与金堂弟弟余勋禾通电话唠家常。那头问，九哥你这辈子什么时候最快乐？流沙河冲口而出答道："一是当'右派'二十年后听到被平反的消息，二是和前妻离婚分手的时候！——都是一身轻松爽快的感觉。"

　　二〇一六年四月二十五日，李克强总理夜访成都宽窄巷子，在一家小书店停留浏览，买了一本流沙河写的《老成都·芙蓉秋梦》。此本平常事一桩，本地纸媒、网站当作头条报道。接着记者电话采访流沙河，期待他说点惊天动地之语。他回答道："一本书写出来，不管是张三还是李四，不管是名人还是非名人写的，一旦成书，又为书店所接受，摆到售货架上去，就是商品，这个商品只认钱不认人。书店老板从来不盘问你为什么要买这本书呢？因为老板懂什么叫商品经济。谁买了书，用不着去追究啊！"

夏日炎炎，溽热难耐。几位文友茶聚在彭州白鹿河边消夏。一友人感慨过去几十年知识人在政治运动中人格受辱、尊严扫地的一些事情。流沙河说："一九五八年我已当了'右派分子'。当时的省委宣传部副部长李亚群要到省文联来讲话，之前叫人传话吩咐我为他准备有关《史记》中《项羽本纪》的一些材料备考。李当过教师，口才不错，那天在文联礼堂开讲，又吩咐我到场，而我本来是没有资格参加的。李亚群讲到鸿门宴的精彩紧张处，手足舞之蹈之，一脚踢翻摆在他面前的痰盂，污水横流台上。我提上扫帚拖把，上台打扫足有十分钟才干净，动作自然，心里平静。台下几百双眼睛盯着看我的贱相，有叹息的，有幸灾乐祸的。我不觉得有失脸面，何况那时我扫女厕所已一年。庄子曰'子呼我为马，则为马。子呼我为牛，则为牛。马、牛，其名也。名者，实之宾也。吾将为宾乎'。庄子意思就是我不愿为宾，我求实。所以我知道自己是什么人，这叫作顽固不化！"

觉 悟

一九九八年二月二十八日，房中读书。我与流沙河谈起当年读别林斯基文学理论之感慨，他说："我那时读的比你更伟大，洋的是'联共布党史'，土的是艾思奇的'大众哲学'。年轻时我是教条主义，对学问学术不以为然，认为革命才伟大。如今人老了，历尽世事，才知道原来是流氓要衣食，精英知识分子要理想，野心家要江山。"

斯大林有两个孙子。次孙性格温和，喜爱诗歌音乐艺术，公开称："爷爷是俄罗斯的罪人"。长孙却称："反对爷爷的都是人民的敌人，应该被绞死！包括我弟弟！"我将此段文读与流沙河听，他说："民主社会可这样分阶段，第一段有人揭露、讨伐暴君；第二段有人出来为暴君辩护，还有许多拥护者；第三段无人理睬，人们不感兴趣。"

流沙河为人作字，四尺条幅收钱八百，交到我手上说道："我领的工资、稿费都是不干净的。唯有卖字的钱是干净的，我看重这个。"

二〇〇〇年六月二十五日，星期天茶聚，诸文友谈起"文革"应彻底反省的话题。流沙河说："'文革'刚结束，我谴责'文革'也很卖力。但那场风波后，我才更深地意识到应该联系到以前的历史看问题。我们这些人，别看当了'右派'，其实也是极左政治的产物，自己也曾参与制造了极左的历史。譬如一九五五年反胡风运动，我是积极参与者。当时市里召开小学教师批胡会上，一万多字的批判稿是沙汀命我起草的。当时除了我是真诚信奉者，年轻人好出风头、有功利心也是原因。"

二〇〇二年十二月二十一日，研究现代文学的龚明德来家，谈及《新文学史料》上载有石天河写一九五七年《星星》诗祸一文。其讥讽流沙河为"反戈一击"义士，交出与之来往信件使他蒙罪，和胡风案中的舒芜行为一样，而他本人乃如胡风。流沙河回答："不只是石天河的信件，还有更多人的来信，被当时李累带领的工作组勒令交出，我敢不交？至于石文称我主动交与《文汇报》记者姚丹更是荒唐，凡经过政治运动的人都知道，我是被整当事人，阶下囚有什么机会接触记者？"龚明德劝流沙河写文反驳石，流沙河说："我不会直接回应此人，我有机会反省自己跌入'左'祸的过程。"

在家中阳台纳凉，流沙河想起《史记》中的一些篇章句子，对我说："宁为狗活，不为狮死！这就是我读《报任安书》的体会，不然谁来为历史作证？"

二〇〇三年十月二十三日，宋美龄在美国去世，出于统战需要，多家媒体高调报道其一生辉煌，大有"满村争说蔡中郎"之势。流沙河笑曰："世事如棋局啊。前几年张紫葛写《在宋美龄身边的日子》这本书，不容易，说出一个真实的她，为国为民的作为，替她洗污，应给张先生评奖。"

文友来拜年与流沙河聊天，见我家墙上挂的上海何满子的书法，由此说到五十年代何与胡风反革命集团案的关系。流沙河说："这哪里有什么集团嘛，都是给硬安上的。胡风等人都是左派，观念左得很，所以后来被冤枉在一定程度上是报应。右派也是这样，报应！我被打下来，很长一段时间我认为冤枉，后来认识到这是罪有应得。

"后来我读到邵燕祥先生写的文章，说自己在反胡风运动中积极写诗配合，而两年后身罹'右派分子'大祸，应了一句'报应'！"

晚上我同流沙河看电视，播丹麦王子与澳大利亚平民女子唐纳森结婚典礼。教堂中场面庄重典雅，圣歌、圣诗、大主教出场皆充满了宗教神圣气氛。流沙河说："这才叫讲礼仪。早有人胡说什么西方重物质轻精神，中国重精神轻物质。看看别人与我们的现实，他们的生活习俗充满了精神性和灵魂，而讲实用主义的当今中国人既无宗教信仰又少有精神生活，吃喝玩乐、物质功利的日常生活鄙俗不堪。唉，中华文化被低文化的丑类糟蹋，那些端公道士巫婆神汉下流的东西倒被有些人奉为传统文化。"

夏日溽热，文友拿来几把折扇求流沙河题字。他为王怡题写："一是邦有道，危言危行；二是天行健，君子自强不息。"为刘军宁题写："风能进，雨能进，国王不能进。"为刘黑马题写："不自由，毋宁死。"此三子与流沙河交集甚少，神交相惜而已。

翻译者吴丹青来，流沙河赠他一本《庄子现代版》说道："我这辈子读书，被庄子救了两次。第一次是一九五七年后，读庄子叫我解脱，重新树立是非荣辱观；第二次是八十年代结束后，彻底失望，陷入苦闷，是庄子哲学叫我看透，从此尽量远离。"

从书店买回一本胡适的《中国哲学史大纲》。流沙河细读后说："胡适二十多岁写的这本书，他就弄通中国文化并从中钻出来了。我都七十多岁了，所读有限得很，连彻底弄通都说不上，枉自活一辈子了。"

二〇〇五年十二月初，北京《新京报》记者张弘电话采访，请流沙河谈谈他的读书生活。流沙河说："作为一个作家、诗人，我是很失败的。但是，作为一个读者，我是很合格的。我读了很多书，一些年轻的编辑遇到什么知识、典故不懂，就打电话来问我，我就告诉他们。这就是读书带给我的愉快。古人说，古之学者为己，今之学者为人。我认为学者读书是为了充实他自己，打开他自己的眼界，我就是这样。"

他读书广泛，很早就在文人作家圈内得到认同。虽不是基督徒，但他在二十世纪五十年代就读了《旧约》《新约》而且读得很熟。而九十年代起，又从头读了一次。他说："我最初读到《新约》，读到耶稣的诞生，他们搞原始共产主义，有六千多人，实行军事化编制，进来把财产全部捐献，我好感动，觉得耶稣真是伟人，这个好。更不用说读《旧约·出埃及记》，感到摩西真是个圣人。他带领一些人在沙漠里逃亡，特别是摩西死的章节，我读到那里就哭起来了。虽然不信宗教，但我很感动。"

岱峻先生（陈代俊）与流沙河交往并不多，可他是流沙河非常欣赏的本地读书人之一。岱峻的著作《发现李庄》《李济传》写民国学人大师傅斯年、李济、董作宾、梁思成、林徽因等，在抗战期间流亡云集李庄，艰苦卓绝，以笔抗战，保存中华民族一缕文脉的故事。他写《风过华西坝》，挖掘出成都华西坝一段绵延近百年的教会大学的历史，中西文化交流的辉煌与美好。他的书不仅资料翔实、功力深厚，且情感充沛、文采风流。流沙河观后荐与我读曰："你看看，我常常说民国时期崇尚中西传统文化，当时社会的知识文化人的气度风貌是什么样子？是我这种人及当今大批浮在面上的'矮子文人'难望其项背的。还有此书写法是文史不分家，这就是司马迁著《史记》的传统！"

二〇一二年八月二十日，我同流沙河与岱峻先生在大慈寺茶聚聊天。岱峻说："我写李庄民国学人，以及华西坝协和大学的事情，都是力图还原一九四九年以前真实的中国状态，根本不是后来宣传的样子。我以为做这些事，是有建设性的。又说起李济的儿子李光谟因拥护共产党，拒绝同父亲留台湾，回大陆当了教授，直到老年去了一趟台湾，才了解父亲在学界的了不起。流沙河说，一九四九年前后，当时的年轻人拥戴共产党是真心的，我也一样啊。"

二〇一三年初春某日，流沙河接受《第一财经周刊》记者电话采访，回答了几个问题。

记者："您人生中第一次意识到荒谬是因为什么？假如能穿越，你想对二十五岁那年的自己说什么？"

流沙河："一九五七年我当了'右派'。我的思想本身非常左倾，非常激进，怎么会说我右啊？假如能回去，我会痛骂自己一顿。我在一九五七年前的每次运动都非常左，总是上纲上线，用非常左的口吻批判别人。如果能回到那一步，我会痛改前非，远离政治。"

记者："在所有失去的东西里，哪样最惋惜？"

流沙河："就是光阴啊，时间。我失去的时间有二十年。一是戴着'右派'帽子整整二十年，如果不参与政治，这段光阴不会失去；二是'运动'使我们这一辈子过下来两手空空一事无成，全部都失去了。因此对我来说就是双重损失了。现在我八十二岁了，我越来越觉得世界上的书，还有那么多没有读过，这件事让我非常遗憾。"

记者："您对年轻人的忠告是？"

流沙河："第一句话就是，千万不要去当官。我也不希望年轻人做什么诗人、做什么文学。因为文学和诗歌要看'天才'和'偶然'。"

记者："个人最喜欢的一句古诗是？觉得最伤感的一句诗是？"

流沙河："最喜爱《庄子·外篇·达生》中写孔子观洪'悬水三十仞，流沫四十里'。我没见过写瀑布写得比这更有声色更简练的了，非常气派。而我最喜欢孔子的一句是'四海之内皆兄弟'。最伤感的诗，我喜欢苏东坡的'人似秋鸿来有信，事如春梦了无痕'。"

记者："你觉得最被高估的美德是什么？"

流沙河："比如焦裕禄。他是一个县官，他管的县饿死了那么多人,他没什么办法,只能偷偷到火车站去看老百姓到外地讨饭吃。而唐代有个太守,地委那一级的干部吧,他管的那个专区发生了饥荒,他还带队去潼关、汉口关以东去讨饭。太守带着饥民,走在前面,我觉得他更伟大。"

记者:"从审美的角度说,生活中你最讨厌的几种东西是?"

流沙河:"塑料花、'接待官员的规格'。"

记者:"你最不愿意把时间花在什么事情上?"

流沙河:"第一,听报告;第二,开会;第三,看国产电视剧。"

记者:"来自他人的建议里,你觉得最有价值的一个是什么?"

流沙河:"少说话。"

记者:"你有一句诗,'回忆走过的路,使我暗自惊心,为什么要这样弯弯曲曲,弯弯曲曲浪费着生命。如果走成一条直线,岂不节省许多光阴。现在我才明白,原来步步都在向你靠近'。这个'你'是指?"

流沙河:"这是年轻时一首爱情诗里的句子。现在人老了,这个'你'可以把它作为人生追求,实际上人生根本不可能是一条直线,都是绕着弯弯走,最后就走到那一步。只有人老了,才觉得这个是自然的,回头看,也只能是这样。"

文友李君书崇,研究性学、美食文化,有专著数种出版。想对此饮食男女有兴味者,多半是闲适温润之人。然则非也。与之交往多年,观其举止言谈,乃傲岸反俗、刚直沉郁之士,于历史、社会、文学、时政颇有己见,故而时有出言不逊,呈机锋剑起、直指命门激昂之态。流沙河笑他"身不满五尺,而心雄万夫!"

二〇一四年春,与李书崇夫妇同游台湾,至台南郑成功纪念馆"赤嵌楼"下,品茗中漫谈历史与人物关系话题。从郑成功父子由海盗到"民族英雄"说开去，到《静静的顿河》中的葛利高里。书崇说他第一次读到此书心生悸动：葛利高里如果顺利地娶了阿克西妮娅，他一辈子就是一老实农民。可是命运播弄人，他一头栽进军营，一会儿白军，一会儿红军，置身于革命大潮动荡中，他身后仿佛有一群恶狼追逼，被迫调转着枪口杀人，杀和他一样的年轻人。可是，最终葛利高里逃不过政治审查，革命消灭了他……

流沙河听后默然半晌，说道："我是五十年代读到这本书的，那时才二十多岁。当时读完就蒙了，整整一个星期，突然间视人生为畏途。惶惑于葛利高里的身不由己的命运，还有革命动荡之中，战争的残酷、对个体人性的戕害。而两三年后，自己就当了'右派'。唉，不但你我，放大来看，成千上万遭难或死于非命的中国人，何尝不是葛利高里虫豸一样的命运？"

某春日晚散步，流沙河说："我少年时接受的是传统文化，青年以后是共产文化，进入老年又回归于传统文化。"

秋日早起，餐后坐木沙发闭目沉思，流沙河自语道："还有一个月就满八十四岁了！想起这一生还是非常幸运的。我这人脆弱，像一枚鸡蛋，不敢去碰他们一堆大石头。于是鸡蛋被搁放在黑箱置于角落里二十年，虽憋闷难受、被人忘记，但偶然生存下来了。后来黑箱被打开，鸡蛋孵化成一只母鸡，母鸡又下了许多蛋，就是我的作品。"

二〇一六年二月二十三日，我读到李锐先生百岁感言，一篇总结人生得失的文章，念与流沙河听。他说："本人也在反省，写了一辈子文章，我也算一个文化人了。少年读中学起就在报上发表诅咒社会的小说、杂文，不仅幼稚而且毫无可取。青年时期在报社、文联尽写些配合宣传的诗和文，也没有啥意思。进入中年在家乡劳改，偷偷写的《故园九咏》诗，是我人生的切身体会，还算得上好诗。八十年代回到文联，又回老路写一些宣传腔调的诗文，无意义。

值得拿来一说的是我倾力介绍台湾诗歌的几本书，《余光中一百首》《台湾诗人十二家》《隔海说诗》等，使当时大陆诗坛耳目一新，引起好的反响，让这边的人看看什么叫纯粹的诗。九十年代起开始写《庄子现代版》，回归传统文化。与研究《庄子》的学者专家不同的是，我是结合社会现实、人生经验通俗演绎《庄子》，我是作家，远不是专家，以至后来成书的《诗经现场》，也是以类似的角度来对待的。我自己满意的还是最近几年研究文字的《流沙河认字》《正体字回家》两本书，二十多岁在农场劳动时开始对文字痴迷钻研，到八十岁以后终结果实。所以人只要努力过，有一天就会有回报，没有什么东西会浪费的。以后正体字回归、简体字退隐时，有人要想起读这本书的。"

　　二〇一七年元月某日饭桌上，我说每日我都祈祷，感恩上帝眷顾我六十八年的生命。流沙河说："我非基督徒，但我看见小小一美分硬币上镌刻有'我们信仰上帝'的语句，就心里感动，所以收藏了许多美分币。年纪轻时自以为是，如今人老了，才慢慢读懂它的意义，人算什么，上帝在掌管一切的命运。"

流沙河与李书崇在台北

论　人

某日晚散步，流沙河说，二十世纪八十年代初，某机关孙诗人对他说："这个地方没意思，老子想去美国！"他回答："你去美国干啥？连英语字母都不认识，你去了那边守大门都不行。仅仅是一个诗人，在国外狗屁都不是，你和我一样已经被整成了低智无能力的人，还是坐在这里稳当！"

一九九八年春，北京邵燕祥先生寄来反省自己创作人生的书《人生败笔》。他在书中沉痛说道："回顾我走过的路，基本上是一条失败的路。不过屡败屡战。我也不期望什么样的胜利，因为最根本的一条，我是一个人被动员了所能动员的力量把我打败，这注定我是要失败的。……假如为我过去三十年树一座墓碑，应该严肃地铭刻这样两行字——政治上无名的殉难者，文学上无谓的牺牲者！"

流沙河读得仔细，叹声连连。他与邵燕祥同是一九五七年"右派"难友，心性经历类同，当然感触颇深。他说："燕祥当时在检讨书中说那些话，除了被整肃的身份不得不如此而外，还因为他极力想回到革命队伍里来。不像我，一落到底，毫无浮出水面的可能性，否则我也会如此，这是幸运，避免了说那些自取其辱的话。燕祥在此书中诚恳地剖露自己的灵魂，排除了个人的荣辱，站在历史社会的高度做见证。了不起！"

流沙河与邵燕祥

邵燕祥以新诗名世,但晚年尽写杂文与旧体诗,与黄苗子、杨宪益等唱和,皆感时讽世的沉郁之作。一九九九年春末一天,流沙河与他通电话,说起近年文坛兴起旧体诗的事情。燕祥在电话里说:"我有一首七律旧体诗。"我在旁听见,赶紧请邵先生书写墨宝一幅寄来,一个多月后收到。诗曰:

万里兵符出四川,合当功业勒燕然。
雷车初扎柏油路,风鹤长驱石景山。
瓦石昔曾干日寇,壶箪不复似当年。
京华此夜无芦管,晓月卢沟听杜鹃。
　　　　右六里桥十年前作,书奉沙河茂华贤伉俪两正
　　　　　　　　　九九年五四日邵燕祥

流沙河读后沉吟说道:"燕祥十四五岁时进入革命队伍,如今心里千千结、万般苍凉味啊!"

二〇〇〇年左右,上海金文明撰文批余秋雨文中史实、文法错误一百三十多处,余拒不承认,嘴脸不招人待见,我与流沙河谈及。他说:"余秋雨是现实教育制度下的产物,他就是典型。以前的国人大多不是这样。我读初中时教语文的曾老师(尊经书院毕业学生)使我受益匪浅。一次我发现讲义把'慕'印成了'基',我提出来,曾老师非但不怪,还高兴地奖励了我。老师的言行对一个学生娃娃一辈子的影响大得很。"

二〇〇五年九月,上海曹可凡采访流沙河谈及海峡两岸文化界事。流沙河说:"余光中写过一首诗,题目是《闻梁实秋先生被骂》,好像有这样一句,'不要去理会街那边一群流鼻涕的孩子'。别去理他们,他劝梁实秋是这样劝的,当然他自己也是这样对待的。李敖在凤凰电视台骂,他念了余光中一首诗,念了三行,他就说'你看,连句子都不通,造句都造不通,这算什么诗?是骗子诗!'这是两回事情,如果真是句子不通,那是语法问题,跟一个人品德无关,怎么就会说成是骗子诗,这个就是李敖不讲道理了。他在凤凰台还有不讲道理的事,他在那里讲《诗经》中'女曰观乎,士曰既且'。他说这个完全写的是男女苟合。他解释这个'观'就是'欢',喜欢的'欢',就是做爱。'士曰既且'的'且',李敖说就是男性生殖器,作为动词用。他毫无道理,因为在《诗经》上的这个'观',有十二种解释,但是没有任何一种解释可以通'欢',也没有任何一条理由证明那个'欢'就是做爱。李敖完全是大言欺人,他欺当今中国内地的一些听众没有读过《诗经》。但是我读过,我在读《诗经》的时候,李敖还是小学生,连《百家姓》都没读,他懂什么!"

关于大陆媒体过于吹捧金庸之事，流沙河说："我曾写过两篇文章，批评金庸写对联不懂平仄，但非常客气，中间没有一个字是损毁金庸先生的，都是就事论事。想来金庸先生也能觉察出我的善意吧。我还很佩服金庸先生到英国读书去，八十多岁高龄，人家能够这样，我觉得对我是个教育。我觉得媒体在对待这些文化名人时，给一些人戴上高帽子，什么大师啊，什么这样那样的，这不好。本来金庸的武侠小说写得相当好嘛，但报刊上都在捧他，说他是了不起的学者，这就太过火了。实际上那些真正有学问的学者在我们的大学里是相当多的。"

二〇〇五年十月十七日，巴金先生辞世。二十二日成都文化界四十多人在百花潭慧园举行了"浓浓乡情忆巴金"纪念追思会。流沙河因病未出席，书写一篇祭文表达敬意。开篇是一副挽联："乘激流以壮志抛家，风雨百龄，似火朝霞烧长夜；讲真话而忧心系国，楷模一代，如冰晚节映太阳。"文尾说到自己："晚辈不才，不敢说自己也讲了真话。但是敢说，我要力求做到不说假话。万一讲了，也要做到知耻脸红，现尴尬态，让听众明白我在讲假话。果能如此，庶几不愧对巴金先生从此远去的背影，纵然写不出像样的作品，都可以过关了。"

二〇〇七年九月二十九日，四川电视台采访有关李劼人的事。流沙河说："李与我并无交道。只因批《草木篇》时他说了几句公道话被连累写检查。李说，这有什么稀奇，中国文人托物言志的类似诗词多如烟海，何必一定要扯到政治方面去。你们把这个年轻人叫来，我几句话就能说服他。后来李为此事被批判脱不了手。李的《大波》《死水微澜》可称为历史小说。中国历来文史不分家，好的文学作品反映时代和历史，这是从《史记》一脉传承下来的。哪像什么当今写的清宫康熙乾隆小说，完全胡说历史嘛。"

《南方人物周刊》载访魏明伦的文章，其中魏说起当年他的剧本《潘金莲》上演，引起全国震动："我的感觉是相当于放了一颗原子弹！"流沙河笑说："他是颤翎子（指'擅出风头者'），说得出口！我写文章发表，只能算放了一个哑屁，心里就够快乐了。"

某日午饭，流沙河边吃边说起本单位左派文人洪某退休后不舍其位，接连好多年，每天腋下夹几张报纸，手端一茶杯，早上九点、下午两点准时随上班人流步行如疾风，到机关图书室或会议室（因原办公桌被撤）扮演上班，神态庄重十分有趣。流沙河道："古人有'君子视冠冕如敝屣'，他们培养的此类人是视拖鞋如官帽，珍贵得很呢。"

二〇一一年十月十七日中午与北京李辉先生在餐厅吃饭，李辉说起黄永玉八十多岁了创作状态甚好，并不时周游天下、广结良朋。流沙河说："请替我问候老兄。他老兄是劳动人民的胃口、艺术家的品位、江湖人的行为、名士的作风，真乃精彩人生啊！"李辉笑诺："回京我一定转达给黄老先生。"

婚　姻

　　一九九六年七月十四日晚我们在锦江河边散步。流沙河谈起逝去了的文友周克勤曾经历的家庭婚姻痛苦事时说道："克勤性格柔弱，一辈子活得压抑不乐。我这人也软弱，但有两件事做得坚决、彻底，且收到好效果。一是与前妻离婚，二是戒烟。"

　　二〇〇一年十一月二日，与文友曾伯炎、学者王春瑜、作家伍立杨在大慈寺喝茶聊天。立杨才气纵横，文章写得气扬采飞、雄奇

流沙河与伍立杨

而多姿,但那天他眉间沉郁、言谈甚少。流沙河关切地问及他近况。伍立杨回答:"最近才从某地'洗脑'回来……女友又择高枝而栖,随大款跑了。"流沙河哈哈一笑,安慰他说:"女人这种选择是当今社会普遍现象,不足怪。十来年前,我与你一样遭遇。我想得通。'喜季子多金',苏秦嫂子当年就这么说的,古今皆同嘛。"

二〇一二年十月十九日是我们结婚二十周年纪念日,流沙河忙于写文稿居然忘记。我心中不快,只缄默不语。过了几天,他为人作字毕,又特作一联并书写与我,说是为纪念结婚二十周年而作:"互拭寒衾搜夜话,相携窄巷买晨蔬。"是日晚,又夜话,他说:"婚姻是散文、流水账,多半缺乏诗意的。我俩能如此相濡以沫就是福气了。……你猜我此生最值得的两件事是什么?"我答不知。流沙河郑重其事地说道:"一是我读了很多书受人尊敬,二是与你结婚有幸福。"

我腰背疼痛月余,服药稍缓。二〇一七年三月六日午后,疾病发作疼痛难耐,伏床上,流沙河给我轻捶打。窗外春寒,屋内和暖。他突然有些伤感,说道:"你我同走过二十五年的婚姻,满头青丝成白发,人老了,还守在一起,像一捆柴,不容易啊!《诗经·扬

流沙河手迹

流沙河夫妇

之水》我十四岁就读过,当时以为是写兄弟友爱的,后来才知是咏夫妻之情的。"于是他坐在床边一边捶打一边随口诵出:"扬之水,不流束楚。终鲜兄弟,唯予与女。无信人之言,人实诳女。扬之水,不流束薪。终鲜兄弟,唯予二人。无信人之言,人实不信。"

行旅篇

千唐志斋纪行

车出洛阳，西行新安。一九九九年暮春四月的一个早晨，天朗气清。公路两旁，青杨树绿翠照眼，如仪仗队般排列至远方。一千多年前安史之乱时，安禄山带领叛军，出幽燕西行，经古洛阳直逼长安，车尘滚滚，铁骑嗒嗒，急行于这条路上。大诗人杜甫，随流民仓皇逃难，饥寒啼号，也曾跋涉在这条大道上。我和流沙河一行四人乘坐的汽车于中州大道正沿着历史的车辙前进。

车行二十多分钟后，已至新安县境。但见红砖平房的村落，高楼林立的城镇，路上行人匆匆如织，来往车辆鸣笛如梭，近处田野上矗立的三只大烟囱，咻咻咻咻冒白烟不停，呈一派繁忙尘嚣。这是新安吗？从千年唐诗中流传出来的地名。新安吏踪迹何在？还有夜捉人的石壕吏呢？同车的赵跟喜先生告知我，刚才于不觉中，我们已经过了磁涧镇。而新安县往西不远就是潼关。杜甫的"三吏三别"皆写成于此两百公里的范围内。汽车正慢行于集市街道中，车窗外晃动着典型河南农民的脸孔，耳边听到的是地道的河洛方音。恍惚中我想，他们若换上古代服装，就是千年前杜甫笔下的唐人，假如时光可倒流的话。赵先生笑曰："你想怀古吗？等一会儿到了我们千唐志斋博物馆，你甚至可以直接触摸到唐代。"参观千唐志斋，这正是我和流沙河此行的目的。

吴茂华在千唐志斋

千唐志斋，位于新安县西面铁门镇，因藏有唐人墓志石一千四百余片而得名。古洛阳为唐代东京。北郊北邙山上，荒草蔓蔓，墓冢累累，历朝王侯贵胄、武士官人遍葬于此。流沙河在车上不禁吟起了乐府诗句"侯非侯，王非王，千骑万乘上北邙……"，而今历经千年岁月变迁，墓群被盗，十墓九空。盗墓人掠尽财宝后，弃墓志石不顾，任其散落民间，作田舍井沿之用。想不到二十世纪初一好金石的武人，发现了这些石头独特的历史文化价值，将其集聚收藏，才有今日千唐志斋中千片墓志石。

新安铁门镇张钫先生(1886—1966)，早年追随孙中山，参加辛亥革命，后任陕西靖国军副司令。二十世纪二十年代他归隐铁门，置园林，建"蛰庐"，并先后派人遍搜古墓志石三千余片，在蛰庐旁辟地建窑室，使墓志石镶嵌其间。一片墓志石就是一位唐人的生平，千片唐人志文壁立于此，便是一部洋洋大观之石刻唐书，不仅显示出唐帝国三百年文明兴衰更替，还可补遗、修订史书记载之不足，永供后人研赏。张钫先生此举，于中华历史文化之传承，功莫大焉。

我们乘坐的汽车终于抵达铁门镇千唐志斋博物馆。在古色古香的大门前，现任馆长赵跟喜先生告知我和流沙河："这就是以前的张家园子。"在赵先生陪同下，我们进门穿过一古典建筑的园林，来到一幢用青砖建成的廊式窑洞前，房门正中上方挂有章太炎篆书"千唐志斋"四个字的匾额。只见房前廊柱，四周内外墙壁，从基脚以上约三米高，皆整齐地镶嵌着一块块方形墓志石，这些青石材质晶亮润泽，上面所刻文字大都清晰可见，有的甚至连当初字体的走势、深浅不一的锋口皆历历可显。真不敢想象此乃一千多年前的旧物。赵先生告知我们，博物馆最近几年搜集的亦有这样如新的石头，因为墓志石随主人埋在冢里，即使上千年，也不易受到风雨剥蚀。他建议我用手摸一摸光滑浸凉的壁石，并说"你手心下正是唐代的风物"。

斋中一方志石前，我们读到武则天之重臣狄仁杰为相州刺史袁公瑜撰书的铭文。狄公字如其人，书艺恭谨端肃。流沙河贴近细读，发现其中多处特异字形，不解。赵先生解释道："人们只知武则天发明的'曌'字，岂知这里记载的还有二十来个。除'曌'字外，这些特定文字是字典上均未收的，女皇一死，大周改唐，自然就被废弃不用。"流沙河说："难怪如此，权力造字，总是要短命的。"

依次观瞻下去，我们注意到唐代大书法家李邕的墓志石。这位玄宗时的北海太守，生前尤擅替富贵人家写墓碑文，从而大发诔财。《李邕传》中说："前后所制，凡数百首（篇），受纳馈遗，亦至巨万。"发财又当高官，字、文名声皆一流，连狂放的李白都以"李邕识我"而自豪。可这样一位荣华富贵中人，却死得惨。铭文中说他因言贾祸，以老迈之身被流放，关押"千里狱讯，不得谳报"而至"强死"。我不明白何谓"强死"，流沙河说恐怕是乱棍打死、毒死或虐死，反正不是正常死亡。铭文记载，李邕死后若干年，才由友人出资，族人将其归葬北邙之原。此铭文由其族侄撰写，书体极平庸，和李邕生前的地位、"书中仙手"的称誉相差何止千万。流沙河说："人之命运诡谲不可测，古今相同。何况知识分子因言获罪，乃是封建专制政体中的寻常事。"

在斋中北面墙上一方志石处，一名二十三岁即殁的美貌道姑马凌虚生平之铭文引起我们注目。赵先生如数家珍，即口诵出"鲜肤秀质，有独立之姿；芬芳若兰，光采可鉴"之句，对此古代美女叹赏之意溢于言表。这方青石黑亮晶莹，其上文字亦端丽雍容，灵动有致，与文中赞颂她"浓华如春"的容颜相得益彰。在赵先生详诉其生平的朗朗声中，一方千年墓石，似有精魂，为我们幻化出一位栩栩如生的唐代美女来。

流沙河说："每一方石头上的铭文，都是古人写给今人的一封信。"我们皆以为然。真是的，历史竟可以这种方式呈现于当今世人面前。

斋室内里，一小天井前的一排窑室，展藏的是张钫先生平生收集的名人书画，他命匠人刻于石壁。其间有宋米芾的对联，明董其昌的行草长卷，清郑板桥的屏扇，近人章太炎、于右任、康有为等人所书对联、条幅等。这些名家大手笔留下的墨宝真迹，笔意纷披，有工楷古艳端肃，有篆隶圆融通脱，有行草灵动恣纵，莫不尽显书家精神气。在十五号窑室内，有章太炎撰书的一副对联："宁与凤凰比翼，不随鸡鹜争鸣。"其古篆字体尤为怪异，笔画孤峭，锋棱凸显，却又功候内藏。民国人物章疯子那种白眼朝天的文人脾气和神态，活脱脱形诸毫端。流沙河笑着说："我与章疯子有不同观点，我欣赏'宁同鸡鹜争鸣，不与凤凰比翼'。"

不觉已观瞻两个多小时，赵先生带领我们离开冷浸的窑室，来到屋外阳光下的小花园中。花园以碎石铺径，张钫故居"蛰庐"在其东侧。小园树木葱茏，芳草芊芊，春光正无限。正中间有一老旧石屋着长春藤绿绸般的枝蔓。屋前方青砖铺地，似有苔痕斑斑。门楣正方上挂一隶书体匾额"听香读画之室"。此石屋与张钫先生二十世纪二十年代营建的园林、蛰庐同时筑成。一九二三年秋，康有为受其邀，居停蛰庐数日，主客二人谈书画、论金石就在其间。石屋门楣两边镌刻的对联"丸泥欲封紫气犹存关令尹，凿坯可乐霸亭谁识故将军"，便是康有为体势倜傥、洒脱不羁的手书。想当年张钫与康南海，一个是辛亥革命将领，一个是戊戌风云人物，共在此品茗煮酒，纵论天下。花木间，石屋下，风声朗朗，语声喧喧，曾有何等灵性呵！

如今人去鹤渺，只剩下正午阳光下的小园寂寂，石屋无声，绿藤萝依然牵衣惹人。我们目光不由逡巡于石屋上方，从右至左，有张钫手书八个大字："谁非过客，花是主人。"流沙河与赵先生一齐轻读出声来，听之思之，使人心中惘惘然。有禅语云："人生不久住，犹如拍手间。"想古人今人、英雄凡夫、雪泥鸿爪，皆如此而已矣。

当日晚，我与流沙河宿于园中侧室。夜色下，蟠蜿的粉墙，青瓦屋顶的亭榭，皆笼罩在黑静之中。蛰庐的一扇窗里漏出一线灯光，摇曳于树木的影子里，更显出一片神秘。我躺在床上，听屋墙边低细的虫吟，想起白日里所见，就在身边近处，那斋中志石上一千多古人的亡魂，该是怎样寂寞徘徊？美女马凌虚者又该是如何的不甘？假如那石头上的文字可变作声音，千唐志斋中岂不鬼语喁唽，唐音喧喧。沉思冥想中，只觉天地寂寞，仿佛置身于聊斋故事中，身上顿生出寒意来。

夜已深，长时间静寂中，远处传来火车隆隆声，将我的感觉拉回到现实中来。

草原民间读书会纪要

二〇〇九年九月塞外秋高送爽，高粱红熟时节，来自天津、北京、湖南、湖北、江苏、江西、四川、山东，以及上海、深圳等地的一群读书人、爱书家，聚集在内蒙古包头的"清泉部落"，参加全国第七届民间读书年会。与会的有七老八十的白发长者，亦有青春逼人之八〇后青年才俊，更多的还是黑发微霜、春秋正盛的中年人。会议历时三天，旧友相逢，新知交谊，情趣相投，说的不外乎读书藏书写文章，却非经国大业、千秋不朽功名事，人们凭着一己兴趣，对书籍文化一生的热爱，追求一种精神的家园，借此安放灵魂于这个躁动、浮华的世界。

我和流沙河从成都到内蒙古，第一次参加年会，与书人布衣自在无拘束地交流，其乐融融又曳曳，不仅心情愉悦，知见更获增长。三天多的会议内外，我们见识了许多有趣的人事，领略了读书人任情放达的丰采，事后不禁让人回想悠长韵味，兹录下书人花边雅俗事二三，供诸君一乐。

来教授的妙语三说

南开大学来新夏教授乃国内研究北洋军阀史的著名历史学家，

今年八十有七，头上的白发，等身的著作，叫我等钦羡仰止。而先生偏偏低调为人，说话不徐不疾，态度不温不火；有历史学家的严谨，又有文化人的幽默机智。来先生的发言安排在第三天上午，主持人龚明德先介绍来先生著作在史学界的价值，称先生为"大师"。来先生接过话筒，第一句话就说："哎，大师这个词当今可是骂人的哟！"台下众人会意，笑声喧哗、掌声噼啪，热烈回应他对当今台面上某些得志小人的讽刺，以及自身的真诚谦逊。

来先生讲演的主题是他的学术与人生，他研究北洋军阀历史的缘起与过程，并谈到几十年人生起落之甘苦。说起在以往历次政治运动中战战兢兢、惶恐做人，如王宝钏守寒窑，十八年的光阴里不明不白被"内控"的政治待遇，来先生用了一句大白话："那是不可告人的痛苦！"以此吐出一个文化人心中的郁积，控诉那极权专制下酸楚的人生。这让我想起清代郑板桥词云："难道天公，还箝恨口，不许长吁一两声？"

在往成吉思汗陵参观的路上，汽车里众声喧哗，有人高声议论余秋雨大师的趣闻逸事。我说："我不感兴趣余大师身上发生的那些真真假假事，女人重直觉，我看余大师在荧屏上的表演，那刻意挥动的手势、那眉目间一颦一笑的风神，怎么看都有一种过于柔媚而缺少阳刚的气质。"来先生的座位在我后边，他接过话头淡淡说了一句："当家花旦嘛！"你可以不了解来先生研究北洋军阀史的大部头著作，但他平淡如水随口而出的几句话，让我读懂了一个历经沧桑的知识分子的内心情怀及他所持守的文化价值观念。

小曾哥冲冠一怒

不是为红颜，而是为信念！且听我一一道来。我和流沙河从包头下车伊始，曾宪东先生就与我们"亲密接触"。从接站到安排其弟开车送我们到明代寺庙"美代召"参观，乃至整个会议期间周到的照顾。不但劳其身，还大动其口，滔滔不绝地介绍他自己：国军中将的儿子、曾子七十二代孙之文脉传家、"文革"中间的反革命、肋骨被打断两根……。不仅如此，热情似火的他还大肆颂扬流沙河，一会儿说他是国宝（熊猫才是国宝哩），一会儿又说他世界知名（说宇宙更过瘾）。总之，这位内蒙古的小个子先生，夸张浪漫，叫人惊诧莫名。

会议第一天下午，流沙河主讲繁简字体的变迁和优劣。文字学的知识的确有些太专业和枯燥，曾先生坐在我旁边有些心不在焉，不时转动椅子弄出些响声，又偏过头来与我聊些闲杂话。第二天会上流沙河讲庄子，谈起庄子的思想又说到其对自己人生观的影响。刚讲完话，曾宪东终于忍不住，像剪径的绿林好汉般跳出来大喝一声："流沙河，你是钦点的'大右派'，你应该写一部反映'右派'经历的思想史、灵魂史，为黑暗时代留下证据，说不定还可去领诺贝尔奖哩！你现在却谈些什么文字啦、庄子啦，烦死人了！你不要怕嘛，当年都不怕，难道现在还怕？我看你思想堕落了，你的无奈，你的隐居！你再也写不出《草木篇》那样伟大的作品了！"曾宪东洪声大嗓、壮怀激烈，语惊四座而不休，现场效果奇特火爆。贺雄飞不同意，他说："流沙河没有堕落，他没有向世俗化转变，但思想上很痛苦，这是知识分子的宿命。"而我以为曾宪东先生出言虽然重了一些，却也不无道理，一个读者寄厚望于喜爱的作家，爱之深，责之切嘛！只是这位曾哲学家不懂，写作事，不管是内容还是题材，只能作家自主，他人如你我等，想要迫人从己，势所不能矣。

流沙河慢条斯理地讲了两个小故事回应：一为墨子好侠，介入他人事打抱不平的掌故。二为高尔基小说里，两夫妻当街打架，女人不敌丈夫蛮力因而嘶声呼救，路人不平找来警察拉开二人，并欲将丈夫逮捕拘押。女人恐惧，忽转意，收起啼哭挽丈夫手臂说道："亲爱的我们回家去，别理那些野人……"

这天会后，各书画家献墨宝留念。流沙河特地写字赠予曾宪东先生，条幅内容如下："活着的墨翟被不死的庄周气得吐血。题赠宪东先生苏醒。"曾先生在众人的哄笑声中接过手来。

草原黑马贺雄飞批判的武器

他是一匹为思想和知识的水草而奔跑的黑马。这位"中国思想界的第一推手"前些年以出版"草原部落知识分子文存"系列丛书而闻名于世。那一套收有秦晖、徐友渔、朱学勤、钱理群、谢泳、余杰等自由主义领军人物作品的书，至今还安放在我家书柜上，使寒舍蓬荜生辉。如今雄飞重出江湖，仍然循着思想文化的路径，研究并推广犹太智慧和文化，以启蒙国人。雄飞发言介绍他的研究，从《圣经》到犹太教典籍《塔木德》。从上帝创造天地人、摩西出埃及到上帝颁布《十诫》和律法，以及和世俗法律的关联，再到犹太民族对普世价值和世界文化的影响。演说如江河奔流，言辞滔滔、逻辑清晰、道理透彻，而掩饰不住的是他对知识和自由思想的热爱与追求。这样的人是不会随人俯仰的，谨小慎微和盲从不是雄飞所为，他在会议上的两次发言批判皆有的放矢。

一次是针对流沙河的庄子讲演。流沙河说到自己的人生经历和读庄子的关系，赞扬了庄子蔑视权贵的自由思想，又特别推重庄子"此亦一是非，彼亦一是非"的观点，认为庄子思想的高明之处在于不执着于直线上的某一点来看问题，而是没有"立场"，站在一个圆环中央来看待世界和问题。贺雄飞不同意，他接着发言说道：

流沙河夫妇2009年在草原读书会上

"流沙河讲的庄子虽是我听过的最好的一次,但庄子最致命的缺陷就在于这种相对主义的思想导致的价值虚无。事物的确有相对的一面,但将其推向极端同样会走向庄子所反对的绝对主义。相对主义的是非观和认识论是消解一切真理和普世价值的屠刀,庄子的思想也应有'去其糟粕'的地方。"听雄飞说到这里,我突然想起胡适先生早年的一句话:"老庄的道家思想,是中国传统文化固有深层最可怕的东西。"(大意)流沙河讲庄子的场面我见过多次,从来都是在台下洗耳恭听。而像雄飞这样据理直陈反对意见还是第一次,我想这恐怕是他研究推崇的犹太文化思想就具有绝对价值理念和坚持真理的缘故。学术讨论无禁区,自由放言,正是此次读书年会的宽松、自由和"民间"魅力之所在。会后,流沙河对我说:"贺雄飞书读得多,是个读书种子。"

另一次是有人发言说文学应多写积极美好的东西,负面的东西暴露过多使人厌烦,那些回忆反右、"文革"苦难的书太多,已激不起人的兴趣，等等。贺雄飞是二十世纪六十年代后期生人，比那位发言的先生起码年轻十几岁，更未经历过五六十年代的政治运动，但他却有读书人的历史责任感和思考者的敏锐。雄飞立马发言批驳，他先将作家写作分类，以为有人颂圣，有人舒难，古今有之并不奇怪，但应以价值高低、对人和社会是否有益来区分。又说当红作家中有"反动""腐朽""帮闲"之分。好作家的一支笔应是社会良知的反映，写人性真实对历史的反思是起码的责任。一个人失去记忆是白痴，一个民族缺少对苦难的反思是愚蠢，只会堕入一个没有希望、万劫不复的境地。道苦难、写历史是为了给子孙后代留下证词和思考，鉴往而知来，这是常识。闭眼不看过去的悲剧是因为大多数国人缺乏勇气和理性，此应为文化人所不取。

南京金实秋先生不同意贺雄飞对某些当红作家的分类和责难，上台发言指出他说话片面偏激。对此说法我不以为然。我说："严格地说，一个人说的话代表他自己的观点，都有其片面性，因为议

流沙河与读书会会长张阿泉

事论人时不可能兼顾全面，就事论事、就人论人，只要是诚恳真实就可以。正是这种每个人的'片面性'的充分表达，才构成了'全面'的基础，没有片面哪有全面。为此你可以反对说话人态度、语气'偏激'，而不可贸然反对其观点片面偏激。譬如马克思把资本主义批判得一无是处，偏不偏激？然而至今世界文化思想体系也承认他的一家之言为多元中的一元。贺雄飞深受他所研究的犹太文化的理性精神影响，对真理的追求和热爱使他讲起话来有澎湃的激情，颇具列宁的风格或十二月党人的煽动性。幸亏他对革命毫无兴趣，否则会给我们大家带来麻烦的。"

会议开完，我们一行人坐上回程汽车，车行至鄂尔多斯，草原上的蓝天白云澄澈照眼，一改前几日的阴晦天气。雄飞提前下车，挥手与大家话别："三天时间我们相聚在草原，分别也在草原，来年相见，友谊长久，思想万岁！"车后排座位有人站起来大声接应道："哎，你老兄怎么像烈士走向刑场？"引起车上众人哄笑连连。

附 录

"不如去卖字",依旧一书生
——我所认知的沙河先生

江功举

知道"流沙河"这个名字时,我尚读小学三四年级。那时,这个名字总是与"猖狂进攻"连在一起的。于是我这个十来岁少年的头脑中,还浮现出一个"妖怪"的形象——《西游记》中那个潜伏在流沙河底,红发蓝脸,旋风跃水,挥杖直扑唐僧的样子。

及至高中二三年级,语文老师将《草木篇》油印,作为"反面教材"发给同学,每人一份,过后收回,不许扩散。文中有"绿光闪闪的长剑",还说"也不肯把腰弯一弯",奇崛而高傲,使我感觉这个"妖怪"不仅很凶,而且很硬,难怪报纸上要说是"立场顽固"。

随后是"文革"十年的乾坤激荡。从耳闻到识见"流沙河"庐山真面,其间的跨度是二十余年。

身材颀长,面容清癯,言语舒缓,举止温润——也就斯文弱质,磊磊书生而已,哪有幼时印象中"妖怪"凶恶的半点影子!

道是斯文弱质,笔力却是十分雄健。那天在布后街编辑部办公室中，墙上张悬先生的自书墨迹，吸引我注视良久。

那是一副行楷对联，联文失记，当为古诗中的七言对仗。落墨既已沉厚，姿形且复逸美，收放裕如，清雅洒脱，自蕴一种气敛神丰的独特风格。

从来只道先生属"新文学"一派的"诗人"，焉知背后蓄积的传统学养竟厚植至此！

就从这天开始，一种朦胧的想法在我脑中酝酿萌芽。又过数年，当我作为媒体人，邀请先生来报社开会座谈时，乘着一个间隙，与先生聊起书法，借机说出了令先生意外的想法：

"您的字应该产生市场价值，就这样随写随送随弃，实在太辜负自己。将来要是我有机会下海，一定首先卖您的字！"

先生的回答，谦中带趣，亲和幽默：

"我的字都是凭兴趣，随便在写。不像那些书法家，天天专门练字。恐怕你拿去卖不脱，谨防赊本！"

虽然都是戏语，但我看到先生并不排斥。

戏语幡然成真，机会果然来临。1993年秋，因为一个偶发事件，我决定挂冠去职，转投自己关注的艺术品行业。

起步伊始，在杜甫草堂工部祠旁，我经营起一家百平方米的店铺，"流沙河书法"作为独门绝品，就此出尘问世，专题推出。取自杜诗的店招"好雨轩"，亦请先生赐笔题写。

这是南来北往的游客必到的佳地，内中不乏慧眼识珠者，初见讶奇，继而欣赏，然后购买，皆欣然携归。先生书法，竟时或脱销。

市场的灵敏反应令先生始料不及。有感于斯，先生特撰一短文《不如去卖字》，在广东的《随笔》上发表，后又收入《流沙河随笔》中。

"不如去卖字"？——如此说来，那先生数十年立命安身的读书写作,从此改变,退居其次了?

非也,否也!盖先生尽管话说如此,实际上二者之间孰轻孰重,孰主孰次,先生之内心界限是划分得清清楚楚的。所谓"不如去卖字",无非就是先生抒发感慨、反讽时弊时的一种调侃而已,对此,我在与先生的接触中,感受最深。

下面聊说二事。

二〇〇二年初,四川省诗书画院的专职书法家、时任省书协副主席的新德来访,随带几份山东省淄博市的官方红头文件。我看内容,都是该市秋后将举办的各种文化艺术活动的安排。其中一份,是流沙河的个人专题系列:学术讲座、专家研讨、书法展览、寻胜访古。文件上的计划做得仔细周密:时间落实到几点几分;地点落实到某厅某室;人员落实到何部何职何名;书法作品落实到条、幅、联、扇。真正是万事俱备,只欠东风。

"要展览一百件书法?他答应写这么多?"我凭经验深表意外和怀疑。

"整个事情目前老先生还完全不知道。先来您这儿,就是想拜托帮助沟通,促成此行。"

新德接着解释,他就是山东淄博人,热心此举,纯为回报桑梓,因为流沙河在孔孟故里山东一直享有极高的声望和人气。

我沉吟后复问:"这么大的作品数量,能否写出姑且不论,劳神费力送去展览,待展览结束,作品的去向有无考虑?"

"当然都是一次性全部买断,绝不会剩下一件带回四川!"

答复的语气不容置疑,但我依旧存惑:

"一百件!他们知道要多少资金吗?我估算可能要百万以上呢!"

"没问题,早有考虑,全部预算好了!"刚才不容置疑的语气,至此转换为轻松和自信,他且盛邀我们夫妇陪先生夫妇游山东全境。

事情大好，不容迟缓。我兴致勃勃，马上拨通了沙河先生的电话，略述大概后，还着重强调展览的一百件书法作品，对方全部无条件购买。

可是，电话那头仿佛无波古井，不泛一丝丝微澜。待我言罢，既没有任何的多问，答复的语气也似乎不容商量：

"你先帮我谢谢他们，如此看得起我。但是我去不了，也写不了，我手头有稿子要完成，都是跟出版社那边早就约好了的，我不能够失人家的约！"

然后是对我的刻意叮嘱：

"请好生转达我的意思，语气尽量委婉一些，人家毕竟都是好意，千万不要得罪了人家！"

我还想进一步游说，但接下来的一声"就这样了哈"，令我只好缄口，怅然听闻听筒里传来的忙音。

类似的闭门羹，三年后又尝了一次。

二〇一二年春，北京某著名拍卖公司董事长来成都，欲拜识先生，且拟请先生出席其组织的全国性文化系列活动。同行中一位女士，来自中国作协，称在京时即与先生约妥，明日上午前往拜访。董事长知我与先生熟稔，乃专邀导引同赴。

次日我们同车出发，将至先生住处时，我临时想起，虽然他们事先已约，但还是宜先打个电话，告知即将到达，似乎于礼更妥。

哪知先生闻讯惊讶，赓即拒绝：

"拍卖公司的？拍卖公司找我做啥子？我不能见，我跟拍卖公司的从来没有任何关系！"

"他们从北京来，说是跟您约好的，今天上午来您家？"

"哦——是约过的，但约的是作协的一家杂志嘛，咋个又变成拍卖公司了？"

车内女士赶忙一旁提示,我遂忙向先生解释,二者是相约同行,所办都是同一回事。

但先生拒意坚决,只允按约接待杂志社访客。

我见势不妙,急切之下,不由出语欲"逼":

"这位董事长是我朋友,我很了解他,您尽可放心。而且我们现在已经到您楼下了!"

岂料先生比我更急,出语更"逼":

"那你千万不要让他们上来,免得上来了,我又不让人家进,大家彼此都难堪!"

毫无余地,话说到头,进退两难,何其尴尬。好在董事长历事甚多,对此表示理解。于是女士上楼,我和拍卖公司的两位老总原道折返。

先生这种面对市场诱惑安之若素的态度,可谓是一以贯之的。此前曾有北京客商,钟情先生书法,连年找我,批量预订。先生由是引起警觉,深恐市场炒作,不肯多写。又有一次,客商向我问起,闻北京某宾馆将先生书法高价悬售,可否知其来源?盖先生初衷,是希望自己的书法为喜爱者所得,不愿流为坊间炒作的牟利商品。记得当年在草堂初售先生字时,偶亦有渴慕欲购而阮囊羞涩者,洽谈时我均体谅让价,尽量满足。先生事后均表赞赏,说是只要真心喜爱便可,其余不必计较。

当然,市场自有其运行规律,非以任何人之主观意志为转移。二十多年后的今天,先生的字作为"文人书法",成为多方珍视的艺术品,也是各种因素的合力结果。如今先生对此,也只好听其自然,顺势为之了。

至此回到本文的题目,先生虽云"不如去卖字",但本色依旧是书生。回溯三十多年前,秋天的一夕,曾登先生门拜访,环视屋内，别物皆简，唯书丰富，而且门类非仅文学：历史地理、哲学美学、文物艺术、天文自然……还有外文原版的，令人目不暇接，如同在书城。当时先生自云"我百分之九十五的时间是读书"，令我震惊。归后遂以此为题，写了一篇访谈，在自家的小报上载出。其后《四川日报》资深文化记者王尔碑，亦以类此题目，在《人民日报》上撰文介绍先生。

先生阅读面甚广，记忆力超强。无论讲座、讨论、游历、茶谈，与面晤之人，对言及之物、议涉之事、相关之史，往往是有问必答，毫无保留，可谓诲人不倦，予人裨益不少。

一九八八年四月末，酷爱写诗的大型国企长城钢厂厂长刘立中，托我邀请先生远赴江油，既为当面请益，亦为本厂文学青年授讲。

第一天上午，江油县城的李白祠内，主宾二人对坐于小院石桌，品茗倾谈。刘立中身伟气沛，滔滔叙怀，坦率热诚；流沙河旁征博引，娓娓论道，深刻幽默。情契言投之间，不知怎地，话题进入了二维空间、三维空间、四维空间——原来都是大自然空间探索的爱好者。

如斯场景二十年后复见。一个盛夏之夜，成都金牛国宾馆里，同样也是酷爱写诗的前外交部部长，自喻为"粉丝"，邀请青春"偶像"流沙河茶叙。二人对坐于室内茶榻，先生衬衫短袖，折扇轻摇；前部长热情洋溢，海阔天空。紧凑的两小时中，前部长争分夺秒，在略忆了自己在一九六二年至一九九七年期间，五次在成都寻访先生而未果的情景后，随之便是间不容发的连珠炮般的提问，涉及十九至二十世纪中国和外国（尤其是俄国）的大量作家作品。眼花缭乱的数十个名字、数十部作品，颇多我这个中文系毕业的学生所素未悉闻者。而先生皆不假思索，脱口随答，皆寥寥数语，即道其要，使话题的切换迅速完成。

先生用心，于读书撰著外，别无旁骛，生活简淡，极厌奢糜。他曾述及一九八七年在广东佛山，见餐餐美酒佳肴，杯盘重叠，浪费挥霍，痛心不忍，乃劝诫度假村总经理，孰料对方回以"哪个国家是吃垮的"反诘，令先生叹愤不已。三十年后的二〇一七年夏，先生避暑于彭州一近山小镇，当地企业家朋友闻讯往访，见房舍清寒，居室狭小，设施简旧，伙食平常，于是打电话急觅得一幽胜去处，请先生即日迁往。先生力辞不就，云如此足矣，夫复何求。再改邀请赴市内餐宴，亦坚辞不往。

先生不仅平时简素，即临节辰亦然。先生寿诞因为月日特殊，容易记忆，届期每有邀聚以祝者，辄婉谢曰"是为吾母受难之日，想起心里难受"。二〇一七年深秋，先生八十六岁寿诞将至，友人揣度先生终日于书房读写，久困思动，因以郊外出游相请，先生果然应允，且指名前往新都桂湖，谒访当地名胜升庵祠。

新都县在成都以北二十余公里，先生昔年从家乡金堂往返于成都必过于此。县中升庵祠，系清代为纪念乡贤、有明一代名状元、大文人杨升庵所建。杨氏平生著述宏富，却因廷争护礼，谪戍滇边三十六年，终至客死异乡。先生自幼即慕升庵才华，仰升庵气节，叹升庵遭逢。一九九二年，他特携夫人茂华女士游此，品评前贤，议论今古。倏然又是四分之一世纪矣。

是日天朗气和，升庵祠管理方特遣一资深导游为引。祠傍桂湖，匾联环绕，人稀室静，遗像肃然。先生瞻像良久，默然若有所思，复细读展柜内陈列之升庵墨迹，联系升庵故事，一一点评诠释，实可谓与前贤久会于心者。目及于此，我忽然联想起晚清名士顾复初，昔年在成都草堂瞻拜杜甫，而生发对自身的感慨，所撰写的那副"异代不同时……先生亦流寓"的名联。兹又历百余年，前史后世，古道今理，踵接何息！

归后是夕,感成七律一首纪游,兼为先生祝嘏。谨移录于下,用作本文结尾:

残荷满目柳萋萋,沿径藤遮路未迷。
邻刹宝光多客拜,孤祠宏著少人提。
谏疏护礼遭廷杖,草木吟怀惹御批。
锯手幸能重拾笔,夜郎不见下金鸡!

沙河静静地流

邵燕祥

流沙河这个名字，我原也以为典出《西游记》。一直没问过。近年才听说，根本与唐三藏取经路上的坎坷无关。

从网络向纸媒弥漫的新风之一，是笔名开放，没了什么限制，于是四个字的也有，五个字的也有。之前，我只在二十世纪四十年代北京"小《实报》"副刊《畅观》上，看到过一个五字笔名，曰"凌霄汉阁主"，他的斋名"凌霄汉阁"就占去四个字了，这是老报人、掌故家徐凌霄，人与文俱显得高古。这几天发现将在央视开播的一个关于"国宝"的节目里，有个明星叫"易烊千玺"，跟前者不同的一点新意，在于完全猜不出是什么意思。

我对笔名（包括艺名等）开放有所肯定，毕竟是没人用放大镜，望文生义，吹毛求疵，本来嘛，用什么样的笔名，跟户口簿上的所谓本名一样，都不过是个符号而已。

不过，幸亏流沙河也只是个笔名。不然，到派出所经不起三问两问："你父亲姓什么？姓流吗？""你母亲姓什么？也不姓流？""那你为什么要改姓流？"最后当然还只能以"余勋坦"之名登记在案。网络名人"唐家三少"，我估计也是笔名，不过，如果他本姓唐，在家里排行又是老三，能不能就以这个四字名登记户口呢？

最近听说有一家给新生女儿报户口,起名"北雁云依",被派出所一口否决,户主不服,层层上告,几年间这一起行政官司,竟闹到国家一级机构——人大常委会和最高人民法院都被惊动了,最后被否决,不予登记。倒不是不作为,但是不是有一点小题大做,浪费法律和政治资源?总算换来一个由基层公安派出所负责审查新生儿"起名儿"的样板。除非领导层高瞻远瞩,为今后的新举措先行铺垫。那就是另一回事了。

例如,是不是今后还会将这一审查扩大到人们除户籍本名以外的笔名、别名、堂号、绰号,以求全民姓名领域的规范统一和高度纯洁?

我想建议,如拟作这样的决策,有必要先估计一下工作量。光是现在需审查的新生儿的户籍姓名,一年就达上千万人次,此其一;其二,身负这样重任的户籍民警,慢说他们不可能专门研究中国传统的姓名学,仅就识字量来要求,恐怕也多少弱于文宣干部吧?就如同任由海关一般关员负责鉴别入境的中外书籍是否包含有害内容,是否也远超他们应有的负荷?那么,是不是应该安排各级宣传部门具有一定文化素质的干部,长驻派出所督导相应的姓名审查任务?但那是不是又分散了宣传和公安两部门"守土有责"的力量,让他们去管些无关大局的鸡毛蒜皮了呢?

还是回到题内来,流沙河这条河,在中国当代文学领域里,本来没招谁没惹谁,只是静静地流,还想静静地流下去。冷古丁祸从天降,宣布这是一条祸水,于是筑坝断其流,直到解禁后,二十多年又是一条好水,居然比二十多年前更深更清更可喜。

流沙河依然文质彬彬,温良恭俭让,只是瘦削的脸上有了喜色,依然静静地流,这时才让你相信了那句"静水流深"。

最近，我把《七家诗选》（语文出版社增订重版，2017）寄给上海友人戴逸如，他来信告知："一翻《七家诗》，巧了，正好翻到流沙河的《电车上的小姑娘》。我读到此诗时刚上小学一年级，居然如烙印般记住了，而作者名字那个年纪是并不会去特意留心的。半个多世纪一直记得这首诗，却一直不知作者，以为是无名者之作，并不曾去追究，今天才邂逅谜底，很是高兴。……"

我把老戴读诗忆旧的惊喜，转告了吴茂华，请她读给沙河听，她很快回复说："遵嘱读与他听了。沙河说谢谢戴先生，并说他与你初见，你也是提起此小诗，那时还是有轨电车。"

这首《电车上的小姑娘》，1956年5月4日写于北京。当时他在位于交道口东大街的中央文学讲习所（第三期）即将结业，这前后还写下《我栽一株白杨》《小院夏天》，留下这个春夏之交的一段风景和他舒畅愉悦的心情。可能他乘坐有轨电车时，看到一个小姑娘在喧嚣拥挤的车厢里默默读一本书，由此生发出一幅充满阳光的画面来。他以兄长之心，发现"一株嫩苗正在成长"，就像他在小院窗前发现邻家的葡萄藤"带须的嫩尖"，以及太阳透过青叶洒下的绿光一样。

流沙河这时发表的诗歌，用今天说惯的话是"小清新"，以古老诗教的"温柔敦厚"衡量也能沾边儿。他的第一本诗集《农村夜曲》我没见过，一九五七年出的《告别火星》，有出版社的朋友送我一本，但那时我方寸渐乱，未曾好好细读。说到《电车里的小姑娘》，能够让大小读者记住，总有缘故，不是像老先生自责的"那时，头脑简单嘴巴甜"那么简单。我自己也记得在二十世纪三四十年代小学国语课本上读过的诗（如"讨厌顽皮牛蒡草，沾人鞋袜沾人袍"等），烙在童年的心里，也是不知作者是谁，后来忽然发现，原来是叶圣陶（绍钧）写的。流沙河这首诗，的确一样能印入孩子心里。

流沙河从北京回四川的路上构思的那首散文诗《白杨》，就是他对当年四月所写的《我栽一株白杨》里那株白杨的期待吧？写那一株小白杨时也不失温柔敦厚，而写未来的长大了的白杨，诗人就寄托着白居易式的讽谕，"寄言立身者，勿学柔弱苗"了。这可是他在爱上新诗之前，就背熟了的传统诗歌的"题中应有之义"，以及白居易惯用的"卒章显其志"啊。

谁能料到，当这首《白杨》作为《草木篇》咏物组诗的头一首，刊于1957年1月1日创刊的《星星》诗刊后，这条刚刚流向世界不久的流沙河就被阻截断流了。

在一九五七年到一九六六年这九年中，人们看到了沙河在人前忍辱负屈，低眉埋首，却不知道这个"百无一用"的书生在劳役余暇苦读先秦诸子、中国古代史、民俗学、古人类学、四书五经、中国古代天文学、现代天文学、唐宋明三朝的野史笔记、古汉字学。尽管一时"报国无门"，他却一心一意地充实自己，磨砺自己。一条失去了河道的流水，却在形同干涸的困窘中，千方百计地为明天蓄积着水量。

这才是名副其实的"静水流深"。

这为他以文弱之身度过十年浩劫，更在浩劫之后以厚积薄发的从容姿态重出奠下基础。

先是流沙河改道流向金堂故园。在锯齿啮咬的岁月里，七十年代中期断断续续写下了《故园九咏》，真的，"歌诗合为事而作"，于是我们看到了这条河深处潜流着的悲欣交集：忆读契诃夫之乐，记一个读书人告别契诃夫之悲；还有儿女情长，携儿上工场服劳役，却又不免苦中作乐……

远在二十世纪三十年代东北三省失陷后写过《没有祖国的孩子》

等抗日名篇的文学老人舒群,八十年代偶然读到《诗刊》上从《故园九咏》中选发的《故园六咏》,不禁老泪横流,这些情境绝似他和妻儿子女在那动乱十年中的际遇,流沙河写出了他心中所有、笔下所无,他感动,他写信对流沙河表示感谢和慰问。他的信寄给严辰,严辰让我转告了沙河。

在整个八十年代,沙河不仅写诗,还编诗、评诗。那时他的身体由于长期受摧残,病弱得厉害。我们邀他去黄山脚下的屯溪开一个谈诗说艺的"神仙会"散散心,他围绕着诗的话题,侃侃而谈,了无倦意。但我们结伴登山时,他却说,山他上不去了,他留在山下等我们。原来他带着大摞的作业,是正在写的关于台湾诗人群的评论吧。他就是这样孜孜矻矻。不过,为安全计,他不上山也罢。我们登上了鲫鱼背,他也写出了小高峰。

后来某年我们同游绍兴、杭州、德清,他的游兴不衰,谈锋更健,一路上体察入微,对生活、对自然,总之对世界充满好奇和关切。言谈之间我才发现,他的渊博不仅来自书本,这才是虽读书极多极广极杂,但与人们讥评的"书袋子""两脚书橱"迥然不同的原因。他属于胡适说的"读活书""活读书""读书活"之列。

我北京生,北京长,几十年了,但写不出"京味(儿)作家"笔下的"京味(儿)"来。拜读流沙河写老成都的《芙蓉秋梦》,如数家珍,不能不在佩服的同时,心生疑窦:这许多书本以外的学问,他是什么时候,从什么地方积累起来的?

若是说鸟兽草木虫鱼之名,可以得之于读《诗》、读《尔雅》,乃至读《本草纲目》,那他对人情世故的熟谙,又是从何而来?我想起有不少老一代师友就是这样。如剧作家"好汉"吴祖光,从他的剧本中,你看他对笔下的坏人恶人耍弄的伎俩"门儿清",一招一式洞若观火,但在实际生活中,祖光方是方,圆是圆,行得端,立得正，绝不迁就，更决不妥协，决不同流合污，而洁身自守，若有洁癖。人家告诉我，流沙河基于自己的是非判断，参与了一项社会活动，领导干部登门找他训诫，但沙河认真听取之后，却苦口婆心地对他解释自己认定的正当性，一席话成为他对这位干部的劝勉。他竟是这样天真！天真得像个不会看人脸色的孩子！

流沙河"静水流深"，流到七八十岁，你说他是性情中人也好，学问中人也好，我却以为他的"从心所欲"，进入了"幽默中人"的最高境界，他摆的龙门阵将天上地下、形上形下全都囊括其中。在他后来丰富的著作里，我以为他的幽默系列包括最初以《Y先生语录》为代表的作品，可能并不为一些书斋学者所认同，但最见他的学问与性情。

说到杂文话题时，沙河曾提倡"书斋杂文"，也许他那些长长短短的随笔属之。我长期写的是街谈巷议的杂文，当时在他感召下东施效颦，下决心写了几则，也只敢题曰《拟书斋杂文》。

我们分处京蓉两地，见面机会不多，他的许多高雅隽语和通俗"包袱"，我多半得之于他或友人的笔录。比如不记得他在什么地方说过，一九四九年鼎革之初，进入当时那个新时代的"旧人"们，往往一句失言，就招来"你站在什么立场了？"的责问，有位朋友不胜其烦，答曰："我没有立场了。"怎么回事？"立场都叫你们站完了！"据说沙河说这类故事时，往往表情严肃，大家稍加思索才哄然大笑，这大概就是上海所谓的"冷面滑稽"，不是单纯为了"搞笑"——取悦听众乃至是把一切化为呵呵一笑。

不然。流沙河的幽默，充满了智力的和道德的优越感。这优越感，不是对所谓"庸众""群氓"的居高临下，而是对那些挟权势或其他社会优势地位以骄人者，揭出他们的愚蠢和卑下。

当然，也有些并不涉及对具体人事现象的道德评价。比如他说，有一位外国（美国吧）青年，听中国人口头骂人常说的"×你妈"，问是什么意思，中国青年率直回答："意思是，他要跟你母亲做爱。"那位外国朋友仍不理解，说："那是他们之间的事，跟我有什么关系？"沙河总结，谓是"观念不相同"。从我们"睁眼看世界"以来，尤其是改革开放之后，这类由于"观念不相同"造成的隔膜和误会还少吗？这个近于笑谈的例子，是不是也启发我们从人们的传统观念、思维定势这个视角来思考一些问题呢？

我们不搞追问动机的"诛心"之术，但也不排除沙河的幽默中不乏"奴隶语言"的曲笔吧？

甚矣吾衰矣，记性不如忘性大，上举沙河语涉"立场"问题、"观念"问题两段话，因我曾写短文复述和呼应，还能说个大概（一经拙劣的复述，大损幽默的成色），别的再也想不起来。好在大家可以翻翻流沙河在二十世纪八九十年代的书目，包括他译解的《庄子现代版》等貌似"正经"之作，与古人笔记、明清小品、诗话词话对参，似有一脉相承的痕迹，其中于苏东坡自己写的和别人写苏东坡的一些零金碎玉，更有神似之笔。

近几年沙河的视力出了问题，不利于书写，但据说他开坛主讲却滔滔不绝，给"问学"的耳朵，飨以历史文化的高级餐点。比起他在茶馆里的即兴漫谈，当更系统正规，但依然举重若轻，盖学问已化入他的血液，并非临时倒手贩运。我在数千里外，不能围坐听讲，然而心向往之。回忆平生，在基本上耳聪目明的年月，由于种种原因，主要是慵懒懈怠，错过了多少现成的到吴小如兄堂上享受旁听一席谈的机会，悔之无及。如今双耳全聋，说想听沙河讲课，不啻痴人说梦了。

闭目遥想，这条流沙河，静静地流到今天，流上讲坛，洋洋乎，汤汤乎，颇有了些许动静，恍惚间，我看到这条河站起来，直起腰，化身为一位老夫子——宽袍大袖老狐仙！

是的，一位狐仙！这是上海已故女记者、女作家蒋丽萍，九十年代去成都访问流沙河先生之后，总结性的神来之笔！她这个"狐仙"之喻，真可谓形神兼似，妙不可言，是对今后流沙河叙事的一大贡献和启示。在此对她表示感谢，愿她安息。

祝老狐仙式的流沙河夫子千年不老，也祝流沙河这条河长流不息。

以上云云，是要为吴茂华夫人的书作附录用，是不是茂华就不必念给沙河听了。我写沙河，岂不是班门弄斧，更涉嫌"妄议兄长"哈！

流向文化荒原的这条河

黄一龙

流沙河兄从民国年间念中学时起就在报纸上发表诗文,那时用的笔名叫"流沙"。后来翻看旧杂志,他发现早有一位诗人就用这个笔名,自己不好再用,于是加了一个"河"字。此后此名的的影响大大超过本名,诗文界多尊他为"沙老",小辈叫他"流伯伯",且有多人认为此名来自《西游记》。对这一点,他解释说:"那个时候我还没有读过《西游记》,如果读过,绝对不会取这个名字——那河里头尽是妖怪,太吓人了!"此语竟成左右他大半生的谶语:他被打成"河里头"的妖怪,打他的又是河两岸的妖怪,至今他还随时提防着不知何处的妖怪。

而此河之所以在当代成名,正是始自他被打成妖怪并被妖怪痛打。那就是六十年前反右运动中对《草木篇》的批判了。这条年轻的小河断流"二十年又六小时"(据此兄自己的精准计算)。后来,这条清澈的小河终于避开伟大潮流,掉头淌向文化饥渴、文明干旱的荒野,去清理和保护可能残存的地下水源——"门前流水尚能西"了。

这就是本书所叙此河"近年"即本世纪以来的著述言行。这位读诗、爱诗、作诗的天才,早在被迫放下诗笔从事劳改以后,就决定停笔不再写诗,并且否认自己是"著名诗人",告别诗坛而做起自称的"职业读书人"来。而他的读书,乃是秉承孔夫子所倡的"古之学者为己",深信"读书就是应该'为己'。这个世界如果人人都能'为己'读书,就成为文明的乌托邦了,那该多好",因此他自己——

  不过是"为己"读了几本闲书,读时娱己,讲时娱人,发表后娱众而已。肥肥一条蛀虫,蛀的不是国帑,是自家买的书,虽蛀而非害虫。偶有二三知己,读书遇拦路虎,打来电话不耻下问,亦不过鸡毛蒜皮小问题,那瘦蛀虫回答了,放下电话,要喜欢十分钟之久,还去照镜子。(《书鱼知小》代序:《愿做职业读书人》)

  而他在半个世纪间选读"娱己"和二十一世纪以来传播"娱人"的"闲书",则多是我国的百家争鸣时代春秋前后的经典,诗书礼乐诸子百家,其作者们尚未受到"统一思想"管制的作品。他近年来的大量著作和演讲,其实都是力图为后来被污染的荒原保持一点独立的精神、自由的思想,即人性的水源。而这种功夫已经收到了可喜的回应。于是我们看到他的《庄子现代版》等书的一再重印,他在成都图书馆所开的《诗经》《古诗》等讲座的听众,包括专程飞来的海外粉丝,挤得席地坐上了讲台。而尤令我敬重的,是他对于汉字的悉心研究、保护和传播。文字作为思想运作的载体和传播互动的工具,本来就是人类文明的基石,而汉字作为世界上唯一存在的非拼音文字,兼有象形、指事、会意、形声、转注、假借的立体功能,是集义理、历史、音乐、美术于一身的综合符号,每一个字就是一首或多首诗,曾是华夏文明的独特而伟大的象征。它在二十世纪下半叶受到严重的创伤。如今，他从故纸堆中笔斟画酌，训义审美，打捞探源，使那被遗弃的古董恢复自尊自信的活力。从二十一世纪初起，他就开始出版在此领域的力作，包括《流沙河认字》《文字侦探》《白鱼解字》《正体字回家——细说简化字的失据》和今年的《字看我一生》，后面共八十七万字的三种且是他的手写正体字本。对于他这一"为己"的成就，他曾十分坚决地拒斥我的"妄议"。原来我曾对我那从小就在余家跑来跑去的小女儿说过，你那"沙河伯伯"的事业，一定赛过来去匆匆的政治家们，会历千年而不朽。她跑去转述后回来告诉我说，伯伯听了哈哈大笑，说："我遭不住！我遭不住！不要吓死我。我就是会摆点儿龙门阵，千万不要拿这个话吓人家。你要听我的，不要听你爸爸的。我跟你爸爸那么好的朋友，我不好骂他；你是你爸的乖女儿，你可以骂他，声讨他！喊他不要吓人。"

　　最后要记一点逸事。二十年前的春天，我们夫妇和曾伯炎、黄家刚有幸跟随流沙河夫妇陪同来访的邵燕祥先生畅游青城山，寄宿于河兄一位木工朋友的山居"楠庄"，白天出门转山，晚上树下聊天。无论山上树下，挚友们直抒胸臆，阔论高谈，而以河、燕二位最为出彩。到下山前，燕祥特意嘱咐河夫人茂华女士，随时注意且记录乃夫的片言碎语，那里面的学问大着呢。看来由于茂华的孜孜不倦，本书除记载他的重大学术活动和成果以外，也旁及种种日常言行，其启人心智之功，不在主题之下。我因此也应茂华约，写点可能不着边际的话，耽搁读者，烦看正文。

流沙河读书生活识微

云　飞

孟子曾说，得天下英才而教育之，乃人生之至快！其实从学生这方面来看，更是切望得良师讲授，以期在析疑解惑、向善求真、为学做人诸方面日有所得。英才固不易得，然良师亦罕见，这是时代之病，无可如何。小子生于寒素之家，求学大不易，虽遇多数老师心地善良，为人勤谨，然良师终未得见。此与幼年失怙，均为我人生隐痛。未曾想，进入社会，复有求知问学之乐。人生有幸，幸而能向沙河先生问学请益，未尝少间，于兹十数载矣。同住一院，过丛甚密，时得晤聚，以补腹俭之病。周日侧身二三师友间，品茗论学，奇文共赏，交通中外，纵横古今，聆听先生（为方便起见，下文直呼其名，非不恭，为文求简）幽默风趣的谈吐，与众不同的识见，人生夫复何求！然思想见解，为学所得，终究人各有执，互相辩难，在所不免。唯真理是尚，和而不同，朋而未党，参差多态乃人类幸福之源，我们这些师友乐而遵循。

没有学生

诗人李钢为文诙谐有趣，大异于重庆诸多为文者。几年前，我们曾于曾家岩餐聚，饭桌上用古诗逗趣，提及重庆大世界之桑拿池名"云梦泽"，为他所取。"冉匪，你是晓得的，云梦泽固是不小，但岳阳城更大啊。""李老贼，吾喜孟夫子，风流天下闻啊。"听者无不绝倒，相与拊掌大笑。他曾在《我看诗人流沙河》一文里述及他与流沙河交往的诸多趣事，令人莞尔，而《流沙河赠书》一节，可堪捧腹。首则"送给李钢同志"，次则"李钢同志雅正"，三则"李钢同志赐教"，四则"李钢垫枕"，五则"李钢我儿跪读尔父手谕"。李钢小流沙河二十岁，属晚辈后生。然李钢生性诙谐，殊无恶意，无论长幼，必与对方谐谑攴骂而后快，故流沙河以"我儿"谑之，良有以也，可谓至当。

流沙河可谓有"儿"，且此"儿"大佳，但绝无一个学生。你可以师事之，他必不承认你是他的学生。一来，你师事之，以他的谦谨低调，必不接纳。当然你私心必师事之，他亦强阻不得，终是不复强阻。但不管你怎样师事他，他绝不以老师自居，了无其事，一如恒常。二来，你要自称是他学生，他虽不发表"破门声明"，但必敛色辟谣，谦称自己尚是学生，何来学生？当今社会，好为人师者，正复不少。后辈与之交接，即以学生目之，于是学生几遍天下。异日必以师自居，后辈稍有怠慢，即斥之不尊宿学耆老，无端生出许多沟洫。流沙河则是人师尚不为，何况好为？再看当今所谓学生，未晤一面，未接一言，未闻其学，只要他是名人，轻者去信谀扬，溢诸纸墨，希冀套磁，以得提携；重则非泰山北斗、硕学大师，无以名之，远超古代拿死人钱财的谀墓高手。于是不学之学生蚁聚不入流之大师周围，师生互捧，几成潮流，淹没众议。至于学界之门派自铸，一些"养猪博导"（一年招十几乃至几十位博士之博导，吾乡农家勤快之养猪者尚不及此数也）近亲结婚，自产自销，形成拱卫之势，师生关系则与旧日江湖帮派无二。像流沙河这样特立独行、低调自洁的人，友必严择，必无多人，何况朋而党之？

犹忆当年初至流沙河家，他让小我两岁的儿子鲲鲲称我叔叔，使我惊悚离座。经我力争，改称冉哥。这种平视后辈，视晚生为友朋的老派风范，真是古风可仪，尽管把后生小子如我吓了一大跳。有此种风范，他岂肯随意视人为学生，你视其为师能得他认可，除非泛指，实属不可能。我虽向流沙河问学请益十几年，但亦颇有自知之明，从不敢以他的学生自居。一旦有不明就里者，目我为他的学生，必戒惧而澄清之。一则他的为人及学问，我万不得一，辱没他风范及门墙（此处泛指。其实他应无门墙，因他无学生且从不以导师自居）的事，万不可行；二则，我虽不才，然尚知守拙，从未敢以谁的学生自矜。何况我从来认为，不必囿于名分上的师生之伦，问其学，得其实，乃求真之要诀。

流沙河虽没有一位真正的学生，但只要事关文化的讲座，大凡学校、文化团体有所请托，在身体健朗之时，写作暇余，他还是愿意去的。此种讲座固与顾炎武先生所讥之"若徇众人之好而自贬其学，以来天下之人，而广其名誉，则是枉道以从人"（《顾林亭文集》卷三《与友人论门人书》）大不相同，亦与明代御史倪文焕所诋周宗建的"聚不三不四之人，说不痛不痒之话，作不浅不深之揖"（阮葵生《茶余客话》卷九）之讲伪学殊异。这些讲座我大多听过，举凡今年在成都市图书馆的《我说成都》《语言与方言》，市政公用局首期语言文字评估工作培训班的《文字与文化漫谈》，西南交大的《陵墓设计之人文内容》，等等，大多能洞幽烛微，不唱高调，细明心曲。不特如此，他对晚生后辈的向学热情，历来勖勉有加。在西南交大讲学结尾，他用下面这副对联，表达对莘莘学子的深深祝福："正当花朵年龄，君须有志；又见课堂灯火，我已无缘。"

对知识的纯然热爱

罗素曾说他的人生有三个支撑点：一是对爱的渴望，二是对知识的追求，三是对人类苦难不可遏制的同情。其余二点先按下不表，单是对知识的追求，不少人一生一世无一刻达此佳境。生活艰迫，谋生不易，不少受过高等教育的人，除了偶读利于考试晋职的实用书籍外，别无所观。这固不足厚非，然终究是人生的遗憾。至于把读书求真，当作人生绝大享受，且长期坚持不辍，真正算得上读书人的，以我有限的交往和观察，唯流沙河能当之。

流沙河一生坎壈，二十一岁时，父亲在土改中毙命。小子早岁失怙，深知其痛，暗自饮泣。与先生交垂十五年，无一词及此，可见隐痛之深，不足与外人道。至于一九八一年在自传里说父亲被枪毙"是应该的"，这是悲痛难言的掩饰。一九五七年流沙河贾得大祸，从此二十二年大好时光在苦厄郁闷、劳其筋骨、被人孤立中度过，偷活草间。遭受惩处，拉车、解锯等无一不做，至于挂牌游街，自取其辱更是不计其数。罹此大祸，义无再辱的耿介之士，弃世见捐，更多的人则消沉自毁，郁郁以终。

而流沙河的选择不同，他依旧利用一切能读书的机会——其中有两年在文联资料室当资料保管员——勤读不辍。他猛读文字学方面的书，如《说文解字段注》等小学书籍，曾撰成十万字的《字汇漫游》，可惜此稿已佚，但人们在《书鱼知小》《流沙河短文》等书里，不难看出他早年勤读所结下的慧果。他求真好学，几乎到了无书不读的地步，彼时读了不仅无益，而且可能得祸，更不用说将读后所得发表以赚取薄酬。除了古人友他、不欺他，能安慰他孤寂抑郁的心灵外，没有不计眼前利害成败得失的超然态度，能有此种疯狂举动？二十世纪九十年代末我曾在地摊搜得《中国古代天学史简史》一残册,他马上问是不是陈遵妫的,真令我叹服他的博闻强识。

无书不读,固是书痴才能做到,然从善如流,服膺真理,便不是一般书痴所能企及。只有具备真正的求真态度,亦即对知识有纯然的热爱,方能做到。庄子早就告诫过,以有限的生命追寻无限的知识,完蛋了。但后继者并不放弃,还提高了调门:一事不知,儒者之耻。世界浩瀚,未知之事,不知凡几?但为什么古人还要悬得过高如此?这是明知人类所知永远有限,而向无限的知识挑战的行为。在向无限的知识挑战里面,便有无数怀抱着"一事不知,儒者之耻"的读书人,一点一滴地剔爬、考订、辩难、纠误,不懈努力,在求真之道上披荆斩棘,使真知犁然自现。常于求真道路上纠谬求知、析疑辩难,自然不免偶有错谬,也遭别人指陈,流沙河亦不免。十年前,何满子指陈流沙河有一联不合平仄对仗,流沙河不仅承认其误,后来还与何满子成为朋友。为掌握入声字的问题,特意从我处借得一册关于音韵学的线装书,编出入声口诀八大段。此后佳联频出,再无此种错误。

更为难得的是,不仅名家指谬纠错,他乐于承认,即便是后生晚辈指陈纠谬,他也从善如流。一位山东网友祁白水,因喜好流沙河的书,与我在网上相识。他在《书鱼知小》里读到《花椒古称椒花》一文,得知流沙河说花椒不开花,即以他们沂蒙山区花椒要开花来纠谬,让我将纠错的信转达给流沙河。收得此信的第二天,流沙河即回信如下:

祁白水先生:谢谢你的指正。我刚查了《辞海》,得知花椒真是要开花的。我未观察到庭院的花椒树开花,导致我的错误。世间万事皆学问,疏忽大意不得。在我,这

是教训,以后将写文纠正之。流沙河 2004.10.20 在成都

日前,我读《旅游三香》一文,看到先生提及"天街小雨润如酥,草色遥看近却无"为宋人作品。我打电话说提醒他,说这是韩愈的作品《早春呈水部张十八员外二首》中的一首。屈守元、常思春主编的《韩愈全集校注》、陈迩冬的《韩愈诗选注》,以及一般的合集选本都敬选不弃,就是他曾在《从蒲陶到葡萄》一文里指陈其错误的《唐诗选》(中社科院文学所编)下册里也有。他说大概是以前读《千家诗》,误记为宋人作品了,而且在电话中接连表示谢意。其服膺事实也如此,真可算一位对知识纯然热爱的"职业读书人"(流沙河有《愿做职业读书人》一文述其志)。

月旦人事

流沙河是个幽默的人,他第一次到我家,正值小女出世,我在医院照顾内人,家中只有彼时已年过七旬的母亲。他和师母送新毯子、新衣服来庆贺小女诞生,家慈不认识他。他便告诉母亲说:"我姓流,流汤滴水的流。"至今犹能忆及母亲转述他的自我介绍时脸上的笑容,连连说他真是个异人。转眼间,母亲已弃不肖而去,小女业已读三年级也。

幽默自嘲,好文讥刺,历来是四川人的传统,流沙河的《Y先生语录》堪称此中经典,惹得仿作迭出,如冯川的《洋博士出丑记》等。一时间,寓讥刺于搞笑的作品,在四川大行其道。本来,褒贬贤愚,讥议时事,关心民瘼,以谑语出之,书生旧病,我等不免。但若说衡评论人之一语中的,还是流沙河老辣劲道。

还有台湾李敖近几年的表演,俗滥无比,议事论人,游谈无根。

尤其是他对专制者的赞美，飞媚眼、送秋波，让人如吞苍蝇，几欲呕吐。对此，朋友们各有自己的批评，不尽相同。但只有流沙河用《庄子·逍遥游》里的一段话来评价他，最惬我意："日月出矣，而爝火不息，其于光也，不亦难乎？时雨降矣，而犹浸灌，其于泽也，不亦劳乎？"民主社会，言论自由，不独李敖所专有。勇气变得次要，关键是要说得在理，有见地，能洞悉他人所无。而李敖胡言乱语时可谓不少。这就像太阳出来仍点蜡烛、下雨了依旧提着水浇苗一样，可笑之至。

金庸与李敖一样，同样也算大陆重视的一位文人，商业上他当然是正确的，因为靠这个起家。事实上，他的政治正确，与他办报的商业才华一样惊人。他的武侠小说，我不像别人看得那么高，但总体上还是认可的。但他到处写对联、题词，以至于到大学当博导，便有自露其丑的嫌疑。流沙河写《小挑金庸》《又挑金庸》，将这些事予以指陈，只及知识错误，且行文客气严谨（传媒见此必用"炮轰"二字，强奸别人意志而不疲），不及政治评价，这是流沙河一贯的为文态度。他把对知识之求真，看得比一时的政治判断更重要，当然这并不表明他对金庸媚上者的态度是认可的。因为一个曾经是商人的人，对眼前的利害判断是非常明了的，有时明了到只顾利益而不及其他的地步。金庸到处说好话的做法，古人说是"圣之时者也"，今人则满口"与时俱进"，其实就是没有操守的实用主义，到处泛滥成灾。

由挑知识错误，流沙河继而在《最佳创作方法》里谈及金庸、琼瑶的创作方法。"当今文坛最会搞'创作'的，据鄙人看，男数金庸，女数琼瑶。江湖上明明白白无非鸡鸣狗盗之徒，他却写得出那么多英雄好汉。情场上清清楚楚尽是朝秦暮楚之辈，她却写得出那么多纯情男女。他与她都是聪明人，决不如实写真，犯'资产阶级旧现实主义'的错误。"金庸、琼瑶的作品固然只是和商业达成过分默契、粉饰歌舞升平的作品，商业上的选择也固有对政治迎合处，然与二十世纪五十年代至七十年代文坛造假，还是有极大区别的。对前者，民众有更多意义上的自由，且明确是虚构的小说创作；而后者分明造假得厉害，却硬要说如实地反映了欣欣向荣的现象，误导你将其当作真正的现实来看待，洗人头脑，愚弄民众。

在一个正常的社会，金庸、琼瑶的小说创作虽然不够高明，但不足深责，因为另外的作品也有同等出笼的机会。如果有同等出笼的机会，一些未能出版的作品在销路上或许依旧不是金庸、琼瑶的对手，但这没关系，自由竞争，参差多态，才是我们真正所期待的。正如流沙河指陈旧的牧民术，改作武侯祠赵藩的"攻心联"——"能富民，则反侧自销，从古安邦须饱肚；不遵宪，即宽严皆误，后来治国要当心"一样，并非深责古人，不是说赵藩的对联不好，而是说沿用到现代不妥。

热爱乡梓

在我看来，一个不爱自己亲人、不爱自己故乡的人，却奢谈爱国，实在是大言欺世，但这样的欺世之言触目皆是。由此及彼，流沙河甚至说一个不爱中国汉字的人，奢谈爱国，真是别有他图。流沙河由对故乡的深爱，进而对四川文化的熟稔，终而到对中国文化的深入研究，这样由小及大的方式，充分表明了他脚踏实地、不玄虚高蹈、诚实不欺的为人及治学风格。中年诗作《故园六咏》中对故乡固有深挚的爱，晚岁的《芙蓉秋梦》中，他更是就记忆所及，将听闻和身历的成都，娓娓叙来，细大不捐，深婉不迫。但我想说的远不止此，我要说他对四川文化的研究及热爱，依旧寻着"对知识的纯然热爱"的路子在延续。姑举几例，以存其实。

流沙河读古书时常能与现实中的某些物事结合起来，这样的比附当然不是搞影射史学，大多只及古今语言之间的关系，尤其以关涉四川方言及文化为多。今天四川话中的不少俗语，其源甚为古雅。譬如我们常说一个人散淡闲逸、无所约束为"散眼子"，其实是从庄子的"散焉者"而来。形容一个人没有考虑、没有计划的"弗虑弗图"，是从《诗经》而来。比喻一个人处于昏昏噩噩的混乱状态的"恍兮忽兮"，是从《老子》而来。川人常食"羹浇饭"却误作"盖浇饭"，流沙河考其出自梁代顾野王的《玉篇》："饡，羹浇饭也。"乐山话"羹"读若羔（今乐山话与川内其他地方语音不同，正因杨展抗张献忠屠蜀有功，得以保存乐山一部分四川土著之故），由此转为"盖"。

流沙河有个发现，凡是方言中不易写的字，可能就是古字。比如四川人比较喜欢形容宽敞的词是宽绰（读若巢，巢与绰可以音转）。这是盐道街的一位语文老师告知他的，其父是流沙河的朋友，这位语文老师称流沙河为叔叔。但流沙河说在这字上，他就是我老师。陈麻婆豆腐大家都知道，但酎豆腐之酎，一般人都写不来。流沙河后来读李劼人的《死水微澜》中有酎豆腐的写法并有注释，才恍然大悟。在一些好言大事者看来，这些当然是不足挂齿的饾饤琐屑之事，岂足道哉！然读书及搞学问还是如此做来比较踏实。那些喜欢大踏步前进的人，就让他们赶快前去，占领所谓的制高点好了。

最后用我的一次亲身经历，来印证流沙河的《飞蛾儿是绋维》一文所言不虚。四川人拉架子车（架架车），超重时，必有人从旁协助，俗称拉飞蛾儿。车辐老就曾协助流沙河拉过飞蛾儿。但飞蛾儿不易解，流沙河读到《礼记·檀弓》里的一段话，"吊于葬者必执引，若从柩及圹皆执绋"，却豁然开朗。他解释说："柩车前头拉索曰引。棺柩左右系曰绋。绋是挽棺绳，缒棺下葬用。"我无数次看死者下葬，但真正执绋抬棺却只有一次。

那是大二暑假回乡，碰着一位年岁较大的堂嫂去世。她为人谦和，对小时候的我关照有加，故我亲自抬棺，以表不忘曾经照拂之情。抬棺的人都是本村的青壮劳力，他们都嘲笑我，说我手无缚鸡之力，来混着玩。我便执一绋，绋都是很结实的棕绳，抬到几里地外的场窝砣安葬。抬棺，"引"固然是重头，然每一绋（棺木两边，大约每边五绋）所分担的重量亦不轻，因为抬棺者不能完全依着平日里走的路行进。按我们那里的习俗，抬棺（我们那里叫抬丧）一般只能走直路，绕得太多，死者的灵魂便不能到达那里（相反为死者拿火的至亲则要绕来绕去地走，免得死者的灵魂跟着他回来）。不能走平坦的路，逢高坎则直登而上，遇河则直接蹚水而过，执绋者必须用力拉紧，与前后抬主杆者配合，合力跃进。故绋不只是"缒棺下葬用"，而是抬棺必不可少的牵引力量。正如拉超重架架车一样，须从旁协助，才能成事。可见拉架架车的"拉飞蛾儿"，与抬棺执绋的道理完全相同。

流沙河素描

曾伯炎

快退休了，我要出一本诗集，邀相交几十年的老友流沙河写一篇序文，他打趣我是一只爱叫的鸡："往往叫得超前了，所以挨晌竿，打得满院飞。"读得文朋诗友哈哈大笑。

过了二十年，北方那家出版社出我那本随笔，也邀他写一篇序，他允诺了。临发稿他遇眼病，想推却，有负少年之友，只好肿着眼，交出那篇千字文，字大如核桃。序里，仍笑我七老八十了，心中的那团火，仍未消。好像我是火命，其实，我幼年算命，发现命里是三重水，才用"淼"命名哩。

他这人，瘦得常四十多公斤，医生笑他血糖血脂低得如饥饿年月的人。但他的精神奇好，书斋里，遇衰颜知己，话匣打开，势若滔滔，可从成都五老七贤的文人逸事到当下时事讽闻。当然，也不忘讲他自己的笑话，如他那年挎一灰旧布包出行，在赴承德避暑山庄的车上，被人当面指笑他是个农民而毫不介意。派他出国访问，行于贝尔格莱德街上，一兴奋，高谈阔论起来，见南斯拉夫人，尽轻言低语，才脸红于自己到了欧洲，倒像个粗人。

别认为他书生气十足，也通江湖，他曾与我说起从前袍哥们的故事，熟稔到似乎他是中间的成员似的。一次他刚从金堂回省文联时，街上遇小偷，小偷见他穿得很土，向他低价推销崭新的名牌自行车。他一拍人家说："我从前也是吃这行钱的，早洗手不干了。"窘得那小偷红着脸溜了。

现在，我俩已是徐渭诗中写的"半生落魄已成翁，独立书斋啸晚风"的耄耋老人了，相濡以沫，砥砺以活，过了近七十年。

有人问我，流沙河九十岁了吗？其实，他不算比我年长，他出生在一九三一年十一月十一日，我出生在一九三二年二月十四日，他是上年的光棍节，我是下年的情人节，他只大我几月。只是他高中才读了五期便跳级考进川大，我还在石室高中当文青。那时，他便在《西方日报》副刊《西苑》上发诗文。我们少年时，在成都这片文化沃土上生长，有相同文友，家庭同是士绅，有"忠厚传家远，诗书继世长"的相同背景，形成的价值观差别自然很小。

记得一九五二年土改后，春天，编辑部派他去采访李井泉培养的女劳模冷月英。他归来后，夏天，又派我去报道冷月英向全省挑战的高产成绩。围绕这劳模的家里与田里，从省农科院水稻专家陈禹平到省妇联部长王憩冰，加上新华社与省报记者群，还加上栗茂章院长带的一批西南人艺体验生活的编导与演员，那热闹，真令我首次见识打造高产明星的盛况。最后，田里低产驱大家作鸟兽散。我回编辑部将这失望讲给流沙河时，他毫无兴趣，只向我讲这冷月英的丈夫，如何老实笨拙，受精灵老婆使唤的那些趣事。我俩的采访，我重记事，他细致地观察人物与生活细节，应是新闻视角与文学眼光的不同吧。

流沙河从报社调走，留下的副刊，由我操作。星移斗转，这张报要庆贺创刊四十年时，我恰遇与他坐车同赴一会，便提醒他说："你是那副刊首任编辑，应写一篇文章来纪念吧？"听罢，他一惊，几乎忘了自己出道时的人生头一站,感慨不已地著了一篇抒情又带哲思的散文《回头不见来时路》。再过十年,又邀他题词以贺五十周年。此时,他已退休,不卖文而卖字了。他说:"写什么呢?"踌躇着。我说,就写那年你给《颍州晚报》题的《书经》上那两句:"天视,自我民视;天听,自我民听。"就很好嘛!他写了,还怕别人不懂,用白话注上:"上天的眼,就是民众的眼;上天的耳,就是民众的耳。"

我俩闲话,想起一九四九年后,我俩居然都由弄报纸副刊这角色进入人生,不免自惭地忆起当年这角色的前辈,是些什么人物呵!编《新民报》成都版副刊的,是在华西大学任教授的孙伏园,曾在《申报·自由谈》给鲁迅编辑过杂文。还有编《华西日报》副刊的剧作家陈白尘,编《新新新闻》的副刊《柳丝》的大作家李劼人,编漫画副刊《每周漫画》的画家谢趣生,哪是我等充数的滥竽?他说:"是呀!还有《西方日报》那《边疆》副刊,由华西大学研究少数民族的边疆学会任二北教授主编。且有音乐副刊《乐府》,是作曲家敖学祺主编的。联想到当年李劼人说的,蜀中无人,使竖子成名的话。我俩十多岁做编辑,是时代使然,当时知识分子青黄不接呵!"

已是二十世纪八十年代,流沙河又在编《星星》了。我与他同行街头,路遇原《川西日报》摄影组的谭大明,他上前去热情寒暄问好致意。老谭与他很疏远呀,奇怪!他解释说,一九五二年,他是报社"三反"运动"打虎队"打贪污分子打手,围攻老谭时,他不该出手推搡了他,几十年,成了心中难挣脱的内疚。看来,他这人受的与人为善的训教,有点根深蒂固。

文联首次建宿舍,他住进后与周克芹为邻,许多私房话、艺术观,常与周克芹交流。但周克芹当了作协书记,他便主动疏远,怕影响朋友仕途,给人话柄。作协里有位诗人很妒忌他诗名超过自己,怕流沙河争了他未来升作协主席的机会，四面去说些流言蜚语，甚至给流沙河这有头巾气的书生抹点黄色笑料。后来，他发现流沙河只对做学问热衷，那主席台上给他设的副主席位子长期空着，才从家属那里摸到底，证实完全是误会后，他便放弃对流沙河抹黑抹黄的手脚，主动握手言欢，摒弃前嫌了。

记得那年，由他提议，我们当年那批学生娃编辑，结队去太原看望西戎，让他看看我们"昔别君未婚，儿女忽成行"的变化。原定次年春暖出发，没想到这年冬天，便收到西戎妻子李英寄来的讣告，一伙人懊丧不已，悲恸不已。想起二十世纪五十年代初西戎任《川西日报》文艺部主编时，便从来稿中发现金堂流沙河的散文、小说写得好，便发去调函。过后又想起此人手稿，用毛笔在白纸上工笔楷书，心想作者恐是个老夫子，若真是，或有历史问题，怎么办？而当收发室告他流沙河到了时，西戎是怀着忐忑的心情去迎的。一见，是个十九岁还上过大学的青年，喜出望外。当时西戎也就三十出头，他原名席诚正，十四岁时，追着丁玲带的抗日宣传队看演出，后来追进《晋绥日报》《大众报》，与马烽合作《吕梁英雄传》成名。以他这样的出身，当然关爱我们这些稚嫩的青少年了。

流沙河告我，西戎领他到大邑采访，遇北京来的土改参观团，流沙河见陈垣大师，上前躬身行礼，西戎还不知这白胡子老人是辅仁大学校长、史学权威。西戎说他去参加北京的第一届文代会，邻坐有个赵景深，很客气，他问流沙河这是何人。流沙河才告诉他，这是老资格的戏剧家，听得西戎睁大着眼，发现自己没把流沙河看走眼。

流沙河还告诉我两件关于西戎的事，说明西戎文化本位甚过官本位的意识对他的影响。西戎同他去大邑采访，县委食堂给书记一人设阔气专席，一桌盛肴只他一人特殊享受。西戎说："看不惯，我俩上街去吃。"其次，是丁玲管中国作协文学讲习所（鲁迅文学院前身），想到西戎自学成了作家，调他去中国作协指导培养青年作家，当年的刘绍棠、从维熙、陆文夫与流沙河等，都去这讲习所受过训练。但西戎不愿走这在北京当官的终南捷径，犟着回山西去做了山药蛋派作家。流沙河效仿他，留在讲习所做辅导了，仍犟着回成都，那《草木篇》就写于由京返蓉的途中。

一九五七年流沙河当了"右派"。反右领导小组里，有人提议送流沙河劳教。文联党组书记李累说："他是上面点的，有一天，上面想起来了，向我们要人，去哪里找？还是开除留机关监督劳动，当反面教员算了。"这一留，不也留下一颗文学与文化的良种吗？到今天，说起前辈对他的爱惜，他仍没齿不忘。

还有沙汀对他也很呵护，曾叫他去《四川文学》编辑稿子。有个夏天下雨涨水，上面叫他给沙汀家送粮，架架车一拉拢，沙汀就叫太太给他煮了一碗荷包蛋，让他快趁热吃下。

在这批怜人惜才的领导中，他最难忘并感恩的，是人事科长李英、秘书长安春振。他留机关劳动，管他的恰是这一女一男两长辈，他们都有资历。李英是抗日时在晋绥参加革命，还是作曲家、原延安鲁艺教师、现文联书记常苏民的太太。安春振也是鲁艺出身的作曲家。他们都经历过不少政治运动，不怕有人说他们同情流沙河。

有一天，流沙河从凤凰山农场拉一车蔬菜到文联食堂，被发现腿脚水肿，他还不介意。少顷，有人叫他去见安春振，安春振说："赶快从农场回机关，不能再去劳动了，若有人安排你劳动，叫他来找我。"流沙河去农场背回被盖，李英告诉他："已同安春振商量好，让你去看图书室与阅览室。你就睡到后面的书库里。给你安排到集体宿舍，不但扣你的住宿费，且受同住人的冷眼，你睡那书库就最好。"

流沙河说，那书库里，全是过去商务印书馆、中华书局出的旧书。如段玉裁的文字学著作，罗尔纲的八大卷从曾国藩老宅挖到的太平天国史料，以及给皇帝选的《太平御览》、陆游的《老学庵笔记》、孟元老的《东京梦华录》，这些全是他睡在书库里时嚼读的。真是塞翁失马，焉知非福。我说，按民间的说法，瘦狗跌进茅坑——你吃个饱呵！那时，我在山上就只有一本《希克梅特诗选》，朱友柏只有一本普希金的《高加索的俘虏》，平时累得人翻书的力气也没了。

一九六一年到一九六五年，安春振与李英以一片惜玉怜才的苦心，使流沙河与文化的断裂再由图书室衔接。被当时人们歧视的文化典籍，助流沙河在这寂寞书库的人生窄缝里，完成他从诗人向学者的转型，为蜀中留下一个读书种子。他在困难中，获好人相助，可说是拯救，应是万千不幸者中一个幸运的孤例。现在，李英与安春振均作古，安公是活到近百岁才离世，看来"仁者寿"这话，也在他人生中应验了吧？

流沙河在二十世纪八十年代复出，参加北京那次全国作代会，见到西戎，叙罢别后坎坷，西戎夸奖他文章里的短句写得好，问他经验。他回答说，还是过去在西戎指导下编短文磨炼的。听了，我心里忖摹：没有背诵古汉语经典，熟读唐诗宋词的训练，写得出那么精纯的语句吗？

就以他脍炙人口的《退休赋》中的几段为例，如：

专业作家之衣冠，悄悄蝉蜕。
传统文人之身份，迟迟雁归。
嗟吾辈之苟活，蚁走蜂忙，天天疲于奔命。
看彼等之雄起，狼吞虎咬，处处敢于发财。
更有老子整人，儿子整钱，一家实行两制。
岂无小贼剪包，大贼剪径，百姓吓掉三魂。……

这种文言白话熔铸锤炼而出的有文言之形又含白话之神的语体，那些写浪漫抒情散文的写不出，仿点《滕王阁序》的做不像，玩大字报文体的更只能玩假大空的变种了。当我欣赏他这种精炼的铸句时，他向我推荐余光中的散文，称余光中才是煅打文言与白话成现代精纯汉语的大家，还介绍我读他的《四个假想敌》，我读得获益匪浅。

流沙河写《退休赋》后，著《庄子现代版》之余，不写诗，不卖文，转而卖字。他卖字卖出的新闻，便是他挂在杜甫草堂好雨轩的一副自撰联，被一台湾游客以重金购走。那对联即"偶有文章娱小我，独无兴趣见大人"。

经大字报文风一统天下后，这种颇个性化的联语，令人耳目一新。于是，沪渝报刊邀他用一联一话写专栏，书法家刘云泉还邀他合作出版一本对联集，流沙河的幽默与诗才，也在这些对联中洋溢，如："革新你饮拉罐水，守旧我喝盖碗茶。""厚厚薄薄印些凑凑拼拼句，多多少少捞点零零碎碎钱。"

于是，人们找流沙河撰联，这成了他的专业。他收到西戎讣告，即挽一联寄太原："蜀中晋中一片热心扶后进，风里雪里两行寒泪哭先生。"他给周克芹墓碑撰的是："重大题材只好带回天上，纯真理想依然留在人间。"给一生坎坷仍活到九十八岁的老作家萧荑的挽联是："百年坎坷饶两岁，一星陨落冷千山。"

十多年前，湖南作协邀全国作家赴湘西采风观光。沈从文故居，民国第一任总理熊希龄老宅及凤凰古城，沅江鲜鱼皆品赏过后，那湘泉大酒店主人摆出文房四宝，请作家们留墨。大家都弃了笔墨，改操键盘，不免畏葸起来，最后，发现老作家流沙河正可救急，推他为代表，他关门写下一联："客宿湘泉，酒醒纱窗月静；人吟楚水，诗成芷岸风香。"湖南是"惟楚有才，於斯为盛"的才俊之乡，此联被当地俊彦品评，他们认为这蜀中之才的才气，临老未衰。无论以雅言或俗语入联，他皆能化雅入俗，化俗为雅，无论经典汉语还是生动口语，经他那饱含文字训诂学功夫的语言熔炉，都能被冶成精纯文字，怎能不令圈内圈外人倾服呢？

二十世纪八十年代，重文凭多于讲出身了。流沙河曾考入四川大学农业化学系，川大两次通知他去领补发的毕业文凭，他都拒领了。他说，自己只读了一学期，怎能称毕业。川大有博士要求以他的著作为研究对象写博士论文，被他婉拒，他说他的那些诗，不值得研究。他给学生讲了课，系主任请他吃饭也推辞，说他的肠胃弱，承受不了盛肴。他这种不为稻粱谋的文化人，已是凤毛麟角了。

但是，对知识产权遭侵的事，他也学着在抗争，事情应从他的《庄子现代版》被盗说起。

他将当年在文联书库埋头夜读《庄子》的颖悟、思考、探究，在退休后花三年工夫著出那部《庄子现代版》。听说将完稿时，便有成都新凑成的一家出版公司，闻风而来延揽，吹他们如何隆重推出沙河老师之作，做成长销不衰的长寿产品。我听说后即劝他，这心血之凝至少应交三联或中华书局这类有信誉与编辑实力的出版社，不宜轻易交出版商。他说，稿子已被拿走了，协约已签定了，不好意思拿回来了。

书印出来一看，全是商业化包装，以粗制亵渎文雅，且错漏频出，已无法补救，只望合约过期，另投出版家。此时，已是二十世纪九十年代中期，这本书又出现在台湾市场，被人盗版。流沙河拿到证据，找到律师，正拟为自己被侵权起诉时，猛想起有一天，成都这家出版公司的编辑来说："给沙河老师再出一种繁体字版，请签个字。"流沙河说他正忙着，顺手就签了。一听，我顿足说："糟了！你做了杨白劳角色，把你女儿（书稿版权）又卖了哟！"他懊悔，已来不及了。

没多久，有人来说：这家出版公司垮时，有人在分流沙河的两种果实：其一，是卖他繁体字版的美元；其二，是分他写得像赵体小楷的书法手稿，将来又可卖钱呵。有此教训，以后，他寄出的手稿，用复印的了。

这便是传统的书生文人，在社会的市场转型中，做了哑子吃黄连——有苦说不出的哑子。

流沙河退休，实际是向传统文人回归，做书斋文人。但他并不封闭自己于书斋，全国民间读书年会邀他去做读书与学术讲座，他不只一次参与。而他在书斋中接待的，除了成都的六场绝缘斋主龚明德教授，蜀中读书种子冉云飞，还有远客如北京的邵燕祥，台湾的余光中、范我存伉俪等，谈笑有鸿儒，往来散书香。别人退休后游玩四海，他是自称做职业读书人，心游中外古今，这种心游较那些体游，更有文化灵魂吧？

多少人笔谈流畅，口谈结巴。流沙河有文才，还有口才。他复出后的一九八八年，参加世界汉学家在上海的一次大会，他用文言文讲他发现诗的三柱：情柱，诗之魂；智柱，诗之骨；象柱，诗之貌，构成诗之神形。这引来各国汉学家惊异，"文革"后还有如此见解独到的诗论，全场起立鼓掌！这次规定十五分钟的发言获得的反响，应是他信心的发端，也是以后开讲座的滥觞。他有许多学者文人所缺乏的将经典通俗化地表达，以及深入浅出地传递深髓的才能，以至后来他在市图书馆定期讲《诗经》《古诗十九首》等，引人入胜，场面火爆。他擅长贯通今古，把现代人引入古人作诗的现场去体会，并在其间适当加入自己的幽默点评，效果奇佳，这样的讲座弥补了当代人们物质丰足却精神贫困的缺憾，丰富了成都的文化氛围。称他为成都的文化名片，还较浅表，还应视他为成都文化软实力剩下的硕果，才真实吧？

流沙河先生五书笺

伍立杨

故园九咏

（《流沙河诗集》，上海文艺出版社）

沙老诗集在广州买到，一度朝夕讽诵，如痴如醉。那是一九八三年，笔者还不到二十岁。差不多同时或稍早，读到《重放的鲜花》《芳邻》《乞丐》《哄小儿》《焚书》《夜读》……一篇篇、一首首，读来令人心悸。

"爸爸变了棚中牛／今日又变家中马／笑跪床上四蹄爬／乖乖儿，快来骑马马／爸爸驮你打游击／你说好耍不好耍／小小屋中有自由／门一关，就是家天下／莫要跑到门外去／去到门外有人骂／只怪爸爸连累你／乖乖儿，快用鞭子打！……"

时代是一大背景，生灵涂炭，灵魂摧残，死者已矣，生者何堪。阿拉伯俗语说："人及其时代比父子更相似。"历史现象一旦脱离了时间，便无从理解。

活着的人比死去的人还痛苦，生存者的创伤长期存在于特殊时空之后的生活中。某种意义上，《流沙河诗集》也是诗史，留下事实的记录与灵魂的感受。

彼时，古色古香的传统文明已经七零八落、扫地以尽，历史机缘之多方巧合，扭曲了民族的命运。日黯星残的时分，沙老的诗作在向生命致以最高的悲悯。

先前或一度为作诗而作诗，横逆突兀而来，陷入廿余载创作空档期。到了鲜花重放（《重放的鲜花》）时节，已经是人到壮年。此时已耽误二十余年工夫，沙老决意脱去尘嚣，潜心著述。先生作诗与说诗，各有千秋，影响皆甚巨大，合为双美。说诗，实为济胜之具，俾使读者入宝山而不空回。《隔海说诗》《十二象》，其中融贯诗家的真知灼见，为诗歌创作的症结理出脉络，时人披读之，如贫获宝，似渴得泉。沙老写诗、说诗，每一种均为经典之作、开山之作。他将对诗歌艺术的解读作纵横联络式的深入细化，让诗歌的创作、欣赏不再是一种隔阂，其客观而深入的评论，让诗艺的机窍再一次重现于阅读的情境中，厘清表达的局限与困境，也让人从中想象突破时限的可能性。

今之诗界，五音并炽，百舸争流，而真能流传久远的，必然还是要落实到沙老这样的著述。先生古今文学史知识丰富，学究式的枷锁自然拘限不了他，文采自如行云流水般流泻出。我们自然读不到教科书式的写作笔法，其宏观、微观交织的诗学观点，更为诗歌包括艺术创作难解的疑点找出答案，让理论清晰地成为文学爱好者的必备知识，成为可亲近的诗艺理论。

这些诗作，在将近四十年后的今天，让我们仍能从中窥见它所包含的严肃的道德思考，因为那个时代在时间上虽已过去，但其罪与耻、法律与道德、是与非……仍然颠倒错乱，令人不无隐忧。

引 子

（《锯齿啮痕录》，三联书店）

引子：

"我来公园，可惜太晚太晚，
最后一株梅早已化作柴烟。
崩塌的半岛，荒凉的江岸，
凭吊梅花魂，一步一怆然。"

一百行的《梅花恋》就是这样结尾的。

这首诗发表在 1979 年 7 月 4 日的《人民日报》，署名流沙河。前此，还在别的报刊上发表过三首诗，也署名流沙河。我偏要用这个臭名发表拙作，不过是想表示青蛙不忘蝌蚪生涯而已。

不是"重新参加工作"，我早在 1950 年就参加工作了。从那时起，我一直在工作，在努力地工作，未尝懈怠一日，不须"重新参加"。1957 年以后，我做勤杂劳务，我管图书资料，我拉架架车，我种庄稼，我拉锯，我钉箱，同样未尝懈怠一日，件件般般都是在工作……不须"重新做人"，我做人一直做得好好的。应该重新做人的不是我。

——《锯齿啮痕录》

真是哀鸣声绝，而继之以血。多年前接读此书，即绕室徘徊，不能安坐，不忍再将它翻开。

陈白尘的《牛棚日记》因记于险恶环境，限制、禁锢多多，故其记述以单线为主,而沙老的《锯齿啮痕录》,则根据日记于那个时期之后撰写,写作环境稍有余裕,故勾勒与渲染并重。文化人遭际之惨,在陈白尘先生的书中较简略,在流沙河先生的著作中可得到详尽的诠释。举凡那个时期民众的凄惶张望、无所适从,中期群众的斗争升级,暴力的肆虐,晚期的衰微在基层的显象,个人在横空而来的悲剧中身不由己,一沉再沉的悲剧命运,均有详尽的揭橥。人的血肉之躯曾经遭到过怎样非人的折磨,不能不引发我们深长的感喟。很多人的生命在暴风骤雨中像泡沫一样归于无声的消融。有的人侥幸活了下来,身心两面受重创,不复为正常的人。更多的人,将在终身幻影中度其残生。书中记述一个先造反、后跌下成为反派的人,每听见锣鼓响就要高喊口号,作者在书尾针对这种情况发议:"倒是那些左家庄的毒品贩子,老谋深算,从来不疯,红黑都有糖吃。"可以说是蘸着血泪的深长思索,其心情的伤绝,其见解的深透,不啻暮鼓晨钟。

陈寅恪先生悲道德、风习纷乱变易之际,世态出现可怕的大幅滑落:"有贤不肖拙巧之分别,而其贤者拙者,常感受痛苦,终于消灭而后已。其不肖者巧者,则多享受欢乐,往往富贵荣显,身泰名遂,其故何也?由于善利用或不善利用此两种以上之标准及习俗,以应付此环境而已。"(见《元白诗笺证稿》)

这就不仅是无奈,更有悲怆的意味在里头了。

此书有绝大波澜,无穷感慨。平常生活,皆寓悲怆之意。读之潸然堕泪,若不能堪者。历史被这样记录,本身已是一种力量。然而道阻且长,在阴风凄凄、鬼哭神号的岁月,历尽诸苦,言难尽也。寡求并不能给读书人提供安全的保证。秦火的余焰里,读书就是大逆不道,是罪孽,是旧文人习气。沙老当年致祸的原因之一,就是他的千册藏书。读书人其实也不是什么怒目金刚式的英雄。当时代的鼓噪不能自已之顷,沙河先生还是处理了自己的部分藏书,留下的书还几乎惹来杀身之祸。然而当置身于危境之时,避无可避。那些能够白日见鬼的夸大狂"叫我坐下,逼眼看我,状极凌厉,我也逼眼看他,觉得这一套精神战术全是形而上学"(《锯齿啮痕录》)。

其中有胆有血性。读书人的真风骨。

时穷节乃现,信不诬也!

先烈之再认识

(《南窗笑笑录》,群众出版社)

小勇,膂力方刚,血气正旺,便有可能做到。大勇,不在膂力,不凭血气,而在思想的澄澈,而凭信念的坚贞,这就难了。像彭家珍那样,一介书生文弱之躯,做到尤难!这便是我粗懂事以后对彭家珍烈士的认识……同时我也风闻另外一种传说,出自当时故乡二三遗老之口,说是这一位翩翩佳公子流寓在京华,涉嫌打滥仗云云,余生也晚,不知其详,不敢断言遗老们"在造谣""在诽谤"。但是,遗老之顽固,愚氓之无知,乡曲之蔽塞,我是很了解的……我在故乡劳役,见过不少现代乡愿。孔仲尼骂得好:"乡愿,德之贼也。……"今年(1988年)4月7日是彭家珍烈士的百年诞辰,哲人日远,典型尤在。作为乡人,甚感对烈士有再认识之必要,故欣然命笔。

——《先烈之再认识》

沙老在给拙著《铁血黄花》的跋文《天地中的一脉正气》中再加以发挥：

>作者伍立杨要论的不是这些卑鄙龌龊之举，而是清末民初革命党人极悲壮的暗杀活动。那些革命党人，看来真是怪物。他们一个个出身富贵家，不追求功名利禄，光宗耀祖，福子荫孙，倒跑去推翻帝制，掷弹杀官，引颈受戮。尤可异者，狱中赋诗，刑前演讲，一展书生本色，俨然欢乐归阴，使人相信天地之间确有一脉正气不绝如缕，由古联今。这不就是黑格尔说的"绝对精神"吗？唯物你说无，唯心我说有，不妨各说各……
>
>典型日远，良士为之瞿瞿。若以史坚如烈士一九〇〇年炸两广总督府为革命党人暗杀活动之始，至今快百年了。立杨先生忧虑史迹湮没，特著本书，昭示来者。书中再三阐明革命党之暗杀以民主与自由为鹄的，其性质迥异于恐怖主义。暗杀之暗，可能不太好听，所以温生才烈士受审时声称是"明杀"。这是辛亥年间事了。孰料岁星四圈之后又有了阳谋论，前后映照成了笑话，像在戏弄历史，叫人真不好说。

彭家珍刺杀良弼，事发于一九一二年一月，系投向清廷专制的最后一爆。从地理籍贯来看，是一个成都青年，炸毙另一个成都青年。

这一年，良弼三十五岁，彭家珍二十九岁。

良弼是清初摄政王多尔衮的后裔，出生在成都的旗人家庭。彭家珍出生于金堂县，今属成都市辖区。

良弼协助军咨大臣载涛，为事实上的海陆军参谋总长，晚清少壮派的顶梁柱；彭家珍，老同盟会员，也有军职在身。

良弼长得风度翩翩，体貌挺拔，素有大志，以知兵而为清末旗员翘楚，乃是旗人中崭新的军事人才。良弼意谓良佐，刘基的《巫山高》诗中有云"君不见，商王梦中得良弼"之句；彭家珍少年英俊，文质彬彬，光复故国辛苦践行，具备世界眼光。两人形质俱有诸多共同之点。倘非置身于对立体系，于国于民均大有裨益。良弼若早生十数年得为光绪助手，变法事或大有可为。

彭家珍生于金堂县姚渡乡。二十世纪初，他父亲到成都尊经书院任教，他也随往，因而视野大开。稍后考入四川武备学堂，一九〇六年东渡日本，对中山先生的革命理念极为崇尚，随即加入同盟会，这是同盟会成立的次年。一九〇七年潜返四川策动大举反清起义，此时他在清军中担任排长。

一九〇九年夏，彭家珍因友人之召赴昆明，初任第十九镇随营学堂管带兼教官，年底闻东北民气可用，又转赴沈阳，任奉天讲武堂附属学兵营前队队官，在江湖社会密切联络，以图大举。

一九一一年，四川保路运动兴起，党人预感风暴将至，彭家珍从军咨府谋得推荐书，赵尔巽委其为天津兵站副官长、代理标统。这年年底，他在上海获中山先生接见，其后曾担任四川同盟会旅沪支部军事部副部长、蜀军副总司令。不久，江苏都督程德全委其为北方招讨使，他又马不停蹄驰驱北上。

武昌起义以后，一九一二年，南京临时政府业已成立，南方各省纷纷宣告独立，北伐的声音更是响腾大陆。各国侨领也皆联名驰电要求清廷早改国体、安定大局，这时清廷急予手握重权的袁世凯加封一等侯爵，但他别有怀抱，岂肯以此满足？他一方面试探南方政府的代表伍廷芳，欲使孙中山先生让位与他；一方面要挟清廷以利拨弄。这时皇帝年少,隆裕太后张皇失措,一夕数惊,这种情况下清廷的顽固亲贵,如载涛、载洵、载泽、溥伟、善耆、良弼、铁良等,便发起组成了一个宗社党,一心主战,要和革命党决一高下。那句把中国"宁赠友邦,不给汉人"震惊全国的呆话,就是由宗社党口中发出的。而稍早几年,清朝大臣刚毅甚至公开说"汉人强,满洲亡;汉人疲,满洲肥"(钱穆《国史大纲》1948年版,第653页)。除了狭隘的部族特权观念,国家前途的黯淡、生民命脉的损害并不在其头脑一念之内。良弼等人结合朋辈三十余人,前赴庆王府,包围奕劻,言辞激烈,并责问载涛兄弟,何以前此主张激烈,而两次御前会议一言不发?于是,他们便以"君主立宪维持会"之名义,发布激烈宣言。此即人们所称之"宗社党"。蒙古亲王博尔济吉特培等,亦组织义勇勤王敢死队。自古昏乱,至此为极。嗷嘈小民,更加筋髓委于土木,性命俟于沟渠。

宗社党既如此嚣张,其间彭家珍参与京津同盟会骨干研讨诛锄袁世凯、良弼、载泽三人的决策。一月中旬袁世凯被炸,导致搜捕更严。彭家珍遂决意刺杀良弼。一月二十六日晚间由绝密情报得知良弼次日出席重要军事会议,他即返寓取出炸弹和手枪,然后化装为新军标统崇恭,那是良弼的一个熟人,径赴良弼宅邸晋见,以求一逞,不遇。旋赴皇宫外东华门静候,良弼出宫,卫队森严,未及下手,又乘马车尾随至良弼住家,待其下车,即取出名刺(名片)抢步求见,遭良弼敷衍,这时他迅速取弹掷向对方脚下,先爆一响,伤其足仆地。卫士惊觉反抗,不料炸弹经石反撞,又爆一次,卫士三五殒命,同时亦因距离太近,不及腾挪,彭烈士本人也受创牺牲。良弼受伤后延西医抢救,终因血流不止,次日亦死。

中山先生闻知极为伤悼,称其壮举为"我老彭收功弹丸",追赠陆军大将军,令崇祀忠烈祠。二月十二日,清帝即下诏退位。

二十世纪八十年代末期，沙河先生在成都郊区彭烈士纪念馆瞻仰，说烈士"不穿军装，不扎皮带，不威不严，乃一面目清秀、头发梳波、翩翩美少年也。这样的人会做出那样轰天震地的大事来，真想不到"（见《先烈之再认识》）。流沙河先生将彭烈士的精神内蕴归纳为一种思想、信念垫底的大智大勇，这也正是辛亥那一代知识分子的傲岸独立之处。

历时十余年的定点清除，它是辛亥革命的重要组成部分，也是核心部分。武昌起义则是压垮骆驼的最后一根稻草，是在定点清除的基础上的推导和推倒。革命者有权利定点清除专制魔王，从史坚如、吴樾到温生才、彭家珍，他们的行为正是如此，理应流芳百世，万众景仰。

沙河先生的学术研求与文学创作，刚毅气节实为其内里最最重要的底色，在他的《先烈之再认识》一文中，即可窥见这种精神命脉之所在。

游遊周週各有用

（《正体字回家》，新星出版社）

遊字简成游字，准确说，遊、游皆正体字，各具字义。遊指遊玩，旅游用之。游指游水，游泳用之。字义不同，源于所从各异……

周字用处较窄，一是地名周原，二是国名，三是朝代名，四是姓周。最早的周字见于甲骨文，象农田边界形。金文加口，此口非嘴，乃正方形，表示都城，遂为国名。边界围成一圈，由此生出周围、周密、周到诸词。晚近乃造加走的週字，为周字减轻负担。週字既造，便用于週围、週密、週到诸词。週周分工，具合理性。简化令下，週被灭杀，一律返古使用周字，这是在开倒车。

——《正体字回家》

这是先生以硕学大德，痛念身世靡常而作的一本大书奇书。其间融贯不泥古，充满不僵化的英气和睿智，头头是道、脚脚有路，寻源味道，足以涤荡胸襟。

沙老说文解字系列著作诸如《正体字回家》《白鱼解字》《字看我一生》，皆为手稿影印珍藏本，系精美异常的印刷工艺品和书法作品。

《字看我一生》则是托李三三的一生，瞻顾身世，萦绕于梦寐间。讲解字的流变，新知旧学，故事曲折，是根据人一生境遇涉及的文字，来解读这些汉字，复原历史。文字解释，仿佛棒喝之下豁的一声，忽觉身心脱落，如寒灰发焰，暗室顿明。该书写作之际，先生八旬已过，年迈体衰，而创作之心力磅礴激越，真力弥满，亦可惊矣。随着年事的增高，他的创作在这时反而进入了全盛时期。

在当今世界文字中，唯有汉字具有非常深厚的思想文化内涵，汉字具有"形、音、义"的特点，文字上承载了中华民族几千年的文化传承。孙中山先生说："抑自人类有史以来，能记五千年之事，翔实无间断者，亦唯中国文字之独有。"汉字是世界上的古老文字之一，由于符号众多，可以用简短的词语，表达众多的意义、概念。我们单从汉字的写法上就能看出一个字的意义和它的褒贬色彩，这是其他任何文字所不能具备的，汉代许慎所说的"盖文字者，经艺之本，王政之始，前人所以垂后，后人所以识古。故曰：本立而道生，知天下之至赜而不可乱也"，论述汉语汉字的优势，它所依托的必然是正体字,而非想当然的简化字。所以沙河先生痛切呼唤正体字回家,正是要回归中华文化的正道。

沙老的文字学著述,常置案头,一读再读,颇多启发迷蒙之处,举凡古今兴废、人情物理、岁月光景……皆见于其中。参以典籍经旨,杂糅生活烟火,相互发明,冥契道妙。

先生二三十年前解字之作,广泛刊载于《文汇》《新民》诸报,读者多知之。先生兴趣转移后,虽居住于大都市的市中心,但是长期深居简出,无异于万山深处寂然索居,坐拥书城,埋头著述。故纸堆里云水飘飘,精神游行于自在,此中境界,岂是十丈红尘中打滚的骚人墨客、尘声俗轨所能窥测于万一。

虽然不免做尘劳中人,但能皦然不滓,收放自如。反而一些年轻人,缚着多多,堕入死水,不能超脱,何日可了。

然而先生绝不是枕青山而卧白云,侣樵牧而友麋鹿,实则关心民瘼,俯仰时事,念无量劫,不胜感慨。看似谈艺之作,实则忧患之书也。

或以为,沙老是否也像乾嘉学派那班人一样,醉心到考据里头去了?其实,不要说乾嘉的源头奠基人,就是惠栋、戴震这些吴派、皖派,也有诸多的不得已啊。而沙老的文字学研究,更像张恨水笔下的陶渊明,张先生说:

"……自古者道个陶诗甜,杜诗苦。其实,陶诗何尝甜,甜正其不得已也。……以陶渊明不为五斗米折腰的汉子,说他终日醺醺的,只做一个糊涂乡村老头子了事,哪有此理。

"……东晋以后,北方是夷狄乱华,南方是篡杀相乘。他想到乃高祖陶侃那份运甓自劳的精神,做过江东的柱石,他却毫无办法地,滚入了南朝那开始的魔境。干呢,干不起来!哭呢,不像话!笑呢,也决无此理。于是只有一味的淡泊明志,放怀自遣。理想出那么一个乌托邦来……那一份苦闷其中而逍遥其外的句子，正不知有几千行眼泪呵！归去来兮，先生将何之？我哀陶渊明。"

沙老在《正体字回家》的前言中写道："少时受过古文字学的启蒙，所以对简化字看不惯，心识其非……得以苦役余暇研习甲骨文和金文以及《说文解字》，本单位领导人便知我在偷读'有毒书籍'，亦容忍了。回想起来，此亦恩德，使我晚景有所自娱。"

先生谈整字的简化，简化成一个大字下面一个正字，将整字分成束、攴、整三个方面来讲，发前人之所未发。"文字无阶级性，但这个整字肯定不是民众造的。整字内涵可厌，也算反映历史真实。简成大正，用大掩盖了历史的真实，那就不应该了。何况大字放在正字之上，根本讲不出个明堂。"

始作俑者，其无后乎！重温沙老种种分析结论，真不胜其扼腕唏嘘。

先生吸收前人研究成果，融会贯通，建立了自己的解字系统，极富创见。他治学严谨，不肯轻易著书，若非定论，不以示人。如果我没记错，沙老最早的说文解字专栏，系于二十世纪九十年代中期开设于《新民晚报》副刊《夜光杯》，文章精悍短小，一经刊布，乃不胫而走。

《白鱼解字》《正体字回家》《字说我一生》，融贯新旧，而又以平实浑朴的笔调出之。故其一文之出，一说之立，辄有本固础坚之效，可以说是当代说文解字的煌煌巨著。沙老的这一系列著述范畴在小学中而承其绪，但先生却不是故纸堆中的国学家，他的满腹经纶参以时代的观点和看法。他的知识藤蔓构架迂延广大，思想之停蓄因此稳当厚重。他吸收前人的研究结果，在经学、文学、古文字学各个方面都有很深的造诣，但于近现代的社会生态，更多解会契入，更多关注拈取，这使他的治学方向落实，而不流于空疏。

先生治学无分东西，研究的兴趣由文学而进于文字学，他的整个学问基础的庞杂伸展，使他对东西学术俱能运用自如，别开生面。

章太炎先生晚年开示学子，于文字之学，曾特别强调：

"说文之学，稽古者不可不讲。时至今日，尤须拓其境宇，举中国语言文字之全，无一不应究心。清末妄人，欲以罗马字易汉字，谓为易从。不知文字亡而种性失，暴者乘之，举族胥为奴虏而不复也。"

这是何等沉痛之言！沙老的说文解字，正和太炎先生的隐忧有着深深的契合，他的学术生命基调的主流是民族文化的道统而兼有普世的情怀，更包含着他对蜩螗板荡世事的深所抱憾的痛切，字里行间，深深渗透着长太息以掩涕兮的斑斑心痕……

这几部大书都是手稿本，另外有些读者朋友，仅从书法珍品角度，就要收藏这些著作。二十多年前，沙老曾赠我一副精妙的对联，写在四尺单条宣纸上："九州风雨写史笔，百尺楼台读书灯。"长夜一灯茕独，每每观赏不尽。

沙老书法自成一家。南北各地前来求字者，一时多如过江之鲫。一些人是要借重先生的大名，更多的人则是出于仰慕，以及对沙老书作的迷恋。这之间由有钦慕而欲亲近者，千里万里，前来拜谒者不在少数，且又执礼甚恭。这样一来，对沙老生活自然造成诸多困扰。而沙老又往往不愿拂其意，故而也就不胜其累。

关于书法，沙老夫子自道："在下写字，偶有怡然，但无自得，却已知足，不敢多求。入门容易登堂难，岂止书法如此，百工莫不皆然。何况写字不是手艺，而属心艺，书法艺品不是工艺产品，而属精神产品，当比百工更难登堂。"这是关于书法艺术的药石之言。

沙老书作功底扎实，独树一帜，从形制上观之，似来源于瘦金体，但他的金石味更强，更深切地展示他心境的广漠。赵佶所创的瘦金体个性极为鲜明，与魏碑唐楷区别较大，沙老书作即有其影子，但在技术动作上张力的形成更为讲究，清爽润朗，飘逸灵动，较纯粹的瘦金体更具韧性厚润，而收其尖利；更具凛然精神，而束其开张。学人气息蒙络于间架结构，风骨含于内，境界见于外。

沙河先生在锐意著述的同时，读书不辍。沙老可谓嗜书如命，曾因过量看书留下难愈的眼疾。

日前承文友赐问，钱钟书、流沙河等人开过文史方面的书单没有？

答曰，公开的未见，但也可钩沉出来。钱钟书先生曾给解放军总政治部的军官陆文虎当面进过"研究中国文化的基础书、必读书"，钱先生强调先秦诸子，特别是孔、孟、老、庄、列、韩及前四史、魏书、宋书、南齐书、《宋儒学案》《明儒学案》等等，必须精读，不能取巧。钱先生认为多读多思多比较，自有意想不到的发现与见解。

流沙河先生似也未公开标列书单，不过，他在一篇散文（《一大乐事在书房》，见《四川文学》2000年第3期）中，说他家的几个书柜分别摆在卧室、书房、走廊，真正须臾不能离的书则放在卧榻之上，一来居室窄小，一来爱之深切，那是《十三经注疏》《史记》《资治通鉴》《太平御览》《太平广记》《说文解字》（集注及段注）、《历代史料丛刊》，还有《世界史辞典》，等等，他视它们为"命根子"！

拉丁古谚说"每一本书都是有命运和故事的"，真正的读书人，"抛书便觉心无着""此生原为读书来"。疗精神之饥渴，补心灵之贫寒，非书莫为。但有史以来，书籍之多，汗牛充栋，浩如烟海，令人望而生畏，所以，选择是必须的，也是必要的。如何选择，真正的读书种子所列的书单值得重视，除兴趣好恶外，其间还有甘苦，还有思想凝注。

防盗门，求爱，爱好文艺

（《Y先生语录》，四川人民出版社，东方出版社）

潮流还需紧跟才好，吾家也安装防盗门。落成后，请Y先生来开开眼界。

我问："你撬得开吗？"

他说："大盗不盗。没有必要撬你的门。我到街上把物价翻一番，就偷了你存款的一半。"

李老弟刚刚某得副处长一职，便来向Y先生请教求爱的诀窍。王老弟刚刚娶得大美人一个，便来向Y先生请教指点捞官的秘籍。Y先生说："两位老弟，这些事愚兄只能讲讲理论，不懂实际操作。建议你们两位各自亮出绝招，互相指点，共同进步，我也好在旁边偷学一点真功夫。"

Y先生浏览报纸广告版，忽然抬头告诉文联首长："你们的文艺工作很有成绩。"

首长谦虚："这两三年多次举办演讲啦舞赛啦歌奖啦美展啦诗会啦什么的，累得够呛。谈不上什么成绩，有点苦劳吧！"

Y先生说："我是说这个，你看，好多征婚启事都说爱好文艺！"

——《Y先生语录》

构思极巧而又得之天然，似乎意在消遣，然而时时搔到时世痒处，令人惕然有醒，实可视作当代段子的发轫之作。所谓段子，智能手机出现后一时泛滥，其实还跳不出沙老语录体的掌心。世事如棋的复杂局面，其实并不存在全无关联的新鲜之事。Y先生的语录，充满了二十世纪九十年代特有的嘲讽感，也有人认为它就是纸媒时代的微博体文学。

在创作该书的同时期，沙老的对联创作的影响也一时间不择地而涌出，广受读者喜爱。

偶有文章娱小我，独无兴趣见大人。
四方风雨写史笔，百尺楼台读书灯。
窥我用笔窗间鸟，笑人弹冠陌上花。
革新你饮拉罐水，守旧我喝盖碗茶。
饮淋漓酒，读痛快书。
无事不登三宝殿，有权便搞一言堂。
文债难还愁添病，饭钱易挣饱即欢。
……

先生的生活方式，看似出尘高蹈，实则内里是一种大气魄大无畏的放弃。这种放弃在某种意义上是千古艰难的大考试。然而先生举重若轻地做到了。与此同时，他也获得了非同寻常的观察路径和思考的高度。这些对联、段子，仿佛一些小小的窗口，诠释世界各种式样的谜底。在戏谑幽默的结裹中，拂去了尘埃，驱散了雾霾，给这个时代冷漠的中文多添加一分人情味，同时也让人窥见了先生自己思想的倒影，而我辈也从中找到真相。

若说将这样的格调用心发挥到极致，则要推沙老的《庄子现代版》（上海古籍出版社），它是学术、散文、杂文、诗话、文论、段子……的综合体。

二十世纪九十年代古文翻译泛滥成风，已到足可称为"译灾"的地步。点金成铁，丑化古人，就是当今译手们为了一点稿酬，日夜焚膏继晷的结果。古典文学多以文言写成，如千年魔镜，是古人智慧的结晶，古文天然凝练之美，正在其中凝聚整合，一经劣手稀释，到处弄得邋邋遢遢，终至不可收拾。

笔者很怕看到那样的"白话典籍"，一般情况下总要敬鬼神而远之，实在避之不及，总要呜咽不胜的。什么《白话史记》《白话聊斋》《白话容斋随笔》……让人倒尽了胃口。

事情却也有旁逸斜出的。像流沙河先生之译《庄子》，几年内重版三次的《庄子现代版》，那就确实令人拊掌称佳了。其取胜之处并非白话对文言的胜利，而在于思想、机智、心情的两极衔接，极为融洽。一般白话翻译，能够清通达意，不唐突古人，已是万幸，何敢有更高要求。沙河先生，他却在白话中真正实现了古今人情不相远的承诺。首先沙老是一位创作家，其学养、智慧，奇惨的人生经历，均在《庄子》中得到映鉴。其次白话于他不是一种普及大意似的翻译，而是一种神而遇之、文而化之的再创作。他的译文，真正做到了旧意新翻、妙境迭出的高度。《庄子》原文，固然唤起无尽悬想，令人研磨不尽；先生译文，也是推拉摇移、增饰润色，好像庄子就在我们对面，自古贯今，并未远去，真是千年老树，又生新葩。

陆游说："诗到无人爱处工。"此工是化工，也即化境，要化，要浑然一体，就不能硬译；硬译，往往是文学的硬伤、硬结。《庄子》天马行空，明珠走盘，绝妙而莫名其妙，屡有戛然而止，如截奔马之处，沙老译文遂多渲染、补缀，俾使连贯、浑融、无斧凿痕。为了保持原作风格，沙老也不避生动的方言，趣味的问答，现代文化词汇，奇崛的体格，以及种种以己意出之的地方。这样的效果，是在创造中保持了原文的本来面目，合天然、风趣于一体，颊上添毫，呼之欲出。

译文给原文每章每节各加大小标题，提玄勾隐，既能切中肯綮、标目造语，又诙谐百出，如沙中碎金、点点闪烁。《天下》第七节是庄子艺术观的自白及关于文章美的自况。原文芒忽恣纵，诡谲难以方物，译文同样长短交织，错落有致，行文往往在烘染铺垫俱足之际，陡然截住，末韵纡转盘旋，恰如其分地对接了原文精神，使白话的明快不让精雅的文言。其中，在原文的断处，也不避搭一灵妙小桥，如谓"此话绝非自卖自夸，不过得防着这家伙"。及"……摇头叫嚷，迷茫啊，朦胧啊，没有个完啊！也许未来的读者能谅解，说，文学嘛，就这样"，仿佛在老树的苍郁之旁，又点染几片嫩绿，面目可亲，语言有味，更为醒目。相信关注当代文学史的朋友，更当会心而笑。

《庄子现代版》再创造的印痕十分明显。《庄子·养生主》尾段"指穷于为薪，火传也，不知尽也"，陈鼓应教授译为："烛薪的燃烧是有穷尽的，火却继续传下去，没有穷尽的时候。"沙老译作：

燧人氏的第一盏灯
灯油早被灯芯燃尽
可是灯火传遍九洲
灯火夜夜照明
从荒古
照到今

这就使哲学理念变得具象，仿佛可感可见一般了。并且，在诗句的回环之中，哲思弥漫开来，显得更为深邃，较之陈鼓应译文，差别不啻天渊。概言之，沙老译文，是译笔的变化灵动与传神的精确极为融洽地化为一体，既与原文的固有样式相贴近，又在适当的地方取得漫画化的效果。

钱钟书先生曾说他是"读了林纾译文,而增加学习外国语文的兴趣的"。林纾译文的一大特色乃是他"认为原文美中不足,这里补充一下,那里润饰一下,因而语言更具体,情景更活泼,整个描述笔酣墨饱"(详见《七缀集》)。在《庄子现代版》中,我们看到了这种创新特色及手眼风趣,但较之林纾,沙老更为节制和准确。就读者而言,即使不记得《庄子》的冷门典故,也会油然醉倒于流沙河的现代诙谐。原文与译作,两相并读,各有生气勃勃的醒目之处。好的笺注,确可称为一种再创作,《论语》朱熹集注,更多的是发挥自己的思想。白话译文言,虽对立性更大,但自由度也随之增容,妙在对尺度和高度的把握之中。

否定精神和理想是互为依存的,崇高与美往往自卑下、受人鄙视的生活中衍展出来。《庄子》一书虽多寓言,但绝非淡化现实的威力,遁避不过是关注的一种变形,使意志更多地屈从于思考而更有深度。故庄子心灵上的累累创痕,令人心悸心碎的篇章,由沙老译出,也不难见今人的境况命运。王力译波特莱尔的《恶之花》,在译序中说"莫作他人情绪读,最伤心处见今吾",值得我们揣摩借镜。其实,在另一种时空之下,即使想全身远害,"不夭斤斧"也不可得啊……由是,沙老译文,更具一种批判现实的哲学深度,机智中每多无奈深思。

一七八七年,写《国富论》的经济学家亚当·斯密六十余岁了,他从爱丁堡到伦敦旅行,见到年轻的政治家、财政大臣皮特,皮特早就信仰他的自由贸易说了,言谈之间总把他推崇得不得了。这次果然一见如故,白发雏凤,款洽逾恒。那天晚饭后,斯密情不能遏地向人说起:"皮特太了不起了,他比我更能了解我的思想。"(见《亚当·斯密传》)

庄周老头,要是读到《庄子现代版》,也该莫逆于心,相视而笑吧!

我与沙河先生

岱 峻

每个中文系学生都藏有一个文学梦。我毕业于一九八二年，赶上沙河先生"走基层"，培训文学青年，为《四川文学》《星星诗刊》选稿。那时，全民热爱文学，就像此前全民皆兵，后来全民经商。沙河先生被众星捧月，听他讲座得排队领票，凭票入座。我怕热闹未逢其盛，内心仍满是期待。

上大学时，我读到沙河先生的《草木篇》。那时这类作品被统称为"重放的鲜花"。较之古代与外国文学作品，这些花木更接地气好移植。第一学年开写作课，我写作文《扫帚》。由原料高粱杆联想起青纱帐、红高粱，"南飞的大雁剪断你青春的翅膀"，"徒落个被砍被捆的下场"，身处溷浊，安于孤独，若见肮脏，挺身而出。面对死亡，"跳进炉膛"，"化作火焰，快活地飘荡"。这篇习作被老师选为范文评讲。我投给家乡文化馆的小报《雁江文艺》，收到平生第一笔稿费。接着，我写了一组类似散文的作品，其中一篇《河蛋石》还在地区获奖。河蛋石是本乡土语，书面语是鹅卵石，状其形。少时，随母亲在沱江边散步玩耍，捡河蛋石打"水漂漂"；及长，追踪河蛋石前世今生。我曾在岷江上游飞沙堰看到大若圆桌的河蛋石，始知土语"河蛋石"比书面语"鹅卵石"传神。上游大若磨盘的巨石，冲到下游，竟可小到豆粒。"其间，排浪轰击，礁石碰撞，渊潭沉没，滩涂阻拦，泥沙覆压……历程不知几千里，历时不知数万年。"河蛋石因得造化变得光泽润洁，因千里流徙变得圆滑坚硬。铁路上，做道渣，保护枕木不腐，承受列车碾压；公路上，掺上水泥柏油铺路，光洁坚固。建筑工地上，它与水泥搅和浇铸地基，托起高楼大厦。江防大堤上，它被装进竹笼，沉入水底，锁住蛟龙……

"永忆少年游，归来悲白发"，县文化馆文学组徐伯荣老师有过和河蛋石类似的经历，对拙作赞许有加。当时，他曾向沙河先生力荐。据说，沙河先生读了拙作，一阵沉默，对徐老师说，作者路子不对，投枪匕首不是文学，不要主题先行，他就吃过这个亏，还随口引泰戈尔一句诗："不是槌的打击，是水的载歌载舞，使鹅卵石臻于完美。"哦，我那洋洋数千言，竟不抵这短短一句。听了那些意见，我郁闷无语，以为沙河先生是虚以应对。

几年后，读《锯齿啮痕录》，始悟先生当年之言。沙河先生在此书序言中谈到文学作品分类，提出"实文"与"虚文"两类，除此再无文学。"实文源出历史，真中求善。虚文源出神话，美中求善。""中国的传统文学，实文为主流，虚文为支流；中国的现代文学，虚文为主流，实文为支流。"先生批评"有些年轻朋友，一篇自传一封信都写不清楚，却要去跑想象之马，大写其虚构小说虚构诗……提倡实文，或有助于扫除当今浮靡不实的恶劣文风吧"。读到此，我大汗淋漓。及至前些年"非虚构"文体舶来，美国人何伟的《江城》《甲骨文》《诗人之死》，比尔·波特的《空谷幽兰》《禅的行囊》等洛阳纸贵，始知先生呼吁复兴"实文"，身体力行，实为先驱。先生在那本书中写道：

> 1970年1月1日起，我们失去城镇居民身份，就连做

砖也没有资格了。我们失业，在家坐待流徙。何时通知，何时就得搬家，到九十公里外的高山中去。那里只产红薯和玉米。这时候我开始教两岁零四个月的余鲲识字。他最早接触的是"高山有玉米"这五个字。……

1978年5月6日午前9点摘掉帽子。戴上帽子是在1958年5月6日午后3点。只差六小时，便是二十年。

平铺直叙的文字，同样催人落泪。

一九九一年，我到成都做媒体人，与先生偶有交集。在梓潼桥街区，参加过一次以先生为主的读书活动。高台广庭，人多嘴杂，缺少自由言说的条件，没有再去。我却没有放过对先生的研读，如《台湾中年诗人十二家》《流沙河随笔》《流沙河诗话》《庄子现代版》《Y先生语录》等。

二〇〇四年，拙作《发现李庄》问世，我第一时间去大慈寺街文联宿舍先生府上送书。因无深交，未及久留，匆匆告辞。印象深的是先生座椅后一蓬龟背竹，阔叶葳蕤，枝干遒劲。龟背竹不难养，但在室内肆意疯长似不多见。

二〇〇五年四月，一位在川渝烟草公司企划部任职的朋友，托我转请沙河先生写赋，内容字数不限，开价不菲。我极难向人开口，然以为先生非"冬烘"，撰过"短短长长写些凑凑拼拼句，多多少少挣点零零碎碎钱""提篮去买菜，写字来卖钱"一类对联，就贸然打去电话。电话那头，沙河先生很高兴，一口应允。我以为一桩好事做成。两天后（四月十四日），沙河先生偕夫人茂华老师邀我与那位朋友一起到大慈寺茶园喝茶。一见面，沙河先生即婉拒此事，说虽不用于商业广告，但举头三尺有神明，不敢欺心。那位朋友脸上有些挂不住，浑身不自在。我却有些释然。话题很快转入对拙作的评说。沙河先生说，"不容青史尽成灰"，这样的文字该多写，还向我推荐广东的《粤海风》杂志，以为那是一块适合耕耘的沃土。后来读到沙河先生随笔《说龙五篇》《再说龙》《麒麟是哪一种兽》等，才恍然悟及拒绝之因。先生写道：

> 古者政教合一，皇帝兼做圣人。秦始皇被呼为"祖龙"，意即头号圣人。汉继秦后，刘邦无赖，也充圣人，编造神话，说他爸爸梦中看见龙交配他妈妈，怀孕后，生下他。他当然是小龙，完全不顾虑他妈的名誉。从此以后，代代帝王以龙自拟。庄周比圣人为龙，谓其见识高超，变化无常。后世拟帝王为龙，谓其具有神性，权威可怖。前后不同若此。庄周泉下有知，定当悔恨。……
> 辛亥革命推翻三千年帝制后，再无政治野心家敢以龙自拟，否则必遭国人声讨。末代皇帝溥仪都换脑筋，不相信自己是一条龙，而以做一个自食其力的劳动者为荣，我们这些现代社会公民，又何必自拟为龙子龙孙，去做什么"龙的传人"？……

我何其不敏，那位朋友所要写的，正是《龙凤呈祥赋》。阿堵虽好，总不能折损先生晚节。

二〇一〇年六月二十二日，得车辐先生信："请在明日上午驾舍，有书相送。"车老是本埠文化名人，被外地人誉为成都"土地菩萨"。我是他二十多年的忘年交。次日大雨，一洗暑气。我赶到文联宿舍。进屋，收折雨伞，伞尖上还在滴水。车老所赠，是当年老友周企何蛰居十年后，首次赴香港演出所购的《大公报在港复刊卅周年纪念文集》，那是另一个故事。其时，室内还有贵客，是沙河先生。他给老友赠送新著，见我，欣喜起身，说："我也有书送你。"沙河先生回去取书，步履轻盈。十多分钟后重新落座。我接过先生赠书，一本是《流沙河认字》，一本是《再说龙及其他》。沙河先生在扉页上写着"岱峻先生 流沙河二〇一〇、六、二十三晒于车府"。后面留下电话，写下"候教"二字。虽是谦辞，但我还是受宠若惊。沙河先生笑问："岱峻原籍何方，贵庚几何？"待我一一作答，沙河先生拉着我的手说，"流沙河一九三一年生人，岱峻一九五一年生人，沙河蠢长岱峻二十岁。"我不记得如何作答，只觉如饮甘霖。离开车府，雨过天青。

一日上午九点，我应沙河先生夫妇之约，在大慈寺禅茶堂喝茶。晨光清朗，茶客稀疏。择一僻静处，面对面促膝漫谈。由拙作写中央研究院历史语言研究所（简称中研院史语所）撤到台湾岛，言及国民党败北的原因。沙河先生认为，国民党党治不力，未能真正有效操控社会。一九三六年形势稍好，部分统一军政，经济民生略见起色，年底西安事变，蒋介石的威信到达顶点。但上帝给他时间无多。日本人入侵。八年抗战，元气大伤。一九四五年日本投降，只有半年和平，内战又起。美国人厌恶他惩治贪腐不力。美援没少给，好几亿，都被官员偷了贪了。有人评价蒋，"独裁无胆，民主无量"。

先生细读过拙著《发现李庄》，当面夸奖我花了大力气采访，"要把那些材料挖掘出来不容易。人走了，几十年也就风流云散"。他对那个帮助下江人内迁安置，又把女儿嫁给史语所学者逯钦立，最后死于非命的李庄乡绅、区党部书记罗南陔念兹在兹。先生问："'罗南陔'这个名字怎样来的？《诗经》三百零五首，另有佚诗存目，不少于十首，其中一首就叫《南陔》。你看人家取名多有文化，那个家族。"略一沉默，又补一句，"乡绅乡绅，而今安在哉？"

先生又说："你的《李济传》，里面写到的许倬云，也是出自《诗经·云汉》，'倬彼云汉，昭回于天'，意思是银河辽远，光亮流转，天空澄澈。彼岸文脉幸未中断。"茂华老师插叙："比如余光中先生，说话委婉，轻言细语。那时，凤凰卫视天天播放一档节目《李敖有话说》，李敖在电视上骂余光中是骗子。不是说诗写得好坏，也不涉学问之争，而是人身攻击。有记者就此采访余先生。余说，我要是三四十岁，可能会跟他一番理论，现在不会。再说，他也不是这才骂我，骂了几十年，也亏他一直在乎我。"说到许倬云的学生王小波，一到美国匹兹堡，看不惯基督教团契，许倬云说，你可以先不下判断，深入了解后再说。沙河先生说："俗话讲，你去称二两棉花先纺一纺（同访，川方言谐语），是教衡世论人的方法，也是治学之道。"

谈到正在写作的《风过华西坝》，我说起先生的一位朋友谢韬，当年的学生运动领袖谢道炉。我以为谢先生见解深刻，堪为智者，但对华西坝上演的"青春之歌"却充满激情，没有反思到暴烈行为是导致极权政治的根源。沙河先生言，以为理想是好的，只是歪嘴和尚念歪了经。比如胡风，二十世纪三四十年代就骂人整人，也是一根棍子棒子。只有遭整了，才认识到当年的荒谬。沙河先生也不忌讳自己的过去，坦言如果反右不把他揪出来，他也是左派队伍里的一个打手。1957年以前批胡适、胡风、俞平伯等，他都是积极分子。

钟惊飞鸟，磬止蝉鸣，已是晌午时分。去大慈寺素餐馆打来饭菜，与沙河先生夫妇匆匆用过，复续未了话题。在这座玄奘法师驻锡过的千年禅院，我与先生夫妇在喝淡的茶水中泡过大半天光阴。此后月余，先生寓所即由街对面的文联宿舍迁移他处，去大慈寺喝茶怕也少了。而我当夜，即奔丧回乡，家父历尽坎坷，得享高寿，魂归道山。念生之无常,而倍感惜福。是日二〇一二年八月二十日,故刻骨铭心。

沙河先生有言,要知晓明清的成都,得去宽窄巷子;要了解民国时候的成都,得去华西坝。二〇一三年五月七日,我历时八年完成的非虚构著作《风过华西坝》出版。拿到样书,径往沙河先生新居呈奉。先生接过书,翻了一阵,即鼓励道:"你算坐得冷板凳的,成都需要这段历史。'江风吹倒前朝树',你的写作,是'续先贤之遗响,发潜德之幽光'。"不知先生是随口说出还是先有所思。先生起身,从书柜里抽出新书《白鱼解字》回赠。这是一部手稿影印的大著,拿到手上,沉甸甸的,就像不解"南陔""倬云"之典出,当时也不知何谓"白鱼"。

先生成长在革命和战争时期,围绕着那一代读书人的困惑是主义与问题。胡适先生曾说过,"少谈些主义,多研究些问题"。以为发现一个古书的字义,意义不亚于发现一颗行星。语出夸张,也说明发现古书字义不易。但胡适先生终其一生,事功并不以学问显,反陷入无休无止的主义。上一轮丁酉,沙河先生成了革命的对象,在转向问题一途,研究诗学,释梦境,说龙凤,重读庄子与《诗经》,研究古代天文、现代幽浮……用力最勤的还是说文解字,做文字侦探,剥茧抽丝。

丁酉年秋分,得沙河先生倩夫人送来新书《字认我一生》。"秋分者,阴阳相半也,故昼夜均而寒暑平。"著作对作者而言,如同农夫春耕夏锄秋收的果实,馈赠极慎重,总希望一粒麦子落在地里,"结出许多子粒来"。我珍藏先生赐赠的八本书,拙作也都像交作业一一呈送先生。我不敢唐突先生为师,不能空耗先生宝贵光阴,故请益疏懒。然,读先生书,不也在亲炙先生?